LE ROI QUI VOULAIT
VOIR LA MER

GÉRARD DE CORTANZE

LE ROI QUI VOULAIT VOIR LA MER

roman

ALBIN MICHEL

© Éditions Albin Michel, 2021

« Il y a deux histoires : l'Histoire officielle, menteuse, qu'on enseigne, l'Histoire *ad usum Delphini* ; puis l'Histoire secrète, où sont les véritables causes des événements, une histoire honteuse. »

Honoré de Balzac

« Les faits doivent toujours être au service de la fiction, soumis à elle. En un mot : le roman doit être infidèle à l'Histoire. »

Mario Vargas Llosa

1

— Messieurs, je vous ai réunis ce matin car j'envisage de voyager...

Philippe-Henri de Ségaut, maréchal de France, dans son habit à basques pointues de couleur pistache ; Charles-Eugène de Coste, secrétaire d'État à la Marine, en culotte de peluche, gilet chiné et bas à côtes ; Marie-François de La Voûte, conseiller spécial, dont la tête poudrée cachait à peine son air de berger de trumeau ; tous trois, alignés et muets, se regardèrent sans comprendre. De quelle idée saugrenue ce « roi malgré lui », qui ce matin encore affectait la plus grande simplicité, voire une complète négligence dans sa tenue fort peu royale, en méchante redingote et coiffé d'une perruque ronde, allait-il les entretenir ?

Le secrétaire d'État à la Marine, triturant sa garniture de boutons où figuraient les douze Césars, fut le premier à prendre la parole :

— Je suppose qu'il s'agit d'un déplacement dans les provinces de l'Est ? Mais est-ce bien nécessaire...

— Là où dit-on vous avez de nombreuses amantes, monsieur le mari volage ? coupa le roi qui ajouta : grands dieux, qu'irais-je y faire ? Y manger des navets blancs confits ?

– Dans celles du Sud-Ouest ? avança Marie-François de La Voûte. Oserai-je vous le déconseiller...

– Nous voilà donc face à un jeu nouveau, concurrent des bouts-rimés et du trictrac : celui des quatre points cardinaux !

Le maréchal de France, qui ne comptait pas prendre la parole, ne put faire autrement. Il dut lui aussi s'exprimer et proposer une destination. Tout en grattant de sa main droite la manche gauche de son habit, celle qui ne contenait que vide, celui de son bras perdu à la bataille de Lauffeld, il lança :

– Chez nos voisins de Piémont-Sardaigne ? Cela n'a guère de sens...

– Et pourquoi pas à Saint-Domingue, patrie de votre femme ? Vous n'y êtes point du tout, messieurs. Je souhaite me rendre en Normandie, sur les bords de la Manche, à Cherbourg.

– En Normandie ?

– Sur les bords de la Manche ?

– À Cherbourg ?

– Quel beau trio de perroquets ! Je sais bien que l'époque est aux singes et aux serins et que nous avons tous lu *Les Voyages du Perroquet de la Visitation de Nevers* de monsieur Jean-Baptiste Gresset, mais tout de même ! Messieurs, je veux aller au-devant de mon peuple. J'ai le sentiment, désagréable, qu'on ne veut me laisser voir que ma toute-puissance. Qu'on me cache le malheureux état des provinces de l'intérieur, où habite la misère, où l'impôt dévore le pain de tous ces malheureux. Qui, dans mon entourage, a donc si à craindre que quelque homme vrai ose me parler, avec franchise, et me présente les abus et les injustices qu'on perpètre en mon nom ?

– Mais, Sire..., tenta de Coste.

– Taisez-vous ! Tout cela doit cesser ! Un parti hostile nuit à ces retrouvailles, je le sais. Sous prétexte du bien public, il sert avant tout ses passions, ses jalousies et travaille à ses seuls intérêts. La France compte vingt-six millions d'âmes, ne serait-il pas temps que j'aille à leur rencontre ?

– Sire, la noblesse, le clergé..., commença le marquis de Ségaut.

– La noblesse compte moins de quatre-vingt mille familles, soit autour de quatre cent mille individus ; quant au clergé, prêtres séculiers et réguliers de toutes catégories, il s'agit tout au plus de cent trente mille membres... Sur vingt-six millions de Français...

– À Versailles, la Cour..., objecta Ségaut qui, une nouvelle fois, ne put finir sa phrase.

– La Cour, parlons-en. Je suis fatigué de cette noblesse d'ornement, qui ne veut vivre au « château », dans ses antichambres, ses salons, ses escaliers, que pour être sans cesse en présence du roi, pour voir à tout instant son visage et en être vue. Hôtes perpétuels qui vivent aux frais de l'État, qui assistent à mon lever, à ma messe, qui font la haie dans les galeries quand je passe, qui prennent part à mes jeux, qui se montrent à mon coucher. Cette noblesse qui patauge dans l'argent, qui accapare et se partage mes faveurs, les places et les fonctions lucratives, les grades à l'armée, les bénéfices ecclésiastiques, les honneurs... *A nest of vipers.*

– Sire, l'Étiquette..., insista de Coste.

– Versailles et ses dépendances sont plus peuplés que nombre de villes de mon royaume !

– Mais Cherbourg n'est qu'une bourgade, un port destiné à la pêche et au commerce, dit La Voûte.

– Vous ne connaissez rien aux villes portuaires, monsieur mon conseiller. Cela fait des années que je suis préoccupé par l'accroissement de notre flotte, l'éducation de nos marins. Il y a plus d'un siècle déjà, Vauban demandait la construction d'un port sur la côte opposée à l'Angleterre. Jusqu'au vieux

Maurepas qui m'a présenté un mémoire qui contenait des plans pour mettre la côte de Normandie en état de défense ! C'est chose faite. Je veux aller voir de mes propres yeux où en est la digue en eau profonde, construite en avant de la rade de Cherbourg, afin de créer un port artificiel capable d'accueillir une flotte de guerre digne de ce nom, et... susceptible de lutter contre l'Angleterre.

– En Angleterre, la marine est fille du peuple. En France, fille de l'État. En Angleterre, la mer est question de géographie ; en France, question d'histoire.

– Et alors, de Coste, voilà encore une de vos belles formules, que m'importe !

Observant la mine déconfite des trois hommes, Louis jouit de leur détresse qu'ils avaient tant de peine à cacher. Qu'allaient-ils bien pouvoir lui opposer pour qu'il annule ce voyage ? Les arguments ne se firent pas attendre.

– Il y a quelque chose de très pauvre et de malpropre chez ce peuple du Cotentin. Dans ses vêtements, dans ses chaumières, dans ses manières. Les peuplades qui vivent dans ces régions sont tenues à l'écart de toute civilisation. La dégradation des chemins vicinaux y est telle qu'elle apparaît comme une véritable source de misère. C'est une zone reculée, inhospitalière. Habitée par...

– Des sauvages, Ségaut, c'est cela ? Des nègres d'Afrique ? demanda le roi.

– En quelque sorte.

– J'ajouterai, Sire, que...

– Oui, je vous écoute, de Coste.

– Que la Réforme a très fortement troublé ces terres qui se sont largement ouvertes au protestantisme. Bien des îlots persistent encore aujourd'hui, dans une Normandie qui ne cesse de réclamer le maintien de ses institutions anciennes et de ses États. Vous voyagerez en terre ennemie.

– Quel tableau, messieurs ! Et vous, La Voûte, tiendrez-vous des propos susceptibles d'éclaircir ce ciel d'orage ?

– Depuis l'aube des temps, la Normandie a vu son sol labouré par des peuples venus de Germanie et de Scandinavie. À partir de la fin du IXe siècle, elle a été pénétrée par les invasions d'hommes du Nord appelés Danois. Ces envahisseurs sont...

– Vous me faites un cours d'histoire ? Venez-en aux faits !

– Ces envahisseurs sont arrivés avec leurs légendes, leurs traditions mythologiques, que l'on retrouve dans les sagas, pleines de sorciers et de sorcières. Les noms de lieux sont imbibés de ces survivances comme autant d'éponges gorgées d'eau : Chaire de Satan, Cave du Diable, Cul de l'Ange déchu, Mont des Sorcières, Brèche des Sorciers. Marais, landes, berges des fleuves, forêts profondes sont le théâtre d'apparitions et de malédictions...

– Quelle litanie ! En somme, vous m'engagez à reporter ce voyage ?

Les trois hommes se regardèrent à nouveau, cette fois satisfaits. Le roi était donc sur le point d'écouter leurs sages conseils. Ce roi si faible, si changeant qu'il leur arrivait parfois de croire qu'ils gouvernaient à sa place. Que n'avaient-ils été là lorsque cet imbécile de monarque avait accordé l'état civil aux non-catholiques et exempté les Juifs du péage corporel !

– Messieurs, la guerre, voire les plaisirs, n'ont que trop souvent déterminé les voyages de mes prédécesseurs. Mais c'est pour l'utilité de mon royaume, pour l'amour de mon peuple que j'avais souhaité entreprendre ce voyage dans ma province de Normandie.

Le sourire affiché sur les visages de messieurs de Coste, de Ségaut et de La Voûte ainsi que l'utilisation royale du plus-que-parfait auraient indiqué à tout observateur attentif que les trois hommes semblaient en effet avoir gagné leur pari : faire changer le roi d'avis.

– C'est dans leur conscience que les hommes puisent la consolation des injustices qu'ils essuient ; mais c'est dans l'opinion publique que les rois trouvent l'aliment et la récompense de leurs bonnes actions. Je me souviens de la leçon que Louis XIV donna à son petit-fils, Philippe V, encore mal assuré sur le trône : « Les peuples souhaitent ardemment de voir leur souverain. Écoutez leurs plaintes, rendez la justice, communiquez avec bonté. Alors, vous connaîtrez bientôt l'utilité de votre voyage, et le bon effet qu'aura produit votre présence. »

– Et malgré ces bons conseils, vous avez la sagesse de renoncer à votre projet, avança de Coste, tout dégoulinant de flatterie. C'est la marque d'un grand roi, que ce repli.

Louis ne répondit pas. Penché sur son bureau, il semblait rédiger une lettre, tout en écoutant ce que ses trois conseillers avaient encore à lui dire. Sa main, sans trembler, tenait la plume d'oie dont l'embout crissait sur le papier, venant régulièrement au contact de l'encre de Chine qui reposait dans un flacon de porcelaine bleue.

– C'est une bonne décision, Sire, poursuivit Ségaut. Le Normand est peu expansif, jaloux de sa liberté, peu liant, méfiant.

– À une époque où l'Académie royale des sciences et des belles-lettres de Berlin vient d'attribuer son prix à Rivarol pour un *Discours sur l'universalité de la langue française*, vous n'alliez tout de même pas, par ce voyage, cautionner ce patois normand, langue barbare, si douloureuse aux oreilles bien nées ! dit La Voûte.

– J'ajouterai, susurra presque de Coste, que le paysage normand n'est décrit dans nos livres de géographie qu'en termes négatifs : « plaines sinistres », « forêts lugubres », « falaises mortelles », « plages monotones »... et dernier argument, Sire...
– Il y en a donc encore un ?
– Alors que depuis un siècle notre marine a pour ennemies jurées les flottes espagnole et hollandaise, aller à Cherbourg, port qui, une fois terminé, sera en état de recevoir des frégates de trente-deux canons, n'est-ce pas mettre en péril le traité de commerce que nous sommes en train de négocier avec la terrible Angleterre ?
– Je ne suis pas d'accord avec Louis XIV qui, après le désastre de La Hougue, a dit à Tourville qu'il était content de lui et de toute sa marine, parce que ses bateaux avaient été battus, mais qu'ils avaient acquis de la gloire pour eux et pour la Nation. Je ne veux plus de défaites, je veux des victoires.
– Que voulez-vous dire, Sire ?
– Vous ne comprenez pas ? dit Louis, tout en s'arrêtant d'écrire et en relevant la tête.
– Non.
– Aucun de vous trois ?
– Non.
– Vous ne voulez pas comprendre...
– Sire...
– Majesté...
– Votre Altesse...
– Je m'appuie sur une phrase de Louis XIV et dans le même temps vous expose le désaccord que j'ai avec lui. Cela vous trouble à ce point ? Le singe-peintre du tableau de Jean-Baptiste Deshays est plus intelligent que vous, messieurs ! Un roi est plein de contradictions. Vous devez les accepter. Donc, voici mes ordres, destinés à arrêter toutes les dispositions

envisagées pour ce voyage, dit Louis en leur tendant la feuille qu'il venait de noircir sous leurs yeux et sur laquelle il avait apposé sa signature.

La missive était d'une clarté redoutable, comme tout ce que Louis écrivait. Une écriture régulière, légèrement inclinée, un style simple, sans effet, disant sans détour ce qu'il avait à dire et qui ne laissait aucune marge à l'interprétation, qui n'est rien d'autre que la possibilité offerte aux divergences de se manifester.

Penchés sur le parchemin, comme de mauvaises fées sur un berceau, les trois hommes passèrent en quelques secondes de l'euphorie à une colère d'autant plus basse et honteuse qu'ils ne pouvaient la laisser éclater.

– Donc, vous maintenez votre voyage à Cherbourg ? demanda de Coste.

– C'est ce que dit la lettre, non ?

– Oui, Sire.

– Il faut un équipage très important, avança Ségaut.

– Point du tout.

– Le prince de Farlanges sera du voyage ? demanda de La Voûte.

Henri de Montcloître, prince de Farlanges, représentait tout ce que Louis détestait. Membre éminent de cette noblesse qui traînait ses bottes à Versailles et possédait de magnifiques hôtels où elle donnait des fêtes fastueuses, le prince était persuadé que le peuple prenait plaisir à le voir passer dans ses carrosses armoriés, que surchargeait un monde de laquais poudrés et que précédaient des coureurs de voiture, dorés et galonnés, tenant dans leurs mains de longues cannes à pomme d'or.

– Que voulez-vous que je fasse d'un homme qui ne cesse d'avoir des convulsions et auquel il faut à tout moment appliquer des sangsues derrière les oreilles !

– Je pensais que…
– Vous pensez mal comme d'habitude. Ne m'accompagneront que trois personnes de la Cour.
– Trois ! Vous allez susciter des haines féroces. Vous serez mal protégé.
– Si l'on compte le capitaine des gardes du corps, le premier gentilhomme de la Chambre, le premier écuyer, les officiers de bouche, les valets et les pages, le convoi ne comportera pas moins de cent chevaux pour tirer cabriolets et berlines, c'est grandement suffisant ! Vous oubliez, messieurs, que si j'ai supprimé de très nombreuses charges de la Maison du roi, ce n'est pas pour me rendre en Normandie accompagné d'une horde !

Croyant faire un bon mot, La Voûte lança :
– Tant que le capitaine Laroche n'est pas du voyage, tout va bien !
– Cher ami, que voulez-vous que le concierge de la Ménagerie royale vienne faire à Cherbourg, il n'y trouvera ni singe, ni rhinocéros, ni lion, ni tigre. La Normandie n'est pas la Guinée ! dit de Coste.
– Je n'ai jamais rencontré d'être plus sale que lui ! fit Ségaut en se bouchant le nez.
– Messieurs, vous vous égarez…

Se faisant le messager des deux autres et craignant de ne pas faire partie du voyage, de Coste prit la parole :
– Trois personnes de la Cour, Sire. Ne pouvez-vous pas reconsidérer la question ? C'est bien peu. Le choix va être très difficile…
– Drastique, ne put s'empêcher d'ajouter Ségaut.
– Cornélien, dit La Voûte.
– De féroces jalousies vont voir le jour, des rancunes… des désirs de vengeance…, renchérit de Coste, revenant à la charge.

– Je pensais à vous trois, messieurs.

Ployés devant leur souverain comme roseaux, roses comme flamants des Caraïbes, ils se relevèrent ensemble, ballet lamentable, figure navrante d'une remarquable lâcheté.

– Votre décision...
– Sire...
– ... est la meilleure et la plus juste qui soit.
– Je ne veux nullement reproduire le voyage du futur roi d'Espagne accompagné de tant de ducs, de princes, d'hommes en armes, de valets et de personnes de condition qu'on n'avait jamais vu autant de carrosses sur le chemin de Versailles jusqu'à Berny. Mission vous est donc confiée, maréchal de Coste, de partir sur-le-champ, en compagnie du comte d'Artois, pour reconnaître la situation et le succès des travaux de Cherbourg, afin de satisfaire mon inquiète curiosité. Quant à vous deux, messieurs, vous devez faire en sorte que toute l'intendance de l'entreprise soit prête pour la troisième semaine de juin au plus tard.

Alors que les courtisans sortaient de son bureau, le roi laissa enfin son esprit divaguer comme bon lui semblait. Après quelques minutes de ce que pour rien au monde il n'aurait appelé « méditation », il lui apparut très clairement que trois choses étaient assurément belles dans la Création : la lumière, l'espace et l'eau. Jamais il n'avouerait à ces trois hommes la raison profonde qui lui faisait tant désirer ce voyage à Cherbourg. Certes, la rencontre avec son peuple, dont il avait été coupé depuis l'enfance, était un élément décisif dans sa décision, mais plus encore son désir de voir la mer où, il en était sûr, la lumière vient se fondre à l'espace et à l'eau.

2

Le souper terminé, clôturé en guise de dessert par un grand verre de malaga accompagné d'une croûte de pain grillé, et durant lequel il avait mangé avec un appétit visible, Louis gagna sa bibliothèque, défendue par un labyrinthe de galeries, de salons et d'escaliers dérobés. Autant il fuyait l'univers oppressant de son palais où il discernait mal le vrai du faux, le magnifique du sordide, l'esprit de la sottise, la sincérité du cynisme ; où il se méfiait des courtisans comme des ministres, de l'amitié comme de l'amour ; autant, dans cette pièce intime, investie de sa seule présence, il pouvait cultiver une solitude qu'il estimait être le seul rempart élevé contre les mille périls de son devoir, et penser, en ce printemps 1786, à combattre les désordres qui montaient de partout : désordres des mœurs et des familles, des esprits et des institutions, désordre international aussi, fomenté par l'Autriche de Joseph II et l'Angleterre de George III. Ne devenait-il pas indispensable de remettre de l'ordre dans les affaires de France ?

Là, au milieu des cartes de géographie, des plans-reliefs, des modèles de vaisseaux de tout tonnage, protégé par des murs de livres où les auteurs anciens côtoyaient les grands classiques français et étrangers, où les œuvres complètes de Voltaire et l'*Émile* de Rousseau coudoyaient les livres de l'abbé Gabriel Bonnot de Mably vantant les mérites du socialisme utopique et ceux de Philippe-Louis Gérard les égarements du comte de Valmont, sans oublier maintes publications techniques ou scientifiques et une quantité plus que respectable de récits maritimes, Louis pouvait travailler dans le calme et une relative sérénité.

Assis à son bureau, placé dans l'embrasure de la fenêtre, papiers épars, ouvrages ouverts ou fermés gisant sur le parquet autour de lui, dans cette petite pièce claire au plafond si bas qu'il aurait presque pu le toucher, il se consacrait à l'étude, à peine distrait par l'unique fenêtre de laquelle il pouvait apercevoir, de loin, ceux qui se pressaient dans la cour du palais.

Contrairement à ce que pensaient ses détracteurs, tel l'abbé de Vermond, homme de confiance de Marie-Antoinette, qui le prétendait «stupide», ou le duc de Garches assurant qu'il «vivait sur un fond d'ignorance», ou ce bellâtre dont il préférait oublier le nom et qui assurait que le roi «avait une intelligence médiocre, encore obscurcie par une modestie exagérée», il savait bien, lui, qu'il n'en était rien. Il avait eu beaucoup de professeurs, et parmi les meilleurs. Le sieur Leblond lui avait enseigné les mathématiques. L'abbé Nollet, fort connu pour ses expériences sur l'électricité, l'avait initié à la physique. Le sieur Rousseau avait été son maître d'armes ; le sieur Laval, son maître à danser ; le sieur Silvestre, son maître de dessin ; le sieur Gilbert, son maître d'écriture. Quant à Victor Bourdon, il lui avait enseigné l'art du violon. «Vivant sur un fond d'ignorance» ? Les imbéciles ! Alors qu'il avait eu pour lui enseigner la religion, l'un des plus brillants jésuites de sa génération, le père Berthier ; et pour le guider dans les chausse-trappes de l'Histoire, l'avocat Jacob-Nicolas Moreau ; sans compter La

Vauguyon, son menin, avec lequel il avait rédigé une sorte de catéchisme politique à usage personnel qu'il avait simplement intitulé *Réflexions sur les entretiens avec M. de La Vauguyon* et dans lequel il avait notamment écrit : « Un bon roi ne doit avoir d'autre objet que de rendre son peuple heureux. »

Mais ce n'était pas tout, lui qu'on prétendait « stupide » possédait le latin et les auteurs classiques. L'italien et ses poètes lui étaient aussi familiers que la langue et la littérature françaises. Il parlait passablement l'allemand et parfaitement l'anglais, lisant tous les jours les gazettes de Londres, allant même jusqu'à traduire le livre que David Hume avait consacré à Charles Ier d'Angleterre.

Parmi tous ses professeurs, deux l'avaient particulièrement marqué. Le premier, c'était Philippe Buache, l'un des meilleurs géographes de son temps. C'est lui qui l'avait initié à la cartographie et avait gravé en lui la passion des questions géographiques et de la découverte des régions encore inconnues de la Terre. Mais celui qui avait à jamais orienté sa vie, et c'est bien ce à quoi il était en train de penser, perdu dans la contemplation de la large table d'acajou qu'il avait sous les yeux où des poètes du XVIIe siècle, figés par le ciseau du sculpteur, méditaient leurs œuvres pour l'éternité, c'était Nicolas Ozanne. Immense dessinateur de marine, il connaissait tout des manœuvres navales, des vaisseaux, des ports. Pour son cher Louis, le savant avait établi une description illustrée des différents types de navires avec les plans correspondants, un vocabulaire maritime et un exposé des conditions d'emploi des bâtiments de guerre. Il lui avait même offert le fameux traité de *Tactique navale* de Bigot de Morogues que le dauphin avait un jour caché pour que ses frères ne le trouvent pas, si bien caché qu'il ne l'avait jamais retrouvé !

D'aucuns pourraient penser que cette connaissance pointue de voyages qu'il n'avait jamais effectués, de navires dont il pouvait nommer toutes les pièces, mais sur lesquels il n'était jamais monté et qu'il n'avait jamais vus qu'en maquettes, constituait un handicap affreux. C'était tout le contraire. Cette abstraction l'avait poussé au rêve. Tout le passionnait dans la mer, même le commerce qu'elle engendrait et dont il ne voulait retenir que la part d'inconnu : le développement du commerce du thé, l'intérêt grandissant pour les soieries et la porcelaine chinoises, l'expansion orientale aimantée par le goût des épices, du poivre, de la muscade, sans oublier le café venu de la lointaine Arabie.

Enfant, il avait passé des heures sur les cartes des distances établies sur un canevas de roses des vents, sur les portulans ornés de monstres médiévaux, monde de dauphins et d'animaux étranges, peuplé de grosses caravelles ventrues aux voiles bouffies d'orgueil par le vent. Adulte, il continuait de se pencher avec gourmandise sur les cartes à point carré, graduées en longitudes et latitudes, fier de pouvoir jongler avec des données mathématiques qui avaient définitivement remplacé la loxodromie de la navigation dite « à l'estime ». Parfois même, il pouvait passer des nuits entières à caresser les globes terrestres et célestes qu'il avait achetés à grands frais.

Mais voilà, aujourd'hui, il voulait toucher de près ces navires dont Ozanne lui avait fait récit. C'est pour cela qu'il avait envoyé des émissaires préparer le voyage à Cherbourg. La lecture des aventures de circumnavigations de Bougainville ou de l'Anglais John Byron, des voyages de James Cook ou de la mort tragique de Marion-Dufresne, dévoré par les Maoris, ne lui suffisait plus. Il ne voulait plus parcourir le monde par procuration. Cela, il était déjà en train de le réaliser grâce à monsieur de La Pérouse dont il venait d'établir le voyage, ayant dessiné lui-même la route que devraient emprunter *La Boussole* et *L'Astrolabe*, lui ayant fixé cinq objectifs, dont celui, essentiel à ses yeux, d'user « de beaucoup de douceur et d'humanité envers les naturels qu'il visiterait ».

La mer était pour lui une chose mystérieuse, profonde, inconnue, un pays de mirages et de fantasmagories, où l'on devait sans aucun doute voir des choses qui ne sont pas, entendre des bruits que l'on ne connaît pas, où l'on devait trembler sans trop savoir pourquoi. Certains prétendent que la mer cache dans son sein d'immenses contrées bleuâtres, où les noyés roulent parmi les grands poissons, au milieu d'étranges forêts et dans des grottes de cristal. Il se disait que des drames lugubres racontés par le hurlement des vagues devaient sans cesse y éclater. Il avait pour habitude, depuis qu'il avait pris goût à la lecture des livres de mer, d'en marquer certaines pages, celles qui avaient le plus imprimé son imagination, ainsi de ce livre, récit d'un voyage autour des îles Salomon dans lequel, après avoir noté « je mangeai hier un rat que je trouvai fort excellent », l'auteur, se disant enseigne de vaisseau, avait écrit : « Les coups de mer arrivent, brisant sur nous, avec un bruit violent, inexprimable. Les rafales brusques nous bousculent, nous jettent dans les trous béants d'où nous sortons en nous redressant avec des secousses terribles. » C'est ce livre à présent, *Chroniques d'au-delà des mers*, de Thibault le Navigateur, qu'il feuilletait.

Soudain, le reposant sans ménagement, comme en proie à un énervement irrépressible, il s'approcha d'un de ses globes terrestres, dont le pied formé de boucles et de courbes s'enroulait en volutes autour d'un tourbillon central. Le doigt sur les Pays-Bas, il le fit descendre jusqu'à Batavia, dans les îles de la Sonde. Il fit un rapide calcul dans sa tête : « Environ deux cents jours de mer pour un bâtiment qui file quatre nœuds de moyenne horaire et parcourt soixante milles par jour. Une seule étape : au Cap. »

En réalité, il n'en pouvait plus de Versailles, de ces eaux croupissantes qui empestaient, de ces fontaines envasées tout l'été, de ce parc infesté de mouches et de moustiques. L'hiver, ce n'était guère mieux, tout en brouillards glacés, en courants d'air sifflant dans toutes les pièces, en hautes cheminées répandant une chaleur d'enfer avant de s'éteindre. Et tous ces courtisans et leurs catins ! Avec le printemps venaient les premières chaleurs, les ragots et les cabales. Il ouvrit un autre livre, d'un navigateur espagnol du nom de Reverte. Une plume de fulmar, blanche aux reflets gris, y avait été glissée à la page 245 : « De toute évidence, la vraie liberté, la seule possible, la véritable paix de Dieu, commence à cinq milles de la côte la plus proche. »

Il regarda la pendule de Passement, qu'il avait fait déplacer du Grand Cabinet à sa bibliothèque, celle qui marquait non seulement les heures, les mois, les années, mais aussi les phases de la Lune et la révolution des planètes. Chaque 31 décembre, il avait pour habitude de se planter devant elle jusqu'à ce que sonne minuit, pour en admirer le changement total.

La pendule marquait deux heures du matin. Il devait regagner ses appartements. Dans quelques semaines, ses ministres reviendraient de Cherbourg. Il se prit à rêver. Après tout, peut-être verrait-il au fond de la mer surgir le gros poisson écailleux muni de dix pattes d'araignée, poulpe de couleur rouge dessiné par Sébastien Munster. Ou même, pourquoi pas, le rorqual bleu, autrement appelé *Sibbaldus musculus*, pouvant peser autant qu'un troupeau d'une trentaine d'éléphants adultes. Le voyage à Cherbourg, c'était comme le départ d'Ulysse lorsqu'il quitte Calypso. Celle-ci a mis à bord de son navire une outre de vin noir, une plus grosse d'eau et, dans un sac de cuir, des vivres pour la route, sans compter d'autres mets et nombre de douceurs. Mais qu'importe tout cela. Ulysse n'entend que la brise qui souffle régulière et tiède, « un vent de tout repos », dit Homère qui ajoute : « Plein de joie, le divin Ulysse ouvrit ses voiles. » Louis est un nouvel Ulysse.

3

Plusieurs semaines avaient passé. À l'heure dite, fixée par Louis, les portes du Cabinet s'ouvrirent. De Coste, La Voûte et Ségaut entrèrent, les bras chargés de grands rouleaux de papier, de cartes, de plans, de croquis et d'un maroquin de cuir rouge.

Louis manifesta immédiatement sa satisfaction :

– Félicitations, messieurs. Vous êtes à l'heure. Vous me semblez avoir bien travaillé. Le secret, comme je l'avais exigé, a été bien gardé. Même auprès de la reine...

– Justement, Sire, à ce propos..., commença Ségaut.

– Plus tard, plus tard, mon ami. Je suis impatient d'étudier la carte que monsieur le secrétaire d'État à la Marine est en train de dérouler sous mes yeux.

– Avant tout, sachez que nous avions trois routes de pénétration possibles. La première est celle que suivent les coches d'eau le long de la vallée de la Seine. La seconde va de Dreux à Argentan, puis Falaise, puis Saint-Lô. La troisième, d'est en ouest, traverse la Basse-Normandie et remonte au nord-ouest par le Cotentin. C'est celle que nous avons choisie.

– C'est aussi la mienne !

– Voilà, Sire, nous partirons de Rambouillet le 21 juin, de façon à être rentrés à Paris le 29.

– Vous pourrez ainsi visiter l'exposition des tapisseries de la Couronne sur le quai des Galeries du Louvre, qui a lieu le 18, dit Ségaut.

– Mais je manquerai les eaux qui jouent à Sceaux et à Saint-Cloud.

– Exact. Ainsi que le Beau Dimanche, le 28.

– Vous serez rentré à Versailles bien avant la signature du traité de commerce franco-anglais qui devrait abaisser les droits de douane dans chaque pays, ajouta Ségaut.

– Dieu vous entende ! Et je pourrai enfin étudier le plan de réformes de Calonne… J'adore prononcer le mot « réformes » devant vous, messieurs, comme celui de « justice sociale », vos mines s'allongent soudain… Alors, ce trajet ? Nous vous écoutons, Ségaut.

– La première journée vous conduira de Rambouillet à Harcourt. Par Houdan, L'Aigle, Argentan.

– Bien.

– La seconde vous mènera jusqu'à Cherbourg. Voyez ici, par Caen, Bayeux, Carentan.

– Combien de jours sont prévus à Cherbourg ?

– Nous en partirons le 26 au matin.

En sa qualité de secrétaire d'État à la Marine, de Coste intervint, tout gonflé de son importance :

– Là, mon roi, vous assisterez bien entendu à la pose d'une des quatre-vingt-dix caisses coniques destinées à être coulées dans la rade afin de constituer un port pour notre marine de guerre, mais d'autres « réjouissances », si vous permettez ce mot, sont prévues.

– « Réjouissances », diantre, monsieur le secrétaire d'État, vous savez aiguiser mon appétit. Je vous écoute.

– Visite du port et de plusieurs forteresses, inspections de navires de commerce et de bâtiments de guerre dont le superbe *Patriote*, course en haute mer assortie de quantité de manœuvres, reconstitution d'une bataille navale, on envisage même de faire sauter et incendier un navire sous vos yeux...

Profitant des quelques secondes de silence provoquées par ces dernières paroles, Ségaut reprit la direction des opérations. Il fallait briller devant le roi. Marquer sa présence par des bons mots. Ne pas hésiter à jouer des coudes.

– Le 26, retour à Caen, et le 27, le septième jour, voyage de Caen au Havre, ville que nous atteindrons après avoir passé le bras de Seine, à bord de *L'Anonyme*, une magnifique frégate.

– Le lendemain, vous dormirez à Rouen, après être passé par Bolbec et Barentin.

« La fin de la parenthèse heureuse », pensa Louis, tout en suivant des yeux, sur la carte, le trajet du dernier jour, prenant son temps comme pour le ralentir : Vernon, Mantes, Triel, Saint-Germain, Versailles.

– Et vous, La Voûte, je ne vous ai pas entendu. Vous voilà muet comme une tanche, ce n'est guère dans vos habitudes...

– Je me suis surtout occupé de l'intendance, Sire. L'aide du comte d'Artois m'a d'ailleurs été précieuse...

– Je n'en doute pas. Poursuivez.

– Il a fallu à certains endroits refaire des routes, renforcer des ponts, consolider des murs. Déterminer un nombre important de chevaux d'ordonnance, dont vous pourriez avoir besoin dans chaque relais, avec des hommes pour les conduire. Il a fallu fixer un nombre de gardes du corps conséquent. Le convoi devrait comporter pas moins de deux cents personnes : soldats, gentilshommes, écuyers, chirurgien, valets, gens de maison, gens de bouche, etc.

– Non. Certainement pas. Je vous l'ai déjà dit. Vous voulez tout un train de carrosses, une armée de chevaux et de mules chargées comme celles des contrebandiers ?
– Il y a les réceptions, les discours.
– Je vous arrête immédiatement. Je ne veux pas d'équipage flamboyant qui en impose. Tout est sur ce document, ajouta Louis en tendant à de Coste un feuillet revêtu de sa signature. Lisez.
– « Sa Majesté aura peu de suite et ne courra qu'à cinquante-six chevaux. Soit vingt-cinq personnes en tout, sans compter les deux écuyers cavalcadant et l'escorte militaire. »
– Et je ne veux ni harangue ni compliment dans les villes que je traverse.

De Coste ne put réprimer une moue de désapprobation, que Louis remarqua immédiatement :

– Que se passe-t-il, de Coste ? Votre souper vous est resté sur l'estomac ?
– Sire, il vous faut exhiber votre puissance. Il me semble que ce voyage pourrait constituer une excellente tournée de « propagande » fort souhaitable dans un contexte politique qui, comme vous le savez, commence à se troubler.
– C'est votre entendement qui se trouble, de Coste. Je veux parler directement à mon peuple, je vous l'ai déjà dit, répliqua Louis en proie à un certain énervement, et qui ajouta : Qu'y a-t-il dans cet étui rouge, que personne ne semble vouloir ouvrir ?

C'est La Voûte qui répondit, tout en faisant délicatement, comme la vraie élégance l'exigeait, couler le café de sa tasse dans sa sous-tasse :

– Il contient le rapport détaillé sur la Normandie que votre contrôleur général, Calonne, a lui-même rédigé d'après les relations demandées aux intendants et aux échevins. Tout y est indiqué de l'histoire de cette région, des populations des bourgs, des villes et des villages, de ses fabriques, de ses commerces. Vous y apprendrez que Verneuil s'est enrichie grâce à la vente des peaux de basane, que la manufacture de dentelles d'Argentan occupe six mille ouvrières, que Lisieux fait grand commerce de toiles et de draperies, que Honfleur est un port où se construisent beaucoup de navires et où l'on fabrique huile de vitriol et couperose, que…

– Merci, La Voûte, merci. Tout cela est excellent, messieurs. J'ai cependant quelques modifications à apporter à votre itinéraire, dit Louis, tout en sortant d'un des tiroirs de son bureau une carte de Normandie, tracée par ses soins, et sur laquelle un trait rouge indiquait le chemin à suivre, « son » chemin.

– Sire, dit Ségaut, nous partons dans moins d'une semaine.

– Non, non, nous partons demain.

– Mais cela… Dans les conditions actuelles…

– Débrouillez-vous. Peu m'importe. J'ai décidé. Vous ajouterez au parcours les villes suivantes. Regardez ma carte et inspirez-vous-en : Falaise, Bretteville, Yvetot, Le Vaudreuil, Bonnières et Meulan.

Alors que tous pensaient que l'entretien allait prendre fin, un serviteur s'avança vers les trois courtisans. Le roi voulait se livrer à une expérience. Le chocolatier officiel de la reine, maître Sulpice Debauve, avait inventé une nouvelle recette. On connaissait celles où il mêlait chocolat et fleurs d'oranger ou amande douce, mais il en avait une nouvelle que Louis désirait faire découvrir à ses ministres : elle mêlait de la poudre d'ambre à de la poudre de cachalot fossilisé… Tout en absorbant le royal breuvage, affectant un plaisir gourmand, Ségaut choisit l'occasion pour rappeler à Louis ce qu'il souhaitait lui dire au sujet de la reine :

– Sire, au début de notre entretien, je vous ai parlé de la reine.
– Oui, j'avais oublié. Alors de quoi s'agit-il ?
– Je pense que votre départ, quand elle l'apprendra, va fort lui déplaire. Je suis certain qu'elle aurait...
– Aimer venir à Cherbourg, sur des navires de guerre alors qu'elle est en couches et qu'elle a été saignée avant-hier par précaution ? Elle est à mi-terme. La grossesse avance heureusement. Est-ce nécessaire d'aller risquer sa vie sur les chemins normands ?
– Sire, je suis certain qu'elle aurait souhaité que le roi différât son voyage afin de l'accompagner.
– Buvez tranquillement votre chocolat, Ségaut. Avant les couches ou après, faire venir la reine avec son équipage, c'est conduire tout Versailles à Cherbourg ! La reine ne viendra pas, car tel est notre plaisir.

Voyant que chacun avait terminé sa tasse de cacao et mangé sa brioche, le roi décocha à l'attention des trois hommes, avec lesquels il conversait depuis plusieurs heures, une dernière flèche. La satisfaction se lisait sur son visage.

– Vous n'avez pas oublié dans le convoi qui nous mènera à Cherbourg d'y faire figurer le prince de Poix, mon capitaine des gardes, le duc de Villequier, mon premier gentilhomme de la Chambre, ainsi que mon premier écuyer, le duc de Coigny ?
– Non, Sire, répondit La Voûte, nous leur avons attribué le deuxième carrosse.
– Je les prendrai dans le mien.

Les trois regards semblaient tous exprimer la même interrogation : Sire, nous pensions qu'il nous était réservé.

– Vous voyagerez, vous, dans ce deuxième carrosse...
– Bien, Sire.
– Et vous ne serez pas seuls.

– Voilà une délicate attention, dit de Coste.

– J'ai demandé au capitaine Laroche de vous accompagner. C'est vous qui m'en avez donné l'idée, souvenez-vous...

– Jamais sanglier dans son bouge ne laissa échapper d'odeurs aussi fétides, cela va être un calvaire, dit Ségaut.

– Il va nous abreuver de plaisanteries douteuses, dit de Coste.

– Et s'il lui prenait le caprice de voyager avec un de ses singes ? dit La Voûte.

– Bonne journée, messieurs.

4

Cette nuit-là, la dernière à Versailles, la lumière de la lune était si vive qu'on voyait dehors presque comme en plein jour, et qu'elle jetait partout dans la chambre des éclats de nuit. Louis ne dormit pas ou à peine. Le dîner expédié, durant lequel il avait mordu dans des viandes à pleines dents, le cérémonial du coucher réduit à sa plus simple expression, au grand dam du service des courtisans, du porte-chaise d'affaires et du capitaine Laroche qui, pour une fois, n'avait pas vu sa perruque jetée sur le ciel de lit royal, Louis avait fui dans sa bibliothèque, la seule pièce où, semble-t-il, il finissait toujours par trouver une forme de sérénité.

Hésitant entre plusieurs ouvrages, il jeta son dévolu sur *La Jérusalem délivrée*. Ce livre l'avait sauvé du désespoir lorsque à sept ans le jeune dauphin avait été remis, comme la règle l'exige pour les Enfants de France, entre les mains des éducateurs masculins. On avait tout essayé pour faire diversion à sa douleur, jusqu'à lui offrir la batterie de petits canons qu'il désirait si ardemment ; on avait même tiré un feu d'artifice devant sa nouvelle chambre. Rien n'avait pu tarir ses larmes, jusqu'à ce que son précepteur lui offre ce long poème du Tasse dans la belle traduction de Jean-Baptiste de Mirabaud datant de 1735. Mais ce soir, les sinueuses strophes épiques ne suffirent pas à calmer son angoisse. Aussi finit-il par essayer de retrouver son exemplaire de *Robinson Crusoé* jusqu'à ce qu'il se souvienne qu'il l'avait offert à La Pérouse pour l'instruction et l'amusement de son équipage ! Il revint donc à l'un de ses livres de chevet, les *Doutes historiques sur les crimes imputés à Richard III* d'Horace Walpole, ouvrage qu'il avait entièrement traduit et annoté.

Vers trois heures du matin, fatigué, il retourna dans sa chambre et, une fois éteintes toutes les bougies, dissipés les tortillons bleutés s'étirant en autant d'arabesques tandis que montait dans l'air l'odeur de la cire d'abeille, il sombra dans un rêve étrange. Comme les vagues de l'océan quand elles n'ont pas de direction fixe et changent avec chaque vent, les événements auxquels il dut faire face lui parurent d'une incohérence absolue qui lui firent craindre, le temps de ce rêve, renaissant sans cesse de lui-même, qu'un état de folie s'était emparé de lui.

Ce fut tout d'abord un rêve de mer. Un directeur de conscience, qui n'était pas sans rappeler le terrible Pierre de Lancre, fameux traqueur de sorcières, lui serinait à l'oreille que le Bien était terrestre et le Mal océan. La meilleure preuve de ce qu'il avançait étant l'existence, prouvée par les savants, de ces baleines pourvues d'un phallus de deux mètres rejetant une formidable semence qu'on avait évaluée à une vingtaine de litres, ce qui expliquait pourquoi tant de jeunes filles, contrevenant aux injonctions familiales, étaient revenues enceintes après un bain de mer prolongé ! La mer, toujours elle, pleine de navires et de monstres.

Il se réveilla une première fois, couvert de sueur, comme lorsqu'il entreprenait ses travaux dans la forge qu'il s'était fait aménager juste au-dessus de sa bibliothèque. Rattrapé une deuxième fois par son rêve, il se retrouva dans un carrosse de couleur verte, aux roues jaune bouton-d'or et aux parois tendues de velours d'Utrecht blanc, dont les portières ne pouvaient s'ouvrir tant que les sièges n'étaient pas relevés. N'étant pas garnie de glaces, comme les berlingots des villes, des rideaux de cuir garantissaient les passagers du vent, de la pluie et de la poussière.

Afin de ne pas ralentir son voyage par un arrêt prolongé dans une auberge, il avait fait mettre dans le carrosse un panier contenant du pain, du vin, un morceau de veau froid, qu'il mangerait en voyageant, sans assiettes ni fourchettes, sur le pain, comme le recommandent les chasseurs et les voyageurs économes. Une bouteille de champagne non mousseux et six bouteilles d'eau seraient sa seule boisson. Pour plus de sûreté, il avait glissé dans sa poche divers rouleaux de louis d'or et sa bourse bien remplie.

Il avait remarqué que lorsqu'un songe le gênait, lorsqu'il sentait s'approcher lentement le terrible cauchemar, il pouvait, par sa simple volonté, aisément en sortir, ou passer à un autre rêve, plus calme, plus doux, comme on le fait lors d'une promenade et que se trouvant à un carrefour on décide de prendre tel chemin plutôt que tel autre. Mais cette fois, il n'en fut rien. Réveillé à plusieurs reprises, il se retrouvait irrémédiablement sur cette même route et dans ce même carrosse, perdu au milieu d'immenses forêts, dans lesquelles se succédaient des châteaux et des parcs, envahis par les herbes, d'où jaillissaient, par endroits, des statues usées et verdies : un amour coiffant un aigle, un autre couronnant Flore, Hercule et Apollon, Mercure et Bacchus, mais surtout, comme autant de symboles de la chasse, un cerf, une biche et une meute de chiens.

Longtemps, il crut qu'il voyageait seul. Mais ce n'était qu'un leurre, et cela le rendit malheureux. Plus qu'une fuite, c'était un carnaval, une fête sans joie qui le remplissait d'une tristesse infinie – comme jamais il n'en avait éprouvé. Non, il n'était pas seul dans le carrosse. Il y avait avec lui une baronne russe, qui se faisait appeler de Korff. Chaque voyageur portait une identité qui n'était pas la sienne : ainsi était-il monsieur Durand, intendant de la baronne, et la reine, madame Rochet, une gouvernante ; quant au dauphin, il était habillé en fille. Une voix ne cessait de lui murmurer à l'oreille un nom de lieu qu'il ne connaissait pas, un nom de village. C'est ce besoin de savoir qui le réveilla. Un moment, il crut qu'en criant ce nom qu'il ne parvenait pas à comprendre il parviendrait à le faire jaillir des ténèbres de son rêve. Mais en vain. La gorge sèche, le jour filtrant à peine par les fenêtres de sa chambre, il pensa qu'il était cruel de survivre à ceux pour qui on aurait voulu mourir. Puis soudain tout cessa. Il devait se lever, faire sans témoin une rapide toilette, se vêtir avec la seule aide de son valet de chambre. Puis manger rapidement mais copieusement. Il devait être à cinq heures au plus tard à Rambouillet. Louis avait dans le cœur une grande passion, dévorante, irrésistible, qui, à cet instant précis, l'habitait tout entier, effaçait tout, de cette nuit et de sa peur, du présent : la mer.

5

Vêtu d'un habit de voyage de drap écarlate agrémenté de la broderie des lieutenants-généraux, entremêlée de lys couleur d'or, Louis apparut avec, en contrebas, le château de Rambouillet. Adossé à la statue de Julien figurant une nymphe au moment de se baigner, tâtant l'eau du pied mais qui, croyant entendre du bruit, se retourne en rassemblant ses vêtements à la hâte, Louis observait l'équipage prêt à s'engager sur la route de Cherbourg. C'était un matin extraordinaire, comme ceux qu'il affectionnait lorsqu'il se préparait à courser le gibier, s'enfonçant dans les vingt-cinq mille arpents d'une forêt dont il connaissait chaque recoin. Il se sentait bien. Ce matin ne ressemblait à aucun autre. Il y avait eu du vent, puis il avait cessé. Et le ciel tremblait comme un ciel de métal. On ne savait au juste pourquoi tout était immobile, mais tout était immobile. Et on eût dit que le ciel, descendu jusqu'à effleurer le faîte des arbres, raclait le sol que les roues du convoi feraient bientôt gicler par touffes violemment arrachées. Louis aimait cette heure froide et légère du matin, lorsque l'homme dort encore et que s'éveille la terre. L'air alors est plein de frissons mystérieux. On aspire, on boit, on voit la vie qui renaît, la vie matérielle du monde, la vie qui parcourt les astres et dont le secret est notre immense tourment.

Dans le premier carrosse, le sien, l'attendaient le prince de Poix, son capitaine des gardes ; le duc de Villequier, son premier gentilhomme de la Chambre ; le duc de Coigny, son premier écuyer. Dans le deuxième, de Coste, Ségaut, La Voûte, rendus muets par la présence du capitaine Laroche, en habit galonné et les doigts aussi chargés de bagues et de diamants qu'un financier, le seul à s'adresser à haute voix à son roi, lui prodiguant immédiatement une niche dont il avait le secret :

– Beau temps, Sire.
– Quel vent, matelot ?
– Vent de terre !
– Paré à virer, Sire.

Dans le troisième carrosse, deux officiers de bouche et deux écuyers. Dans le quatrième enfin, un valet de chambre, deux valets de garde-robe et un barbier. En bout de cortège, une voiture de suite en cas de besoin et un petit nombre de gardes du corps courant. Comme Louis l'avait souhaité et comme le déplora une nouvelle fois Ségaut, le train royal était des plus réduits : quelques berlines et cabriolets, trente-trois bidets, soixante-six chevaux de trait et, plus étonnant encore, aucun détachement militaire hormis les quelques gardes du corps déjà nommés. Louis, qui avait voulu tout régler de ce voyage, avait été on ne peut plus clair :

– La sécurité sera assurée, tout au long du parcours, par les garnisons et les milices locales. Inutile de lever une armée. Nous ne sommes pas en guerre. Quant aux milices bourgeoises, elles ne doivent ni s'assembler ni prendre les armes dans les villes que je traverserai. Tout juste pourront-elles faire haie sur le passage du roi et les officiers devront veiller à ce qu'aucune arme ne soit chargée.

Durant la première partie du trajet, le cortège rencontra d'assez mauvais chemins et lorsque apparaissait une portion de route pavée, permettant aux chevaux de reprendre leur galop, le convoi faisait grand bruit. Mais la plupart du temps l'allure était d'une lenteur précautionneuse. Louis en profitait pour découvrir le paysage, s'émerveillant de tout, lançant « quelle riante matinée se prépare, messieurs » ou « regardez cet orient couleur de topaze et de pourpre mêlées et confondues » ou encore « la lune décroissant fait briller sur l'azur du ciel ses cornes d'argent légèrement émoussées ». Alors qu'il s'exclamait « des vapeurs blanches s'élèvent entre les arbres, regardez, messieurs, sans doute des cabanes de bûcherons ! », il s'aperçut qu'il parlait dans le vide : ses commensaux dormaient profondément.

Au fond, quelle importance... Il avait toujours été seul et le resterait. Sans doute était-ce cela le sort des rois. Au principe de toute autorité publique, de toute législation, de toute magistrature, sa *dignitas* était immortelle : reçue à la mort de son prédécesseur, il la transmettrait à son successeur. Le caractère mortel de sa personne privée comptait pour bien peu de chose. Au milieu de ce grand mouvement qui le dépassait, quel pouvait être son rôle ? Parfois, il sentait une immense tristesse l'envahir : comme lorsqu'il observait les membres des plus grandes familles du royaume mendier un de ses regards à Versailles. Comment avait-on pu en arriver là ? Que pouvait-il réellement faire, entreprendre, de quelle marge de manœuvre disposait-il ? N'avait-il pas reçu une éducation qui l'avait orienté dans une direction dont il ne pourrait jamais se départir ? Il le voyait bien, ce mélange de monarchie absolue et de société aristocratique dans lequel baignait son cher et vieux pays n'avait fait qu'y accentuer les tensions. Louis XIV, d'une certaine façon, avait restitué une forme d'indépendance à la société, et Louis XV en avait favorisé le mouvement, mais lui, il le sentait bien, il perdait le contrôle, et de la Cour et de la Ville – comme un capitaine, la barre de son navire. Tout conspirait à l'affaiblissement de son autorité : le bouillonnement des idées, la croissance des richesses, l'émergence d'une opinion publique. Où trouverait-il la force, les appuis pour changer le cours des choses ? Il fallait à tout prix qu'en accord avec la noblesse, il propose une politique nouvelle qui rassemble État et société dirigeante autour d'un minimum d'entente. Roi aux pieds d'argile, il était tel un navire perdu au milieu d'une tempête, cédant aux clans et aux coteries. Tantôt à la Cour, aux philosophes, aux dévots ; tantôt aux jésuites, aux jansénistes, aux physiocrates, aux mercantilistes. Quelles innovations devrait-il promouvoir pour que son peuple mange à sa faim et soit plus heureux ?

Il n'était pas encore très éloigné de Versailles, mais dans ce carrosse, qui le secouait comme le paysan le fait de son prunier pour en recueillir les fruits, c'était une autre vie qui s'offrait déjà à lui. Jusqu'alors, il n'avait pu vraiment se libérer des drames de son enfance, comme cette attente de la mort de son grand-père, interminable, où, dans son lit, il avait attendu qu'un valet éteigne la bougie, placée derrière les vitres de la fenêtre du monarque et qui signifierait que celui-ci avait cessé de vivre. Il s'en souvenait encore. L'air du palais était infecté, une odeur pestilentielle s'exhalait de la chambre royale, et une cinquantaine de personnes étaient tombées malades pour avoir traversé les galeries qui y menaient. Dix en étaient mortes. Louis se souvenait encore du silence de la volière, rendue muette, comme par enchantement, et de l'indifférence populaire qui accompagna toute la journée du 10 mai 1774. Un soleil radieux de printemps s'était levé, comme celui qui aujourd'hui accompagnait les premières lieues de son voyage. Les cabarets et les guinguettes étaient pleins, mais les églises, que les prières des Quarante-Heures auraient dû remplir de monde, étaient vides. Huit ans auparavant, il avait dû endurer la mort de son père, Louis de France, décédé le 20 décembre 1765, et deux ans plus tard celle de sa mère, affaiblie, maigre, si pâle, qui errait dans ses appartements en toussant à fendre l'âme. Le 13 mars 1767, il avait écrit dans son journal : « Mort de ma mère à huit heures du soir. » Il lui avait parlé la veille et avait pensé : « J'ai l'impression de voir la mort elle-même. » Toutes ces morts l'avaient bouleversé, à tel point qu'il en était tombé malade. Qu'il faisait peine à voir. Et qu'une nouvelle fois il était demeuré si seul, comme si cela devait être la marque de sa vie – cette solitude, cette sensation que personne jamais ne pourrait lui venir en aide.

Alors que le carrosse, dépassant un vaste verger entouré de prairies et de champs de blé, s'engageait sur une route très droite, plantée de saules, d'ormes et de peupliers, il se revoyait, percevant dans le couloir menant à sa chambre un bruit diffus qui s'amplifiait, gonflait comme voile tendue par le vent, qui se transformait, tandis que les portes de son appartement s'ouvraient, laissant pénétrer une marée humaine, soudaine, une vague ronflante : celle des courtisans venant saluer la toute-puissance de Louis, seizième du nom. Il n'avait pas encore vingt ans, il en avait trente et un aujourd'hui.

Comme prévu, le cortège entrait dans Houdan. Les chevaux du roi devaient y être remplacés par des chevaux de poste.

6

Le changement de montures prestement effectué, le cortège reprit sa route, ne croisant que de rares mules attelées avec des sangles sur la tête ou des bœufs, conduits de deux en deux, par des hommes portant manteau sur les épaules et gaule à la main. Ségaut avait prévu une course rapide, qu'il imaginait sans embûches, jusqu'à Harcourt, première étape du voyage. Mais, alors que les carrosses grimpaient le long d'une route des deux côtés de laquelle se succédaient, monotones, champs de froment et champs de fèves, champs d'avoine d'une hauteur extraordinaire et carrés luisants de tabac, rectangles de lin et de pastel, le convoi s'arrêta net, si brusquement que les dormeurs furent précipités les uns sur les autres telles ce qu'on appelait désormais des « poupées », en paille ou en bois, et avec lesquelles jouaient les petites filles. On pensa immédiatement aux dangers encourus sur certaines routes, quand le jour n'est pas encore levé ou au contraire lorsque tombe la nuit, et à certains endroits comme la montée de Juvisy, ou celle de Tarare. Les malfaiteurs choisissent le lieu où la voiture gravit plus lentement une côte, la livrant alors à leur merci, sans espoir de leur échapper grâce au courage et à l'adresse du postillon qui n'a plus le temps de faire prendre le galop à son attelage.

— Que se passe-t-il ? demanda Louis, la tête penchée à l'extérieur de son carrosse.
— Une femme nous empêche de passer, Sire, répondit le capitaine des gardes du corps.
— Une femme, à elle seule, qui arrête un convoi de plusieurs carrosses !
— Qu'on la fouette, dit de Coste descendu sur le bas-côté de la route.
— Qu'on la jette en prison, ajouta Ségaut.

Louis rejoignit les deux hommes déjà en conciliabule avec La Voûte, vite imité par l'ensemble des voyageurs. Si le roi avait bien voulu écouter ses conseillers, ils n'en seraient pas là. Un détachement de soldats aurait eu vite fait de mettre la perturbatrice à l'écart voire de la désarmer si son dessein avait été d'attenter à la vie du souverain.

— Messieurs, gardez votre calme, dit Louis, tout en se dirigeant vers la femme qui semblait ne pas comprendre ce qui était en train de lui arriver.

Les pieds nus, elle était vêtue d'un corsage blanc et d'un simple jupon couleur d'andrinople. Elle tremblait de peur.
— D'où viens-tu, ma fille ? demanda le roi.
— De la forêt.
— De là, en face ? dit Louis.
— Non, de tout ça, répondit la femme, désignant d'un geste large le grand peuple de la chênaie qui s'offrait aux regards.
— Comment t'appelles-tu ?
— On me nomme Marie des Vallées ou Émilie de Sainte-Amaranthe.
— Deux noms pour une personne ! Et que fais-tu ?
— Je travaille aux champs. Je glane, je fane, je tiens la charrue, je charge le fumier...
— Alors pourquoi te caches-tu dans ces bois ?

– J'y arrache de l'herbe pour nourrir les vaches.
– Tu as un homme ?
– Oui.
– Tu as des enfants ?
– Sept.
– Des petits-enfants ?
– Sire, je n'ai que vingt-cinq ans !

Louis était stupéfait. Vue de près, la paysanne en paraissait cinquante, tant elle était courbée, le visage ridé, durci par le travail.

– Tu aimes ta vie de paysanne ?
– Oui, Sire. Mais parfois elle est très dure...

Louis entendait qu'on ricanait dans son dos. Ségaut s'en donnait à cœur joie :

– Une drôle de paysanne... Je la verrais bien tantôt prise de convulsions, tantôt tomber en extase, ou proférer d'affreux blasphèmes.

À cet instant, la femme regarda Ségaut droit dans les yeux :

– J'entends ce que vous dites, monsieur. Certains ont prétendu que j'étais une sorcière et d'autres que j'étais une sainte. Allez comprendre.

Ségaut, faisant comme si la femme n'existait pas, s'adressa directement à Louis :

– Sire, prenez garde, je vous en prie, partons.
– Taisez-vous, Ségaut. Si vous craignez pour votre vie, allez vous cacher dans votre carrosse. Et, se tournant vers la femme : Que puis-je faire pour toi, Marie ?

Louis avait à peine formulé sa question que la femme se jeta à ses pieds et lui embrassa les genoux :

– Le sort des gens de travail, comme moi, est partout à peu près le même. Nous avons à peine du pain à manger, de l'eau à boire et de la paille pour nous coucher. Notre état est pire que celui des sauvages de l'Amérique. Mais je ne viens pas pour moi... plutôt en faveur d'une mère infortunée qui a douze enfants.

— Je vais l'aider, soyez-en sûre.

— Mais... j'aurais aussi besoin de vous parler, en tête à tête.

— Venez, dit Louis tout en entraînant son interlocutrice à bonne distance des carrosses.

— Sire, je vous ai vu... en rêve... Vous étiez dans un carrosse, caisse verte, roues jaune bouton-d'or, avec votre femme et vos enfants, mais vous étiez vous tout en étant un autre. Et c'était terrible, il y avait du sang partout, qui ne rougissait plus seulement les places publiques, mais aussi les marches du trône. Et je me suis vue à vos côtés...

— Un carrosse..., répéta Louis, troublé.

Sire, vous n'allez pas me battre pour ce que je vous ai dit ?

— Mais non !

— J'ai autre chose aussi... à vous montrer...

— Je vous écoute.

Pointant son menton en direction du convoi à l'arrêt et des hommes le composant, elle lui dit que ces gens ne l'aimaient pas, voulaient sa perte, complotaient contre lui, ne souhaitaient nullement le bonheur du peuple de France.

Louis sourit :

— Qu'en sais-tu, Marie ?

La femme sourit à son tour, mais d'un drôle de sourire, étrange, douloureux, comme habité.

— Écoutez, mon roi. Écoutez.

Alors, Louis se trouva comme transporté au cœur du trio formé par ses collaborateurs les plus proches : Ségaut, de Coste et La Voûte. Par on ne sait quel miracle ou diablerie, il pouvait entendre très distinctement leur conversation. « Le roi a trop lu Fénelon et son *Télémaque* qui enseignait que le seul but d'un monarque était d'assurer le bonheur de ses sujets, quel nigaud », affirmait de Coste. « Notre bon Louis ne comprend rien, poursuivait La Voûte, sa tendance à user de bonne foi dans les relations internationales, à suivre coûte que coûte avec soin les règles prescrites par le droit des gens et les lois de l'humanité, relève d'une naïveté coupable. » Ségaut porta le coup de grâce : « Quel imbécile ! Pourquoi vouloir humaniser la guerre comme il le fait, épargner les innocents, s'abstenir de violences inutiles, respecter, même au milieu de l'horreur des combats, les mœurs et la pudeur, user de modération dans la victoire et dans les conquêtes ! Aller jusqu'à ordonner aux hôpitaux militaires de traiter les blessés ennemis "comme les propres sujets du roi", quel âne ! Tout ça va nous conduire à la ruine. Louis est jeune, s'il vit aussi vieux que Louis XIV, il mourra en 1826 ! »

Louis, se prenant au jeu, demanda à la femme :

– Je peux entendre le capitaine Laroche ?

– Bien sûr. Du moins ce qu'il a dit, car maintenant il ne parle plus. Ce sont ses mots qui ont déclenché cette conversation. On s'est beaucoup moqué de lui. On l'a traité d'idiot du village, de fou sans cervelle, d'ignare parce qu'il avait osé dire que vous aviez le courage de servir Dieu en un temps où le démon est en vogue. Et que vous étiez un homme bon parce que vous aviez doté l'école de Valentin Haüy qui aide les aveugles.

– Le capitaine et moi avons beaucoup de choses à nous dire.

Alors, fondant en larmes, plus occupée de sa reconnaissance que de son respect, la femme serra son roi dans ses bras et lui demanda :

– Sire, vous aiderez la femme et ses douze enfants ?

– Oui, je vous le dis : oui.

– Je vois en vous un bon roi et ne désire plus rien en ce monde.

Ce furent les dernières paroles prononcées par Marie des Vallées avant que Louis ne remonte dans son carrosse et ne poursuive sa route. Après ce premier arrêt inopportun, les villes défilèrent. Le convoi passa à Dreux, où les pavés, pour éviter tout événement fâcheux, avaient été repiqués. La ville de Nonancourt, atteinte une heure plus tard, avait pris soin de dégager certaines parties des accotements du chemin sinueux et recouvert les pavés d'une couche de sable. De nouveau, Louis s'enthousiasma du spectacle des champs de blé qui défilaient à la vitesse du galop des chevaux. « Je jouis du blé vert, et j'en jouis en moisson », dit-il à messieurs de Poix, Coigny et Villequier qui étaient retombés dans une somnolence tenace, gardant pour lui la suite de sa réflexion : « Je ne connais rien de plus beau qu'un champ de blé qui rit sous les premières haleines du printemps. »

Au fur et à mesure de son avance, Louis faisait miel de tout : visions, sensations, odeurs, parfums. Tout lui plaisait, comme ces troupeaux d'oies, de dindons et de poules cherchant leur nourriture sur les bas-côtés de la route. Mais, depuis cette rencontre étrange avec la femme aux pieds nus et au regard intense, quelque chose d'imperceptible avait changé. Un léger déplacement dans sa vie, de quelques secondes, de quelques millimètres. Il ne cessait de repenser à son dernier rêve, à ce que cette femme lui avait dit. Voilà maintenant qu'il se sentait transporté, malgré lui, dans la grande cour des Tuileries. Il s'y promenait avec des officiers de sa maison et un page, gardé par six grenadiers de la garde bourgeoise. Quelle pensée absurde ! Il apercevait même le dauphin, plus âgé, mais encore très jeune, jouant avec une pelle et un petit râteau dans un pavillon construit pour lui...

La portion de route entre Verneuil et L'Aigle le combla de bonheur. Après un petit pont de bois qui lui fit enjamber une rivière appelée l'Aure, le convoi emprunta un chemin creux ombragé par de grands arbres poussés sur les talus des fermes. Une impression de profonde sérénité émanait du paysage, dans lequel des veaux, disséminés au milieu de hautes herbes au pied de pommiers en fleur, regardaient les carrosses passer de leurs gros yeux vides, le mufle tendu dans la direction du vent. Çà et là, des ouvriers agricoles travaillaient dans les champs. Louis se dit qu'il serait bien allé les voir pour manier la bêche avec eux, ou boire de grands verres de cidre jaune luisant, ou du vin coloré, rouge, couleur de sang, à même le goulot. Il n'avait plus de doute. Tout ce paysage était un paysage spécifiquement normand, celui qu'il avait souhaité rencontrer : maisons à pans de bois apparents, hauts toits bruns jaillissant de verts coteaux, rivières creusant leur lit entre de profondes collines boisées ou éventrées par des carrières. L'Aigle, ville de la clincaillerie et des papiers-tontisses, n'était plus très loin. C'est là que le roi et sa suite étaient attendus pour y prendre leur premier repas.

7

Dans la prairie attenante à l'auberge de l'Avette, trois lourdes vaches, rassasiées d'herbe, se reposaient couchées sur le flanc, le ventre saillant, repoussé par la pression du sol. Un plan de table, fixé par Coigny, fut immédiatement défait par Louis qui souhaitait, une nouvelle fois, être près de son peuple et ne pas en être séparé par le filtre de ceux qui l'accompagnaient depuis Versailles. On avait préparé un repas somptueux : soupe, volailles, canards, fricassée de poulet, longes de veau, plusieurs plats de légumes, salade, vin rouge en abondance. Louis le refusa. L'aubergiste serait évidemment dédommagé pour sa peine, mais le roi souhaitait manger comme ses sujets, lorsque ceux-ci descendaient à l'Avette.

– Qu'avez-vous à nous proposer ? demanda Louis à l'aubergiste, un gros homme rougeaud, coiffé d'un bonnet.

– Du pain, du vin, des écrevisses qui viennent de la rivière et qui sont les meilleures du monde, et que Louise vous servira avec amour, dit l'homme en désignant une jeune fille.

Celle-ci, robuste et bien faite, en habit de serge, coiffée à la villageoise et en sabots, eut presque pu passer pour une dame de la Cour, tant la mode extravagante de cette dernière singeait les femmes du peuple. N'avait-on pas vu, récemment encore, madame Favart faire scandale au théâtre en osant y paraître habillée en fille de ferme, ou des suivantes de Marie-Antoinette, quand ce n'était pas la reine elle-même, se promener en justaucorps à la paysanne, tablier et fichu, et chapeau de paille en guise de couvre-chef ! Lors d'un des couchers du roi le capitaine Laroche avait eu ce bon mot qui, disait-on, avait fort diverti Sa Majesté :

– Il ne leur manque plus que de porter sur le dos de lourdes hottes chargées de légumes et de fruits qu'elles pourraient aller vendre à la ville !

Louise était si heureuse que, ne pouvant contenir sa joie, enhardie par sa gaieté et sa simplicité, elle embrassa Louis, tendrement, comme un père.

– Je m'appelle Louise, vous vous appelez Louis : nous avons le même prénom !

Loin de s'offenser, ce qui n'était pas du tout le cas des autres membres de la Cour, Louis accueillit ce transport avec bonté et embrassa la jeune fille en retour.

Le plan de table ayant été revu, il se retrouva assis à côté d'un grand homme maigre au teint buriné par le vent et le soleil, vêtu d'une blouse bleue et coiffé d'un képi à galon rouge. Il passait, disait-il, sa vie à hanter les sentiers étroits des champs de colza, d'avoine et de blé, enseveli jusqu'aux épaules dans les récoltes, pour gagner quelques sous et tenter de faire vivre une famille de huit enfants.

– Juin est un mois magnifique, Sire, un mois vert et fleuri, le vrai mois des plaines, dit l'homme tout en retirant son képi, laissant apparaître de longs cheveux sombres, relevés et noués avec un ruban. J'aime ce mois, mais…

– Mais ? dit Louis en mordant à pleines dents dans la tranche de pain que Louise venait de découper dans une grosse miche de seigle couleur chocolat.

L'homme hésitait à répondre. Son voisin, un gaillard de haute stature, chevelure blonde et grise, barbe rousse, coiffé d'un vieux chapeau, et qui avait pour habitude de se louer pour garder les troupeaux, savait ce que son voisin voulait dire.

La Voûte, qui venait de recevoir les confidences de l'aubergiste, intervint :

– Ne l'écoutez pas, Sire. Cet homme va la nuit dans les bois cueillir des plantes maudites, à commencer par la belladone.

– Ou herbe du diable, compléta l'homme, hilare.

– De la jusquiame noire !

– Ou main de l'Ange déchu...

– De la morelle noire...

– Ou herbe aux sorciers...

– Et sa cicatrice, insista La Voûte, vous l'avez vue ! Sur le front : la marque de Satan. Il y a cent cinquante ans, son ancêtre a participé à la révolte des Nu-Pieds ! Il a même été ermite.

– Et alors, dit l'homme, où est le mal ? Un ermite n'embête personne. Il est dans son coin, tout seul. Il médite. Il prie. Il parle avec la nature.

Louise, une cruche d'eau à la main, la posa sur la table et prit la parole :

– La belladone calme la toux, la jusquiame apaise les rages de dent, la morelle soigne les ulcères, et sa cicatrice est un accident de faux ! Et je sais, moi, ce qu'ils veulent vous dire... C'est au sujet de la corvée... Il faut la supprimer, Sire.

– C'est injuste de forcer ceux qui ne possèdent rien à donner leur temps et leur travail, sans salaire, de leur enlever leur seule ressource contre la misère et la faim, pour les faire travailler au profit de plus riches qu'eux, expliqua l'homme au képi.

– Ça tombe toujours sur les plus pauvres. Ceux qui n'ont de propriété que leurs bras, les cultivateurs, les fermiers. Les propriétaires, ils font rien. Et c'est eux qui utilisent les chemins ! ajouta l'homme à la cicatrice.

Campée devant le roi, Louise trouva les mots justes pour le toucher :

– Je me souviens, quand j'étais enfant, la corvée avait été remplacée par des ouvriers salariés, et puis vous l'avez rétablie, Sire. C'est pas normal. Il faut la supprimer. Pendant qu'on transporte des cailloux sur les routes, on n'a pas le temps de cultiver les champs ! Et l'été, on ne peut pas réquisitionner les hommes comme ça, les chevaux, les voitures : ils sont trop utiles à l'agriculture ! Avant la récolte, c'est impensable de faire travailler des ouvriers qui n'ont qu'un seul souci : trouver des subsistances pour nourrir leur famille.

– Et ce n'est ni le clergé ni la noblesse qui vont s'y mettre, hein ? hurla Laroche en levant haut un énième verre de vin rouge.

– L'inégalité entre les hommes est d'origine divine. Rien ne doit changer dans la société d'ordres telle qu'elle existe dans le royaume de France depuis des siècles, marmonna de Coste dans sa barbe.

Louis, qui l'avait entendu, lui fit passer un billet sur lequel étaient écrits ces quelques mots : « Vous voulez une émeute ? Continuez ainsi, de Coste. » Puis, se tournant vers la servante, il lui assura qu'une fois revenu à Versailles, il abolirait la corvée et la remplacerait par un impôt qui frapperait tous les propriétaires, y compris les nobles et le clergé, premiers bénéficiaires du bon état des routes.

C'était s'attaquer à forte partie, mais qu'importe. Après tout, Louis n'avait-il pas été porté aux nues lorsque, au tout début de son règne, il n'avait pas hésité à dire que si un jour il se trompait, « il ne balancerait pas à se rétracter pour mieux faire » ? Voltaire en personne n'avait-il pas alors tressé des couronnes à ce jeune souverain, le premier d'une longue lignée à « avoir pris le parti de son peuple » ? Il fallait en finir avec cette image d'un souverain de carton-pâte tel que l'avait dépeint le pamphlet des *Mannequins*. C'est à cela que devaient servir ce voyage normand et ceux qu'il entreprendrait après lui : à écouter son peuple, sans intermédiaires, et pourquoi pas à transformer cette monarchie traditionnelle en une sorte de démocratie royale présidée par un souverain vertueux ? Louis le sentait bien, le vieil édifice monarchique était en train de s'effriter, et il ne pouvait compter ni sur la noblesse ni sur le clergé, pétrifiés à l'idée de perdre le moindre de leurs privilèges, pour le rénover mais aussi, tout simplement, pour y survivre. Il fallait que tout ça change, toute cette société d'ordres, de coutumes, de castes, de privilèges, d'exemptions, sinon la monarchie disparaîtrait.

Le repas avait duré plus longtemps que prévu et il restait à parcourir environ vingt-cinq lieues. « Il n'y a plus de temps à perdre », semblaient dire, implorants, Ségaut et de Coste. Le convoi s'ébranla entre deux rangées de haies de haut jet, mêlant chênes et châtaigniers. Louis avait décidé de changer d'équipage et de retrouver Ségaut, de Coste et La Voûte. Il comprit très vite qu'il avait peut-être commis une erreur. De Poix, Coigny et Villequier somnolaient, ce qui lui permettait de laisser libre cours à ses pensées, mais avec ceux qu'il venait de faire monter dans son carrosse, il comprit que cela lui serait impossible. Une basse-cour, un colloque de pies. Mieux valait dormir, ou tout du moins simuler l'assoupissement.

Bien qu'ils parlassent à mi-voix, chuchotant comme des conspirateurs, Louis saisissait parfaitement ce qui était en train de se dire. La conversation roulait sur les réformes. À leurs yeux, ce mauvais roi en avait déjà trop fait. Était-il vraiment nécessaire d'abolir la torture, de remplacer toute prise de navire neutre par un strict respect de la neutralité, de créer le mont-de-piété « pour décourager l'usure et venir en aide aux petites gens » ? Fallait-il vraiment que ce soit un chasseur comme lui qui interdise la fauconnerie, le vautrait, la louveterie, le vol du cabinet et la réduction drastique de la vénerie ! Sans parler de cette imbécillité de donner aux femmes mariées le droit de toucher elles-mêmes leur pension sans demander l'autorisation de leur mari ! Et pourquoi avoir supprimé le caractère héréditaire des charges ? Pourquoi pas abolir les privilèges ! Quant à l'abolition de la peine de mort frappant tout déserteur, c'était une véritable insulte aux armées de France. Ségaut était particulièrement furieux contre la décision royale d'opérer des coupes sombres dans les offices et les places à la Cour.

– Cela lui a assuré la haine éternelle de la haute noblesse, déclara de Coste.

– Et cette manie des interventions charitables ! dit Ségaut. Aller permettre aux habitants des campagnes d'envoyer et conduire dans tous les bois de ses domaines, ainsi que dans ceux des communautés séculières et régulières, les chevaux et bêtes à cornes, et de les y faire pâturer sous prétexte que la sécheresse était persistante, que le froid était rigoureux. Mauvaises récoltes, épizootie, inondations, et puis quoi encore !

– Vous savez, nous aurions pu nous en douter, ajouta doctement le conseiller spécial du roi. Vous vous souvenez de son premier édit ? Mai 1774, quelques jours après son avènement à la Couronne...

– Faire remise aux Français de l'impôt habituellement prélevé à chaque changement de règne et supprimer le « Droit de joyeux avènement ». Renoncer ainsi à plusieurs millions, quelle ânerie, acquiesça Ségaut. Ce roi est un danger pour la France. Il va tuer la monarchie.

Louis qui avait tout entendu, à la fois meurtri mais nullement décidé à se laisser faire, fit mine de se réveiller et de sortir d'un songe léthargique qui lui avait permis de prendre deux décisions. La première était qu'il faudrait doubler la pension accordée à l'abbé de L'Épée afin que sa fondation, dans laquelle il enseignait aux sourds-muets un langage des signes de son invention, soit assurée d'un avenir solide. La seconde était liée à ce voyage normand. Certes, la marche de cette journée était fort longue et sans doute fallait-il arriver à Harcourt le plus tôt possible, mais il le voyait bien, les habitants des différents lieux qu'il traversait ne pouvaient qu'à peine jouir de la vue de leur souverain. Il constatait leurs regrets, était un témoin compréhensif de leur désarroi. Il fallait adoucir leur peine, mais comment ? En ralentissant le pas chaque fois qu'il voyait des hommes et des femmes, beaucoup d'enfants aussi, s'approcher de sa voiture. Ainsi leur montrerait-il par son accueil combien il était sensible à leurs vœux et combien il les aimait. Le convoi venait juste de dépasser Sainte-Gauburge, commune sur laquelle la comtesse de Narbonne avait des terres où, dans ses haras, on élevait de beaux chevaux de selle de toutes races, principalement arabes, turcs et anglais, dont certains arrivaient même jusqu'à Versailles.

– Quelle ville allons-nous atteindre ? demanda Louis.

– Argentan, Sire, répondit Ségaut. Sa manufacture de dentelles y emploie plus de six mille femmes dans la ville et ses environs.

8

De Nonant à Argentan, la voie fut dégagée. Tout juste le convoi royal croisa-t-il, et en très petit nombre, messageries et chaises de poste. La route, bien construite, empierrée avec du gravier et bordée par six rangées d'arbres, les ponts, protégés par de puissantes lisses, permirent aux passagers, qui n'avaient plus à subir les cahots du chemin, d'engager une controverse au sujet de la langue française si chère au marquis de La Voûte :

– N'avez-vous pas remarqué, Sire, comme ces Normands grasseyent, pèsent sur les mots, les allongent, en dénaturent le sens ?

– Toujours votre exagération, dit Louis.

– Vous ne pouvez pas nier qu'alors que le français conquiert l'Europe, presque d'un élan, il gagne péniblement la France, ne le faisant que province après province.

De Coste, souvent en opposition avec La Voûte, se retrouvait à ses côtés dès lors qu'il s'agissait de contredire le roi, voire de le dénigrer :

– Il lui reste en effet dans le royaume des concurrents et, à certains endroits, presque des rivaux. Le latin vaincu, mais non évincé, la foule des patois et des langues hétérogènes est impressionnante : allemand, flamand, breton, basque, normand...

C'était une évidence et Louis, qui savait parfaitement qu'on parlait si bien à Versailles qu'il semblait qu'on ait dû parler ainsi partout, en oubliait qu'il fallait un interprète à Marseille, ou que Racine en voyage, comme il l'avait lui-même rapporté, était incapable de se faire apporter un vase de nuit dès qu'il était à plus de cent lieues de la capitale. En réalité, la seule question qui valait la peine d'être posée était celle-ci, que Louis soumit à sa petite assemblée :

– Messieurs, lequel, parmi les administrateurs de la France, pense aujourd'hui qu'il y aurait le moindre intérêt moral à unir les Français dans la langue du roi ?

Devant le silence opposé à sa question, dont il ne savait pas s'il s'agissait d'une marque d'acquiescement ou d'une preuve de refus, il poursuivit son discours :

– Pour bien observer le génie de son siècle, il faut observer les changements qui se font dans le langage et dans la façon de parler. Il ne s'agit pas toujours d'effets de mode ou de caprices. Ils sont souvent occasionnés par des mutations réelles autant dans les cœurs que dans les esprits et qui sont cause que l'on emploie une façon de parler nouvelle pour exprimer une nouvelle façon de penser.

– Vous nous décrivez une révolte, Sire, dit Ségaut.

– Non, une révolution ! Les mots ont de plus en plus de poids : ils dominent le discours.

– Alors que proposez-vous ? La Normandie, par exemple, c'est une terre de Vikings. Et ceux-ci ont laissé des traces chez les vastes populations conquises.

Louis n'eut pas le temps de répondre. Une foule compacte, de toutes les classes du peuple et sortie on ne sait d'où, était en train de se porter sur le passage du carrosse, l'obligeant à ralentir sous les hourras, alors que d'immenses moutonnements de forêts, jusqu'aux extrêmes limites de l'horizon, annonçaient les rives de l'Orne dans laquelle se mirait Argentan. C'est donc ça, la Normandie, se dit Louis, ce mélange de forêts profondes, de champs de trèfle et de blé, d'enclos ombragés d'arbres fruitiers, au milieu desquels s'élèvent des maisons à toit de chaume et dont les fenêtres sont munies de carreaux enchâssés dans la terre glaise !

Bientôt Falaise se dressa sur la route du roi, ville qu'il atteignit en empruntant une allée de tilleuls. Si les chemins et rues étaient remplis de peuple, les arbres étaient couverts de jeunes gens qui, toujours attentifs au moindre nuage de poussière, s'écriaient : « Voilà le roi ! Je le vois ! Il arrive ! »

Dans les faubourgs de Falaise, une surprise attendait Louis : cinquante jeunes filles, uniformément parées de blanc et de rose, guettaient le carrosse afin de l'accompagner dans le dédale des rues. Couvrant les voitures de fleurs, en parsemant la route, elles contraignirent le convoi à marcher au pas. Le roi, penché à sa fenêtre, parlait avec certaines, touchant des bras, des mains, tandis que les plus effrontées d'entre elles n'hésitaient pas à l'embrasser. Docile, heureux, Louis leur rendait bien volontiers leurs marques d'affection.

Une fois le doux obstacle franchi, il fallut bien se rendre à l'évidence : le convoi avait pris beaucoup de retard. Les voyageurs avaient encore dix-huit lieues à parcourir, parmi de sombres hêtres et des blocs granitiques émergeant du bocage, avant d'atteindre le château de Thury-Harcourt. Le jour était déjà à son déclin et l'horizon s'empourprait de tous les feux du soleil en train de disparaître quand ils y parvinrent.

Le maître des lieux, qui avait bien fait les choses, avait invité nobles et laboureurs, bourgeois et citadins à se presser sur le bord de la route pour accueillir leur monarque. La réalité dépassa ses espérances. Il s'attendait à une foule nombreuse mais se trouva vite débordé par une sorte d'émeute bon enfant contraignant maintes fois le carrosse à s'arrêter. Louis était aux anges. À mesure qu'il s'enfonçait en terre normande, sa popularité ne cessait de grandir. Les dernières centaines de mètres en direction du château furent couvertes à pied. Les milices bourgeoises, chargées de la sécurité, étaient dépassées. Qui aurait voulu attenter à sa vie n'aurait pas rencontré le moindre obstacle. Laroche, tout près du roi, riait à gorge déployée. Il avait l'impression que la gloire du roi rejaillissait sur lui, le si proche, l'intime. Mais ce qui, par-dessus tout, le faisait rire, c'était de regarder de Coste, Ségaut et La Voûte, littéralement morts de peur. Car ils avaient bien compris que si Louis semblait véritablement aimé de son peuple, les nobles de son entourage ne bénéficiaient pas de cette mansuétude.

Une fois dans l'enceinte monumentale du château, le roi fut accueilli par une haie d'honneur constituée d'une compagnie de gardes vêtus de rouge et galonnés de bleu, mais aussi des écuyers, des pages, des dames de qualité et des gentilshommes, tous logés au château. Invité à venir se reposer dans son appartement, qui ne comportait pas moins de quatorze hautes fenêtres, Louis y resta le temps suffisant pour s'y laver et s'y changer. Un dîner somptuaire l'attendait, auquel il participa avec une heure de retard, car son appartement comportait un petit cabinet de curiosités dans lequel il s'était attardé avec délices : des coquillages de toutes espèces y côtoyaient des minéraux rares, des animaux exotiques empaillés, des insectes délicatement épinglés dans des cadres de velours, des herbiers aux planches soigneusement classées selon le nom binominal de l'espèce et groupées par rang taxinomique croissant, enfin de nombreux livres précieux, dont la pièce maîtresse était un exemplaire du *Voyage en Amérique* que le père minime Plumier avait publié en 1686.

Le maréchal d'Harcourt avait voulu que cette réception soit moins celle d'un roi que celle d'un ami. Mais ce qu'il ne pouvait savoir, c'est que tout ce qui de près ou de loin rappellerait à Louis XVI la pompe de Versailles le plongerait malgré lui dans une sorte de rejet immédiat. Duchesses, marquises, comtesses, demoiselles, princes, ducs, marquis, comtes, chevaliers, en tout une cinquantaine de personnes, étaient là autour de la table, trépignant d'impatience. Les hommes, croulant sous une surabondance de montres, de chaînes, de bagues ; l'habit et le gilet couverts de boutons d'or ou d'argent avec des ornements ciselés, tantôt en nacre et en bois de senteur avec incrustation de pierreries, tantôt offrant des lettres pour former le nom de l'individu qui les portait, tantôt décorés de peintures sous verre, d'insectes, de minéraux, d'objets d'histoire naturelle. Les femmes, la tête surmontée de coiffures parvenues à un tel degré de hauteur, par l'échafaudage des gazes, des fleurs et des plumes, qu'on pouvait imaginer aisément que, faute de voitures assez élevées pour s'y placer, elles s'étaient rendues à la fête la tête penchée ou hors de la portière, voire agenouillées pour ménager d'une manière encore plus sûre le ridicule dont elles étaient surchargées.

Louis savait déjà qu'on raconterait que la gaieté avait animé ce repas, qu'une sérénité joyeuse avait brillé sur tous les fronts, et qu'on avait même décelé dans la physionomie du roi tout le contentement de son cœur. Contre cela, il ne pourrait rien. Car, au fond, les gens qui étaient là faisaient aussi partie de son peuple, de cette France qu'il aimait tant.

Pour redonner un certain lustre à la vie de la Cour, Louis, au début de son règne, quelque peu « aiguillonné » par Marie-Antoinette, avait inauguré des « repas de société » auxquels étaient invités des convives, sélectionnés pour leur condition ou leur mérite. Un menu d'apparat avait été fixé, qui se composait de quatre services, comprenant plusieurs plats chacun, plus un cinquième, préparé à l'office et comportant confiseries, glaces, pâtisseries et autres friandises. C'est exactement ce que d'Harcourt avait essayé de singer, allant même jusqu'à faire débuter ses agapes par un poème à la gloire du roi. Un poète local, Jacques Moisant de Huet, avait été chargé de rédiger le compliment, lu par le marquis d'Aumont de Tilly dont on ne voyait que le gilet décoré d'une broderie en soie représentant une scène pour le moins pittoresque des *Métamorphoses* d'Ovide :

Ô roi qui passez par nos champs,
Toujours heureux et plein de gloire,
Dans la paix ou dans la victoire,
Vivez ; c'est le vœu des Normands.

Fidèle à la mode du temps et pour honorer son souverain, le maréchal d'Harcourt avait supprimé de sa table les rôtis saupoudrés de poudres odoriférantes, les œufs arrosés d'eau de senteur, les ragoûts gorgés d'épices, les grillades couvertes de crèmes musquées. Viandes et légumes avaient perdu leur apparence originelle. Tout n'était que fins hachis, jus, coulis, bouillis, consommés, car enfin, comme le fit remarquer une duchesse, coiffée d'un chapeau enjolivé d'épis de blé et surmonté de deux cornes d'abondance : « N'est-ce pas déchoir que de reconnaître au premier coup d'œil ce qu'on mange et de mâcher comme la racaille ! » Louis détestait cette nourriture sophistiquée et destinée à des vieillards sans dents comme il haïssait ces vins capiteux, au bouquet pénétrant, lui qui préférait un méchant guinguet acheté au cabaret et bu dans un gobelet métallique.

Très vite, il comprit que ce dîner, malgré toute la peine

qu'avait prise à l'organiser le maréchal d'Harcourt, était une sorte de guet-apens. À peine le potage était-il terminé qu'on lui demanda quelle était la façon la plus simple de calculer la longitude, espérant qu'il n'y parviendrait pas et se ridiculiserait.

— C'est de se servir de la différence d'heure, répondit Louis.

— Ah, mais je ne comprends rien, lança une marquise affublée d'un chapeau « au cardinal », écarlate et couvert de rubans, sans doute envoyée en première ligne par son mari.

— Au moment où le soleil atteint le plus haut point de sa courbe au lieu où est le navire, à midi, on prend l'heure de l'endroit où il est parti ou d'un autre endroit pris comme origine et on obtient, en théorie, la longitude puisqu'une différence de quatre minutes de temps correspond à une différence d'un degré d'arc.

— C'est encore plus obscur, dit le mari de la dame.

— Alors, je ne peux rien pour vous, répliqua Louis, dans un silence pesant.

— Comment trouvez-vous nos paysans ? demanda un duc, faisant parade d'un mauvais goût vestimentaire hors du commun, et qui ajouta, fort content de lui : N'avez-vous pas remarqué qu'ils sont d'une opulence étonnante, qu'ils aiment étaler à l'envi leur germe de magnificence dans la parure et la bonne chère ? Ne trouvez-vous pas qu'ils sont devenus fort « gourmands » ?

Laissant retomber les rires provoqués par cette dernière saillie, Louis répondit avec calme et autorité :

— Ceux que j'ai rencontrés m'ont dit que jamais ils n'avaient pu accomplir les vœux d'un de nos rois leur souhaitant morceau de lard et poule au pot chaque dimanche. Que, les jours de fête, ils servent de la bouillie de sarrasin. Que, le reste de l'année, ils se nourrissent de pain sec et de lavures. En un mot, qu'ils meurent de faim. Quant à leurs vêtements...

– Leurs vêtements ? Car ces gueux s'habillent ? dit une vieille marquise, la tête chargée d'une perruque « maraîchère » sur laquelle était accrochée une colonie de légumes.

– Quant à leurs vêtements, ils portent de vieux habits en haillons, composés de pièces et de morceaux de différentes couleurs, rattachés ensemble comme dans un costume d'arlequin, avec des braies ou des culottes très amples, sans bas, qui retombent au-dessous du genou et descendent quelquefois à mi-jambe. Et beaucoup vont pieds nus. Quelle tristesse ! Quel malheur !

Il en fallait décidément plus pour déstabiliser le roi. Jean d'Arcy, duc de Baillé, bretteur reconnu, tout plein de lui-même, tenta une botte qu'il pensait imparable :

– La reine n'a t elle pas été trop blessée par l'affaire du collier et l'acquittement du cardinal de Rohan ?

Un murmure de désapprobation plana sur le repas alors que pâtés d'anguilles, terrines de saumon et carpes à l'ancienne se disputaient les faveurs des convives.

– Eh bien, monsieur le duc, je vois que les nouvelles semblent mal circuler en Normandie. Le cardinal a été démis de son poste de grand aumônier et a été exilé à l'abbaye de La Chaise-Dieu.

Il en fut ainsi durant tout le repas et jusqu'au dessert. Peut-être pour atténuer sa tristesse ou simplement par gourmandise, Louis ne refusa ni la marmelade d'agrumes à la bergamote, ni l'onctueuse crème à la sultane...

Tout en se dirigeant vers les salons où devaient avoir lieu des jeux de société, Louis, comme indifférent au brouhaha qui l'entourait, se replia en lui-même, se souvenant de ce jour où son précepteur avait imaginé, pour récréation, une loterie à laquelle il avait invité le cercle le plus distingué de la Cour. Chaque assistant qui gagnait un lot devait l'offrir à la personne qu'il aimait le plus. Les frères du duc de Berry avaient déjà donné et reçu plusieurs de ces offrandes amicales, seul Louis avait été oublié. Lorsque son tour de gagner arriva, il prit son lot et le mit dans sa poche. « Monseigneur oublie donc les conventions du jeu ? » lui fit remarquer monsieur de La Vauguyon. « Mais, répondit Louis, qui voulez-vous que j'aime le plus ici, où je ne me vois aimé de personne ? » Il venait d'avoir sept ans. Vingt-cinq ans plus tard, rien n'avait changé. Il était toujours aussi seul et entouré d'ennemis. Au fond, il se disait qu'il était comme ses comédiens, esclave du parterre, en butte à sa mauvaise humeur et à ses sifflets. Que celui-ci les rejette et les planches du théâtre lui seront à jamais interdites.

Quelle étrange chose : la société française était à l'apogée de son élégance, mais aussi de son scepticisme et de sa légèreté. Au milieu d'une sorte d'indulgence et de laisser-aller douceâtre, où ni les élégantes portant des « pierrots » ni les élégants se montrant dans les salons en cheveux courts et sans perruque ne déclenchaient le moindre scandale, on semblait ne plus avoir de sévérité que pour la reine, surnommée l'Autrichienne, l'accusant même de saphisme, et surtout pour le roi qu'on traitait de « serrurier » et de « gros cochon ». Parfois, Louis craignait que tout ne sombre dans une expiation terrible, qu'un cataclysme ne vienne purger le pays d'une forme de nonchalance coupable, et cela le plongeait dans un désespoir aussi profond que les fosses marines où, disait-on, rugissaient des monstres cruels. Oui, Louis n'avait jamais été aussi seul. Cela durait depuis l'enfance, où l'Étiquette et la Cour avaient muselé sa vie. Avant d'agir, de penser, avant de vivre tout simplement, un prince n'est qu'un figurant. Louis, devenu roi, l'était resté.

Dans le salon des jeux de société, les tables commençaient à se remplir. On y jouait au petit jeu des questions, à la guerre-panpan. Certains préféraient le colin-maillard, d'autres le descampativos. On sollicita le roi. Tout le monde le voulait à sa table, il pourrait y donner des bouts-rimés puisque quelques-uns et quelques-unes s'étaient vantés de se mêler de poésie.

— Crapaud, fromage, tripot, hommage, lança Louis comme on jette des miettes aux oiseaux. Crapaud, lanterne, drapeau, caserne.

— D'autres, mon roi, d'autres, implora une certaine madame de La Mothe, la tête surmontée d'un monstrueux échafaudage de cheveux crêpés, bouclés, tressés, hérissés, entremêlés, surchargés de plumes, de rubans, de guirlandes, de fleurs, de perles, de diamants, censé représenter une suite de jardins à l'anglaise !

— Bonnet, cabinet, famine, achemine, chapon, trappon, lâcha Louis tout en regardant ses mains, encore noircies par endroits par les travaux de forge qu'il avait effectués peu de temps avant de partir en Normandie.

Alors qu'il se demandait comment quitter la soirée sans blesser son hôte, la duchesse d'Harcourt, vêtue d'une robe de percale blanche sur laquelle flottaient, comme des ailes légères, des voiles de mousseline transparente, s'avança vers lui. Elle avait une grande faveur à lui demander.

— Six déserteurs sont en prison, à Caen.
— Leur punition... la mort.
— Oui... et très prochaine... Je voudrais vous demander leur grâce.

De Coste, qui passait par là et avait entendu le dialogue entre la duchesse et le roi, tenta de dissuader ce dernier :

— Ne pas faire preuve de sévérité est signe de faiblesse.

– Pour être un grand roi, il faut commencer par être un homme. Il faut écarter de soi toutes les idées de grandeur et d'indépendance que le préjugé a trop profondément enracinées dans son âme. Il faut oublier même le nom de ses parents. Délivré de toute orgueilleuse prévention, il faut réfléchir avec soin sur soi-même, alors, on peut découvrir au fond de son cœur le germe de toutes les vertus et le principe de tous les devoirs. Ce germe m'enjoint de gracier ces six malheureux ! Et ce n'est pas du tout faire preuve de faiblesse que de faire ce qu'on croit profondément juste. Trop d'injustices criantes existent encore dans mon pays.

Louis, prenant la duchesse d'Harcourt par les épaules, la regardant droit dans les yeux, lui dit :

– Qu'ils vous la doivent, madame, cette liberté, qu'elle soit la marque d'un si beau jour.

La duchesse, le visage baigné de larmes, fut incapable d'annoncer la nouvelle. Ce fut son mari, le duc d'Harcourt, qui s'en chargea, de sa voix haute et forte. La garde jaune et bleu du duc commise à sa protection et à celle de ses convives, les serviteurs, les invités, tous, d'un commun transport, applaudirent à tout rompre. De toutes les tables montaient des acclamations et des cris de remerciements :

– Vive le roi !

– Longue vie à Louis, notre roi !

– Vivez vous-mêmes, mes enfants ! dit Louis qui, l'espace de quelques instants, avait retrouvé la joie qu'il avait éprouvée quand il avait échangé quelques mots avec la jeune femme sur la route de Houdan.

La nuit s'avançait. Le repos devenait nécessaire. Il prit congé et rejoignit ses appartements. Une jeune servante le précédait, allumant dans toutes les pièces nombre de chandeliers, telle une déesse antique faisant naître la lumière. Un instant, il la prit pour la jeune fille de l'auberge, voire pour Marie des Vallées.

– Non, Monseigneur, je m'appelle Émilie.
– Émilie de Sainte-Amaranthe ?
– Grands dieux, non ! répondit-elle, effrayée.
– Est-ce si grave ? Vous la connaissez ?
– C'est une sorcière, Monseigneur, elle a eu commerce avec le Diable.
– Que me racontez-vous là ? Vous avez des preuves de ce que vous avancez ?
– Non. À quoi bon, tout le monde le sait. C'est comme Robert le Diable. Vous avez vu son château, sur les bords de la Seine, à Moulineaux ?
– Non.
– Et vous n'avez pas vu un grand gaillard avec une barbe rousse qui garde des troupeaux ?
– Si, en effet.
– À l'auberge de l'Avette ?
– Oui.
– Avec une cicatrice au front ?
– Oui.
– Se disant herboriste de talent ?
– Oui.
– Alors, vous avez rencontré Robert le Diable, qui est parfois Robert le Saint.
– C'est compliqué...
– C'est la Normandie, Monseigneur. Et encore, vous n'avez pas vu la mer...
– Je la verrai bientôt.
– Prenez bien garde à vous, Monseigneur, la mer est un monstre.

La jeune fille partie, Louis se retrouva seul. Laroche logeait dans une autre aile du château. Louis se dit qu'il aurait bien aimé l'avoir à ses côtés parce qu'il lui aurait raconté une de ces histoires cocasses qui le font tant rire. Et plus elles sont mauvaises et plus cela l'amuse. Les pires, ce sont ses calembours. Rien que de penser au dernier qu'il a laissé échapper comme un pet dans le carrosse, il en était tout réjoui : « De quelle secte sont les puces, mon roi ? De la secte d'Épicure ! »

Avant de s'endormir, comme chaque soir, Louis lut quelques pages d'un livre. Il choisit plusieurs poèmes de John Milton, dont un qu'il aimait particulièrement, intitulé « Sur ma cécité » et dans lequel le poète aveugle se pose la question suivante : « Dieu exige-t-il le labeur quotidien, quand la lumière est refusée ? » Mais il lui était impossible de trouver le sommeil. Comment allait-il, demain, pouvoir tenir debout ? Il devait se lever aux aurores et la journée serait éprouvante.

Quelle étrange nuit.

Dans le château du duc d'Harcourt, le roi de France ne trouve pas le sommeil. Il n'aurait pas dû engager la conversation avec cette servante. Que va-t-il voir dans la mer qu'il attend de rencontrer depuis si longtemps ? Va-t-il y voir les Gorgones de son enfance ? L'abominable serpent dont on dit qu'aucun être n'a autant de têtes que lui ? On raconte que dans le fjord de Grimsey, il tranche les phoques en deux et coule les navires. Va-t-il croiser la bête à deux têtes décrite par le docteur Houlou-Garcia, ou le Lamie vorace dans l'estomac duquel, assure Ambroise Paré, on a retrouvé un « homme entier tout armé » ? La seiche griffue de sir Joseph Banks, du nom du naturaliste qui l'a étudiée alors qu'il voyageait avec le capitaine James Cook en personne ? Le poulpe aux bras rouges longs de quatorze mètres de Pierre Dénys de Montfort ?

Il ne faut surtout pas qu'il oublie ses enfants. Il leur a promis de leur rapporter à chacun un cadeau de la mer. À sa fille, âgée de sept ans et demi, une bouteille remplie de liquide salé. Au dauphin, qui n'a pas encore fêté ses cinq ans, une grande araignée. À son dernier fils, âgé d'un an, une étoile de mer. À l'enfant à naître, Marie-Antoinette lui a d'ailleurs assuré que ce serait une fille – comme si on pouvait prévoir ces choses-là ! –, du sable dans une boîte.

Il est trois heures du matin. Louis ne dort toujours pas. Alors il se met à sa fenêtre. Un souffle d'air froid, portant des odeurs d'herbe et des bruits lointains de campagne, entre brusquement, éteignant les dernières bougies, se mêlant à l'air un peu humide de la pièce profonde, enfermée dans les murs épais du château. Louis se prend à rêver à la mer. Son obsession. Verra-t-il une baleine ? D'aucuns pensent qu'elles sont friandes de chair humaine, qu'elles sont capables de rester une année entière à l'endroit où elles ont trouvé ce type de nourriture. Les marins évitent donc les hauts-fonds où les énormes cétacés ont déjà coulé des navires. On raconte que parfois les marins prennent par erreur une baleine endormie pour une île, que certains même y ont allumé un feu, y ont mangé de la viande bouillie, finissant par comprendre que cette nature dépourvue de végétation s'étant mise soudain à onduler était le dos d'une baleine, que les Irlandais appellent Jasconius.

À quoi bon essayer de lutter ? Il ne trouvera jamais le sommeil. Il prend son journal et écrit : « Le roi a d'abord paru étonné autant que touché des transports du peuple à son passage. Il ignorait sans doute que le Français pénètre dans le cœur de son maître pour le juger, et qu'il connaît les vues droites et bienfaisantes de Louis XVI. Dans les provinces, on n'identifie pas la personne du monarque avec le gouvernement. C'est bien.

Pourquoi reçois-je ici des témoignages d'amour auxquels je ne suis pas accoutumé ? »

Une fois les derniers mots écrits, Louis s'écroule sur son lit. Il est quatre heures du matin. Il n'a plus le temps de dormir. Dans la cour du château on finit d'atteler les carrosses à cinq chevaux.

9

Le vent du Nord, pendant la nuit, était venu. Il avait soufflé tout doucement, sans violence, à peine comme un homme qui respire. Mais sa force était dans le froid qu'il avait installé, qui avait balayé le ciel, verni la cime des arbres et les toits, chassé les nuages. La forêt qui entourait le château était maintenant comme un grand bloc. Et il faisait un froid sévère. Un froid qui serrait. Un froid qui raclait les os. Dans la suite qui s'ébranlait pour le départ, tous étaient surpris. Disparaissant sous de grosses fourrures, le prince de Poix, le duc de Villequier, le duc de Coigny, Louis semblaient frigorifiés, seul son hôte, le duc d'Harcourt, faisait exception :

– C'est le climat normand, messieurs. Savez-vous ce qu'on dit de notre pays ? Ici, il fait toujours beau, au moins quelques minutes, quelques heures par jour, entre deux averses, deux orages, deux tempêtes.

– Rien n'est donc stable, en Normandie ?

– Non. Comme partout, dit d'Harcourt. Comme les gens, comme la vie. La Normandie vous apprend le relatif, le branle, l'incertain. Comment trouvez-vous mon pays ?

Louis réfléchit, lissant sa fourrure avec application.

– Attachant. J'aime les gens qui le peuplent.

– On a dû vous en faire un portrait détestable.
– Oui, en effet. Certaines personnes...
– Il y a sans doute beaucoup d'exagération, mais tout n'est pas faux, vous savez. Puis-je me permettre de vous poser une question ?
– Faites, monsieur le duc.
– J'ai vu que dans notre trajet de Caen à Cherbourg, vous aviez encore rajouté deux villes, Sainte-Mère-Église et Valognes, pourquoi ?

Louis sourit légèrement.

– La première ville, c'est essentiellement pour contredire le maréchal de Coste qui a tendance à vouloir m'imposer ses vues. La seconde ville, disons que c'est plus sérieux. On m'a dit beaucoup de bien de Valognes. On me l'a présentée comme la Versailles normande et il semblerait que le couvent des Bénédictines y soit un foyer de croyance. Le travail qu'y effectue un certain chanoine y est dit-on remarquable.
– Et les sorcières ?
– Les sorcières ? Décidément, c'est une manie. Je pensais qu'il n'y avait que le marquis de La Voûte qui en voyait à chaque coin de rue.
– Pourtant, elles existent bel et bien. Récemment encore, un charpentier, de Valognes justement, envoûté par une religieuse, l'a mise enceinte à plusieurs reprises. Celle-ci a crucifié ses enfants au cours de sabbats et a utilisé leurs cendres pour fabriquer des charmes servant à nouer l'aiguillette.
– Vous semblez regretter l'époque des bûchers ! Cela fait plus de cent ans qu'ils ont disparu du royaume... Qu'est devenue cette pauvre fille ?
– Elle a exposé sa poitrine nue le jour du Vendredi saint, sur laquelle on pouvait lire, comme gravé en lettres écarlates, « Vive Jésus », inscription surmontée d'un cœur et soulignée d'une

croix. Les plus furieux voulaient la tondre comme mouton ! Elle est devenue servante d'auberge, on ne sait où.

– Qui s'était chargé de la « gravure » ?

– Putiphar en personne, répondit d'Harcourt, le plus sérieusement du monde, qui est sorti du corps de la possédée à l'instant même où Jésus est mort sur la croix.

Bien qu'il ne fût d'accord ni avec les ignominies perpétrées à l'encontre de la jeune religieuse ni avec les conclusions du duc, Louis l'écoutait avec passion. Tant et si bien qu'il ne vit pas le temps passer et se retrouva à Caen sans avoir rien vu de la campagne traversée, ce vaste pays d'herbages que deux fléaux venaient de désoler : la sécheresse, qui avait contraint les éleveurs à tuer nombre de leurs bestiaux, et les ravages occasionnés par le man, ce ver de hanneton caché sous terre rongeant sans qu'on puisse le voir toutes les racines et les herbes.

On avait prévenu Louis : bien qu'arrivé à l'heure dite, dix heures du matin, il ne pourrait prendre le temps de s'attarder dans la ville, ce qu'il ferait au retour puisqu'il avait été décidé qu'il passerait à nouveau par Caen et cette fois pourrait y séjourner quelque temps. Le comte de Vandeuvre, maire de Caen, eut tout de même l'honneur, alors que le roi arrêtait quelques minutes son carrosse sur la place des Casernes pour y relayer, de lui offrir les clefs de la ville : l'une d'or, l'autre d'argent. Ce que ne manqua pas de fustiger Laroche pour qui tout était source de rires et de moqueries :

– Offrir, en temps de paix, au souverain les clefs d'une ville qui lui a toujours été soumise, laquelle, de plus, ne comporte plus ni portes ni serrures : la belle affaire.

Si l'entrée dans la ville de Caen s'était passée dans un calme relatif, il en fut tout autrement de la sortie. Les soldats du régiment d'Artois, censés protéger les carrosses grâce à une double haie déployée à gauche et à droite de la route, elle-même couverte d'une couche de sable de six lignes, furent très vite débordés. Il faut dire qu'une dispute avait éclaté entre la maréchaussée et la bourgeoisie à cheval, pour être les premiers à précéder le carrosse royal. Un brouhaha de chevaux, d'uniformes, d'armes, de commandements contradictoires transforma le cortège en un carnaval houleux, d'où n'émergeaient que les hautes coiffures des dames. Une sorte d'hystérie collective s'empara bientôt de la foule, mêlant dans une même houle gens du peuple et bourgeois, représentants du clergé et aristocrates. Au milieu de cette fureur, le seul à garder son calme, c'était le roi :

– Messieurs, surtout qu'on aille lentement, je vous en supplie. Que tout ce peuple me voie, et que personne ne soit blessé.

Mais à peine avait-il lancé cet ordre, qu'un jeune enfant, couronne de fleurs dans les mains pour lui en faire l'offrande, s'évanouit et faillit passer sous les roues du carrosse. Il fallait se rendre à l'évidence : ce deuxième jour, qui tournait au plébiscite, pourrait très vite basculer dans le drame. Il y avait autant de monde dans la rue qu'aux fenêtres. Louis n'avait jamais connu un tel triomphe, même le jour de son sacre. Le carrosse dut s'immobiliser net à plusieurs reprises, ne repartant qu'après une intervention musclée des gardes, si fébriles qu'à tout moment Louis craignait qu'ils ne fassent usage de leurs armes. Mais toujours il allait au-devant de son peuple, serrant la main du chirurgien dont l'enseigne, le petit bassin des perruquiers, était venue frapper le toit du carrosse ; celle du maître charretier qui avait franchi un barrage de soldats ; celle du recteur d'école dans son costume noir ; celle du valet de ferme, en sabots et chemise.

La crainte de l'incident se matérialisa lorsqu'un homme, manquant de passer sous les roues du carrosse, se rattrapa à la portière et saisit les mains du roi. Le capitaine des gardes, fidèle à sa mission, s'empara de l'homme et s'apprêtait à le rudoyer.

– Laissez-le, dit Louis, que mon peuple pose sa main sur la mienne, il ne m'est rien de plus doux.

L'homme, en larmes, remercia le roi. Ce dernier lui avait sauvé la vie deux fois. La première en lui évitant de tomber sous les roues du carrosse, la seconde en le soustrayant à la sévérité des gardes.

Il lança au roi un immense sourire. Il avait des dents de loup.

L'incident terminé, Louis pensait que le reste de la route se déroulerait sans encombre. Il n'en fut rien, et cela à peine le dépôt de mendicité, situé à une demi-lieue au-delà de Caen, dépassé. Chaque hameau traversé, chaque petite ville donnait lieu à force applaudissements et débordements, et à peine pouvait-il jouir de rares moments de calme alors qu'il traversait des champs ou des prairies. Sur les bords de la Seulles, des ouvriers chargeaient des bateaux; des femmes chantaient en battant du linge, délaissant leur labeur dès qu'elles voyaient le carrosse royal. Soudain, Louis fut pris d'une grande faim. Ne pouvait-on pas s'arrêter dans une auberge? Le roi y mangerait ce qu'on lui offrirait. Nul besoin de repas d'apparat! On choisit le village de Sainte-Croix-Grand-Tonne, sur le chemin de Bayeux. Juste avant d'y arriver, sur la droite de la route, un vieux chêne se dressait, penché, sur la crête d'un fossé. Derrière lui, une maison faisait office d'auberge, entourée d'un vaste peuple d'animaux domestiques : porcs, canards, oies, poules, dindons s'ébattant autour d'une mare. De Coste fit une moue de désapprobation. Mal closes, malpropres, inhabitables, les auberges situées dans ces endroits isolés, ne disposant souvent que de trois réduits infects – l'écurie, la cuisine, la chambrée –, étaient aussi redoutées que les attaques de voleurs. Louis leva les yeux au ciel et poussa la porte de l'auberge, découvrant une vaste pièce sombre, basse de plafond. Des jambons pendaient à la cheminée, des quartiers de lard étaient accrochés aux poutres, au milieu de tresses d'ail, de bottes d'oignons et de raisins ridés. Que pouvait offrir à un voyageur de marque maître Gaston Lavalley, le propriétaire des lieux, bonnet enfoncé jusqu'aux oreilles et lourds sabots aux pieds ?

– Des œufs frais, du pain de ménage et du beurre qui sort tout juste de la baratte.

– C'est parfait, répondit Louis qui s'installait déjà à la table, alors que tout le village accourait.

De Coste, dépassé par les événements et ne comprenant pas comment ce roi si timoré à Versailles devenait si hardi en ces routes normandes, lui demanda de ne pas oublier qu'il devait être le soir même à Cherbourg.

– Car demain, Sire, les choses sérieuses commencent.

– Vous trouvez que tout ce qui se passe actuellement n'est pas sérieux ?

– Je n'ai pas prétendu cela, Sire.

– Alors c'est bien, répondit Louis, ajoutant, d'une voix forte et autoritaire : J'offre une tournée générale !

Mais tandis qu'il s'apprêtait à enfoncer avec appétit son couteau dans la motte de beurre couleur d'or, il aperçut, près de l'âtre, une jeune femme, boucles d'oreilles sur un cou blanc, bonnet à barbes retroussées et yeux bleus très vifs, qui semblait au bord des larmes. Il la fit venir. Tandis qu'elle s'avançait vers lui, il ne put s'empêcher d'avoir une pensée qui le gênait, digne de Laroche, se dit-il, alors même qu'il la formulait : « Voilà une donzelle bien avenante à laquelle on doit avoir souvent envie de demander autre chose que des assiettes. »

– Qu'avez-vous donc, jeune femme ?

– Laisse Monseigneur tranquille, lança Gaston Lavalley.

– Non, non, dit le roi, c'est moi qui l'ai fait venir à ma table. Comment vous appelez-vous ?
– Marie-Louise.
– Marie-Louise, vous avez l'air bien triste. Pourtant, il me semble..., ajouta Louis, en avisant le ventre rond de la jeune femme.
– Que je suis enceinte... C'est là tout mon malheur.
– Rien n'est plus beau que de donner la vie.
– Mais je ne suis pas mariée.
– La faute est grave, en effet. Mais n'est-ce pas réparable ? Ne pouvez-vous pas envisager de vous marier avec le père de votre enfant ?
– C'est que son propre père refuse que Germain me marie, car je ne suis pas riche.
– Parfaitement, intervint maître Gaston, je ne vais pas donner à mon fils une femme qui n'a pas un sou vaillant.
– Le père de l'enfant, c'est votre fils ?
– Oui, dit maître Gaston.
– Et il est prêt à épouser votre fille ?
– Oui, Monseigneur, répondit la jeune fille, il m'aime. Il me veut pour femme.
– Mais alors, tout est arrangé, dit Louis, avant de s'adresser à voix basse à Villequier qui quitta immédiatement la table, s'engouffra dans un des carrosses pour en ressortir aussitôt et revenir à la table royale.
– Rien n'est arrangé, dit maître Gaston.
– Si, tenez, ma fille, dit Louis en tendant à la jeune femme la bourse remplie d'or qu'était allé lui chercher Villequier. Je vous dote en faveur de votre enfant. Il n'y a donc plus aucun obstacle à ce que Germain – c'est bien son nom, n'est-ce pas ?
– Oui...
– Vous épouse.

Pendant que Marie-Louise tombait à genoux devant son roi qui la suppliait de se relever, n'ayant fait, dit-il, que son devoir de monarque magnanime voulant partout où il passait distribuer du bonheur à ses sujets, le prince de Poix glissa à l'oreille de Louis qu'il était temps de reprendre le voyage. Déjà le carillon du village se faisait entendre et nombre de villageois et de villageoises accourant de toute la campagne se dirigeaient vers l'auberge. Il fallait faire vite, bientôt les routes et les chemins alentour seraient saturés et le convoi ne pourrait plus repartir.

Visiblement ému, Louis remonta dans son carrosse. Chaque rencontre était une épreuve nouvelle, un palier franchi dans la connaissance de son peuple. Pourquoi n'avait-il pas sillonné plus tôt les routes de son royaume, n'avait-il pas entrepris, comme François Ier, province par province, un tour de France ? Que de temps avait été perdu dans la chasse, les fêtes données à Versailles, les colloques inutiles avec les courtisans !

Alors que les cochers fouettaient vigoureusement les chevaux, laissant derrière les carrosses de lourds nuages de poussière, le duc d'Harcourt lança à Louis :

– Vous accomplissez des miracles, Sire.

– Parfois je me demande si Dieu, qui est le seul à accomplir de vrais miracles, ne le fait pas pour nous montrer le mépris qu'il éprouve pour nos esprits humains.

– Voilà une pensée bien osée.

– Mais non, d'Harcourt, un peu de doute ne nuit pas, c'est le sel de l'esprit. La pensée ne commence-t-elle pas avec le doute ? Je suis entouré de gens qui ne doutent jamais. Quant aux miracles, non vraiment, je n'en accomplis aucun. Tout juste suis-je en train de découvrir que pour mieux comprendre les hommes de mon temps, il faut prendre le parti de leur ressembler. Alors voilà, j'ai décidé de ressembler à mon peuple. C'est comme si le ciel venait de se dégager et que s'annonçaient des jours ensoleillés.

– Ce qui ne semble pas être le cas ici, dit d'Harcourt en montrant du doigt à Louis d'énormes nuages noirs qui venaient de la baie de Seine à la vitesse d'un troupeau au galop.

– C'est la Normandie, comme vous dites !

En quelques minutes une pluie épaisse, couchée sur la terre comme l'eau d'un fleuve, coulait dans la campagne, creusant sur la route de profondes ravines. Les vitres du carrosse étaient mates comme de l'étain.

10

À présent il n'y avait plus de jour, à cause de la pluie et des nuages. Autour du carrosse, le monde grondait comme une grande roue qui tourne. À droite et à gauche, on apercevait par intermittence des formes sombres largement étendues et qui se continuaient tout le long de l'horizon. C'étaient des arbres, solitaires, au milieu du grand vacarme, dressant leur carcasse hurlante vers le ciel qu'ils paraissaient insulter. C'était une vraie traversée de l'enfer. Le carrosse roulait tantôt sur des chemins, tantôt sur des routes, parfois à travers champs. Sa capote de cuir criait dans les balancements. L'hiver, la neige gelée craquait sous les roues, le reste était du silence. Mais aujourd'hui, en plein printemps, écartelé sous les trombes d'eau, c'était différent. Avant d'arriver à Bretteville, le carrosse, pris dans une espèce de tunnel, avec d'un côté le bord noir d'une forêt et de l'autre une lande toute tremblante de brume, s'embourba. Malgré la présence des voyageurs qui l'accompagnaient et qui étaient descendus pour alléger le carrosse et en faciliter le dégagement, Louis éprouvait une très vive solitude. Il fallut la force de conviction presque physique de Coigny et de Villequier pour empêcher que leur roi ne rejoigne les gardes et les cochers tentant de faire tourner les énormes roues lourdement enfoncées dans une marne boueuse. La pluie, redoublant de vigueur, tombait droit comme des lances dardées du ciel.

Il avait été prévu qu'un franc ralentissement du convoi accompagnerait la traversée des prochaines villes, villages et faubourgs sans pour autant qu'il s'agisse d'arrêts complets. Une fois le lourd équipage reparti, il fut décidé qu'il fallait abandonner cette idée.

Le duc d'Harcourt, qui avait été sollicité pour tracer les grandes lignes du voyage de Thury jusqu'à Cherbourg, avait préparé des dossiers très fournis que Louis avait eu le temps de consulter à Versailles. Ils faisaient partie des documents enfermés dans le maroquin de cuir rouge rapporté de Normandie par de Coste. Puisqu'on ne pouvait plus s'arrêter dans toutes ces villes, autant au moins tenter de satisfaire leurs demandes.

Ainsi les officiers municipaux de Bayeux, ce bourg très grand et étendu qui n'avait ni halle, ni hôtel de ville, ni prison, sollicitaient-ils des bontés de Sa Majesté Louis XVI la concession d'un ancien château ruiné dont le terrain suffirait pour tous les établissements que l'utilité publique exige.

– Je l'accorde volontiers, et suis plus meurtri à l'idée de ne pouvoir ne serait-ce que quelques instants saluer le comte de Saint-Vaast. Il est plus qu'octogénaire. Pensez donc, ses premières armes datent de Louis XIV !

– Et Isigny, Sire ? poursuivit d'Harcourt.

Louis connaissait parfaitement ses dossiers. La précision de sa réponse ne manqua pas de surprendre ses compagnons de voyage qui en avaient presque oublié la violence de la tempête qui secouait le carrosse.

– C'est un bourg bien connu pour le commerce de son cidre. Son beurre et ses œufs arrivent par charrettes entières à la capitale. Vous n'êtes pas physiciens, messieurs, mais voilà un problème à résoudre qui ne manque pas d'intérêt. Dans ce canton coulent deux rivières : l'Aure et la Drôme, qui soudain disparaissent, comme par enchantement, dans un gouffre profond appelé la « Fosse Soucy ». Un joli nom pour une réalité fâcheuse : les eaux ainsi réunies réapparaissent une demi-lieue plus loin, sur la grève de Port-en-Bessin. Jusque-là, tout va bien... Mais lorsque la pluie arrive, comme aujourd'hui, le débit devient infernal, se gonfle et inonde tout le pays. La demande d'ouvrir un canal de la Fosse Soucy à Port-en-Bessin me paraît donc une nécessité. Demande accordée.

– Quant aux autres villes, Sire ?

– Saint-Lô, dévastée l'an passé par des maladies épidémiques, recevra l'aide financière qu'elle sollicite. Et Carentan se réaliser son grand projet de rendre à l'agriculture des terres immenses, aujourd'hui submergées par la mer. Ainsi ce qu'on appelle les « veys », ces bras de mer formés par l'embouchure de plusieurs rivières, seront-ils barrés. D'ailleurs, j'ajouterai, ce qui ne figure pas dans le rapport, que cette mise à sec facilitera grandement le passage de nos troupes qui jusqu'alors devaient faire un détour fatigant et dispendieux.

Passé le pont de Douve, le carrosse était en train de traverser le bourg de Sainte-Mère-Église quand le soleil revint. On eut dit que la violence de l'averse avait agi sur le pays ainsi qu'une barre d'écluse qui aurait tout emporté, la terre, la mer, le ciel, dans une unique vapeur grise. L'effroyable déluge avait submergé la contrée et purgé le ciel de tout nuage. Chaque feuillage semblait en être comme attendri. En particulier celui des grands hêtres pourpres qui longeaient une haute muraille. Tout était soudain si tendrement beau, si neuf, si lavé de toute noirceur, que Louis en aurait pleuré de joie. Jamais à Versailles, jamais dans les salons feutrés qui avaient été jusqu'alors sa vie, il n'avait touché de si près la nature et sa puissance. Il se dit que les gens qui vivaient près de cette nature ne pouvaient qu'être bons et forts, et sous le regard de Dieu. C'était jour de marché. Les commerçants, qui avaient replié leurs étals, étaient en train de les ouvrir à nouveau, écopant l'eau comme sur une barque que la houle aurait chahutée. Il y avait des centaines d'ânes chargés les uns d'une besace, les autres d'un sac, la rue fourmillait d'hommes et de femmes, sortis on ne sait d'où. Un essaim d'abeilles joyeuses. La vie qui renaissait. C'était tout cela que Louis était venu chercher en Normandie.

– Vous voyez, d'Harcourt, qu'il fallait bien que nous passions par Sainte-Mère-Église…

Après Montebourg, Valognes était en vue. Une lisière de mousse bordait un chemin creux ombragé par des frênes, dont les cimes légères tremblaient. Des angéliques, des menthes, des lavandes, exaltées par le passage violent de la pluie au grand soleil, exhalaient des senteurs chaudes et épicées. Que cette nature était belle, mystérieuse, offerte à qui savait l'apprécier ! Louis, séduit par sa force, était comme perdu dans sa grandeur.

Aux alentours des dix heures du soir, le carrosse royal apparut à l'entrée principale de la ville. Celle-ci était illuminée de partout, les rues tendues de bannières et le pavé couvert de sable. Le carrosse avançait au petit pas en direction de son relais. Vitres baissées, Louis saluait la foule qui accompagnait l'équipage. Un incident stupide faillit transformer la bonhomie de ces instants en cauchemar. Plusieurs prêtres et curés ayant décidé, au nom de quelque obscur motif de préséance, de prendre le pas sur les officiers de la Ville ainsi que sur ceux du Bailliage et de l'Élection, faillirent transformer l'allégresse en émeute. On ne sait par quel miracle, le goulot causé par l'outrecuidance des religieux, cédant sous l'effet de la foule, s'élargit soudain, laissant au fleuve humain tout loisir de se répandre dans les rues adjacentes et ainsi éviter un drame qui aurait pu provoquer la mort de quantité d'innocents.

Ce n'était pas pour rien que Valognes était surnommé le Versailles normand. La rue principale, qui menait au couvent des Bénédictines, ne comprenait pas moins d'une centaine d'hôtels particuliers. Certains étaient discrètement tournés vers leur cour et leur jardin, soulignés de terrasses, elles-mêmes bordées de ravissantes balustrades à l'italienne. D'autres, au contraire, offraient des façades ostentatoires, baroques, luxuriantes, superlatives, fuyant la discrétion et la sobriété. Mais tous étaient composés de grandes et belles pièces, dotées de murs lambrissés, de cheminées en pierre de Valognes, de beaux escaliers à double révolution, de rampes en fer forgé, et toutes ouvertes sur des jardins par de larges baies. On assurait qu'une noblesse avide de savoir, ayant soif de belles-lettres, revendiquant même certains beaux esprits, y vivait. Le carrosse passa ainsi devant l'hôtel de Blangy, le solide hôtel de Touffreville, celui de Grandval et celui de Trobriand. Il ne pouvait les nommer tous : hôtel du Mesnildot de la Grille, hôtel Étard de Belisle de Saint-Rémy, hôtel de Quiberville.

Mais peu importait au fond. Le but du passage royal à Valognes n'était pas d'y rencontrer la noblesse, qu'elle fût éclairée ou non, mais les bénédictines du couvent. Louis descendit du carrosse, franchit le porche d'entrée en arc de cercle et se dirigea vers la petite église. Il voulait rencontrer, ne serait-ce que quelques instants, sœur Anne et le fameux chanoine. Et prier à leurs côtés, à défaut de pouvoir parler à aucune des religieuses qui avaient fait vœu de silence, excepté sœur Anne, la sœur portière. Personne ne l'accompagna lorsqu'il pénétra dans la petite église aux vitraux d'une simplicité austère. Personne ne sut ce que le monarque et sœur Anne se dirent. Mais jamais il n'oublierait ni la douceur, ni le calme, ni la lumière émanant de son regard.

Quand les portes de l'église s'ouvrirent et que le roi sortit, les trois cloches de bronze se mirent à sonner en harmonie. Elles avaient pour noms Raphaël, Michel et Gabriel, les trois archanges. L'air était d'une douceur extrême. Le chanoine lui assura qu'il y avait dans le petit jardin du presbytère des fleurs rares, un palmier et un figuier que l'hiver ne détruisait jamais.

Louis aurait voulu rester toujours dans ce havre de paix... Le soleil commençait à décliner, Cherbourg n'était pas encore atteint, il fallait dans les plus brefs délais reprendre la route. C'est du moins ce que tous pensaient. Tous, excepté le roi. Saint-Vaast-la-Hougue n'était pas très loin. Ne pouvait-on pas faire un léger détour ?

– Pour quelle raison, Sire ? demanda de Coste.

– Pour voir le lieu où tant de marins sont morts.

Louis pouvait réciter des passages entiers de livres évoquant la mer, comme celui-ci où l'auteur écrit que les vagues bondissent à la base de la falaise, se heurtent contre elle et couvrent ensuite de leurs nappes oscillantes les grands blocs immobiles. Était-ce cela qu'il allait voir ? Sur la route de Saint-Vaast, il aperçut des paysans qui travaillaient encore, épars dans les champs. Il y avait maintenant devant lui de grandes landes silencieuses, violacées par les épais tapis de bruyère, illuminées d'or par les genêts. Et au bout : des rochers fauves aux silhouettes tourmentées. Se dégageaient du lieu une immense grandeur et une immense tristesse. Louis, soudain, ne voulut pas poursuivre plus avant et voir enfin la mer. Il savait qu'elle était là, derrière ce rideau d'arbres, dans le lointain proche. Derrière les morceaux de rempart. Le souvenir de la fameuse bataille, héroïque et douloureuse, lui suffisait.

Il la connaissait tellement, cette défaite terrible, qu'il aurait pu en narrer chaque seconde, chaque épisode. Comme cette attente de dix-sept jours infligée à Tourville qui lutte contre les vents contraires avant de pouvoir entrer dans la Manche, et de rencontrer, épuisé, l'armée navale ennemie, qui compte plus du double de vaisseaux et vient de quitter la côte anglaise. 27 mai 1692. Aucun navire ne manque à l'appel. Mais bientôt, c'est la déroute, et la flotte contrainte de s'échouer, certains bâtiments à Cherbourg, d'autres ici, à Saint-Vaast, auxquels l'ennemi met le feu, brûlant jusqu'au dernier.

L'entourage du roi ne comprend pas ce que le monarque fait ici, silencieux, non loin de la mer. Qu'importe, lui le sait. Le sent. Il avait besoin de ce pèlerinage. Il lui fallait voir cet endroit dont il avait tellement entendu parler, que les livres, les cartes, les gravures lui avaient si souvent décrit. Maintenant, il sait. Maintenant, il a vu le large horizon. Une étendue plate raidie comme une étoffe, immense, aux reflets d'or et de feu, qui s'élève là-bas, dans le lointain, dans la direction indiquée par un nuage noirâtre sur le ciel rose. C'est là que tant de marins ont péri. Un roi doit faire régner la vertu, doit être le modèle de toutes les vertus. Et pour cela doit être absolument égal par la nature aux autres hommes et, par conséquent, être sensible à tous les maux et à toutes les misères de l'humanité. Ici, à Saint-Vaast-la-Hougue, il comprend enfin l'humanité des marins et de la mer, et de la mort en mer, et des combats. Maintenant, il peut rejoindre Cherbourg. C'est bien ici que tout commence. C'est comme un nouveau sacre. Personne ne le sait, personne jamais ne le comprendra, mais quand il aura vu la mer, il sera ce roi de France qu'il n'a jamais été.

11

Le premier mot qui vint à l'esprit de Louis pour désigner le vacarme qui accueillait son entrée dans Cherbourg fut celui de hourvari. Mêmes cris, non point de chasseurs, mais de notables et de populace, mêmes sonneries de trompes et de fifres. En ce jeudi 22 juin 1786, à onze heures et demie du soir, le roi de France, accompagné de sa suite, au milieu des inscriptions emblématiques ornant les maisons bourgeoises et les édifices publics, avançait dans les rues de l'antique Kerburg illuminées par des milliers de petits bols de terre remplis de suif et de saindoux allumés, décorées de trophées et d'inscriptions en transparent témoignant toutes de l'allégresse que procurait aux citoyens la venue d'un monarque si méritant et si glorieux. Ici, on le comparait à Titus; là, à Marc Aurèle; on en faisait un Henri IV voire un Saint Louis. De grandes images étaient peintes, allégories de la Force, de l'Abondance, de la Vertu. Comme le calme et la puissante nature éprouvés à Saint-Vaast étaient loin, se dit Louis alors que le parcours, commencé aux abords de ce qu'on appelle ici la montagne du Roule, connaissait une première station sur la place du Calvaire.

Là, tandis que les premiers signes de la nuit apparaissaient dans le ciel, maires et échevins – au premier rang desquels monsieur Dumouriez, commandant de la ville ; le vicomte de La Bretonnière, commandant de la marine ; monsieur de Caux, directeur des fortifications de la province –, mais aussi nombre de représentants des casernes et des officiers de judicature, attendaient, serrés les uns contre les autres, telles des marionnettes ou des sardines confites, sous un arc de triomphe dorique, haut de trente-huit pieds et large de trente-trois. Ses massifs, décorés de quatre obélisques portés sur des piédestaux et terminés chacun par une fleur de lys, projetaient sur la scène une ombre monumentale. Et comme un bon roi, sur la terre, a droit aux mêmes honneurs que la divinité qu'il représente, l'Église avait envoyé une phalange de vicaires, revêtus de leurs plus beaux ornements, portant dais de drap d'or en majesté et encensoirs, qu'ils secouaient comme des déments. L'entrée du pont du bassin était éclairée par des mâts couverts de lampions multicolores. Sur la rade, des frégates de l'escadre et *Le Patriote*, vaisseau de 74 canons, formaient une montagne lumineuse qui éclairait jusqu'au ciel.

Les harangues proférées, avec toute l'éloquence nécessaire, les clefs de la ville présentées, le son cristallin des trompettes et celui plus agressif des canons enfin évanouis, Louis put quitter la place du Calvaire. Comme happé par un mouvement de foule, il fut entraîné à travers les rues de Cherbourg. Le régiment de la reine, les soldats de la marine et des éléments de la police faisaient une haie infranchissable, derrière laquelle le peuple, à pied et à cheval, se pressait, mais aussi des carrosses, sans compter les échafaudages construits autour des maisons, aux fenêtres et sur les toits. Pour faire bonne figure, huit cents hommes de la bourgeoisie, soixante gardes du roi, tous l'épée nue à la main, une dizaine de mille de bourgeois et d'artisans sous les armes, remontèrent eux aussi la rue Neuve, la rue de la Paix, la rue d'Harcourt, aux façades toutes pavoisées et aux fenêtres desquelles les dames de la ville, en grande toilette, agitaient leurs mouchoirs et leurs éventails comme les figurantes d'un opéra que Louis observait sans trop savoir s'il était au comble du bonheur ou effrayé par tant de débordements. Les marquis de Coste, de Ségaut, de La Voûte, les ducs de Villequier et de Coigny, le prince de Poix, tous ceux qui l'accompagnaient depuis le début de son périple étaient là, radieux, couverts de sueur, rouge écrevisse.

– Un peu de votre gloire retombe comme des pellicules sur leurs pourpoints, fit remarquer le capitaine Laroche, qui pour une fois avait revêtu ses plus beaux atours, dont un magnifique habit de deux couleurs, rayé rose et bleu, avec sa doublure jaune, et qui ajouta : N'ayez crainte, Sire, tout a été prévu, on a même fabriqué des centaines de pains qu'on a distribués aux plus indigents afin qu'ils ne se révoltent pas. Qui a le ventre plein ne vient pas manifester sa colère.

Il était presque minuit quand Louis arriva à l'abbaye Notre-Dame du Vœu, jadis habitée par des chanoines de l'ordre de Saint-Augustin, lieu où étaient ses appartements. C'est la duchesse d'Harcourt, agrémentée d'une magnifique coiffure « Loge d'Opéra » donnant à son visage soixante-douze pouces de hauteur depuis le bas du menton jusqu'au sommet de sa tête, qui le reçut. La marquise de Guerchy, les ducs de Liancourt, de Guiche, de Polignac, de Beuvron, de Chabot, de Mortemart, les marquis de Guerchy, d'Aumont, de La Fayette seraient présents au souper qui aurait lieu en ces murs. En tout une cinquantaine de couverts si l'on y ajoutait ceux des officiers de la suite, des ingénieurs dirigeant les travaux de la digue, les chefs des diverses administrations de Cherbourg et, comme l'on dit : plusieurs dames de haut parage et fort décoratives.

Moins sophistiqué que celui donné au château de Thury-Harcourt, ce repas s'annonçait non moins copieux, fastidieux et bruyant. Après de vagues propos sur la devise de Cherbourg – *Semper Fidelis*, « Toujours fidèle » – et sur le fait, quelque peu exagéré, que ses habitants, refusant de sombrer dans les fâcheuses révolutions dont le christianisme avait souffert durant les guerres de ces derniers siècles, avaient toujours conservé une catholicité si pure que l'hérésie, puisqu'il faut bien l'appeler par son nom, n'y avait jamais gagné une seule famille, la conversation roula sur la nécessité, pour connaître les hommes, de les étudier. Les uns affirmaient que la meilleure méthode consistait avant tout à converser avec eux, d'autres qu'il fallait absolument les comparer aux hommes des siècles passés. Une dame de haut parage, prouvant ainsi qu'elle n'était pas que « décorative », avança qu'il fallait « d'abord, d'abord, et j'en suis certaine, opter pour cette seconde solution ». Ce à quoi le commandant de la ville, petit homme nerveux, élégamment vêtu, au visage énergique et aux cheveux poudrés, qu'on disait si marqué par les idées encyclopédistes qu'il était prêt à accoler à son nom sa particule, affirma que pour lui, « qui veut connaître les hommes doit consulter ceux qui les connaissent ».

– Et que pense notre roi de tout cela ? demanda la duchesse d'Harcourt en bonne maîtresse de maison voulant faire briller son souverain.

Se souvenant des bonnes leçons du père Berthier, Louis répondit par des propos qu'on jugea, dans un premier temps du moins, éloignés de toute témérité :

– Je pense que de tous les moyens que vous suggérez aucun n'est à négliger.

Reçue par de sincères applaudissements et des mouvements de tête approbateurs, cette réponse royale fut suivie de remarques qui divisèrent l'assemblée et d'une certaine façon refroidirent quelque peu l'atmosphère consensuelle sur laquelle veillait une armée de bougies scintillantes et de valets de pied en livrée.

— J'ajouterai cependant qu'il faut aussi faire preuve de beaucoup de subtilité, voire de rouerie... Prenons l'exemple des solliciteurs, espèce très répandue à la cour de Versailles, et ailleurs je suppose, fruits mûrs de pratiques mises en place sous le règne de Louis XIV : ne devons-nous pas montrer à leur égard une grande défiance, voire de l'hostilité ? Et comment alors décider justement si nous ne connaissons pas l'homme, si nous ne sommes pas capables de séparer le bon grain de l'ivraie, la flatterie de l'honnêteté... ?

— N'est-ce pas mission impossible ? demanda Dumouriez.

— Mission difficile. Un roi doit s'accoutumer à ne considérer les hommes qui l'entourent que par rapport à l'utilité publique. Il ne doit faire venir à ses côtés que ceux qui sont propres à servir l'État.

— Vous n'êtes donc pas d'accord avec le conseil que l'empereur Septime Sévère donne à son fils ? dit le duc de Liancourt, pensant que Louis ne pourrait pas répondre.

Le capitaine Laroche, placé non loin de Louis et comme toujours de telle sorte qu'il le voie, lui fit un signe indiquant que la curée allait commencer. Louis sourit :

— « Paie les soldats et moque-toi du reste », vous voulez parler de cela, n'est-ce pas ?

— Oui, répondit Liancourt, visiblement déstabilisé.

— Comment être d'accord avec une telle ineptie ! Il ne suffit pas de régner avec succès, je veux régner avec gloire.

Ce sont ces derniers mots qui déclenchèrent l'hallali. Non pas que l'assemblée attaquât directement le roi, les conversations continuant à rouler bon train, autour de sujets divers et variés. Mais une oreille attentive eût pu entendre, ici et là, des propos peu avantageux, négatifs, agressifs, donnant du monarque une image dégradée. Si l'on reconnaissait à Louis une force herculéenne, rappelant l'anecdote selon laquelle on l'avait vu soulever un serviteur, assis dans une pelle, à bout de bras, on laissait entendre qu'il était totalement dépourvu de charme et de majesté. On lui reprochait une trop grande méticulosité, une bureaucratie qui freinait les décisions, une timidité excessive qui le privait presque tout à fait de la faculté de parler lorsqu'il se trouvait dans une assemblée composée de personnes qu'il n'avait pas l'habitude de voir tous les jours. Que n'était-il comme le Roi-Soleil, un roi extraverti et un homme de théâtre !

– Il ne suffit pas d'avoir un cœur sensible et généreux, d'être habité par une extrême bonté.

– Cela plaît à la populace, mais est insuffisant pour régner.

– Et puis, je vais vous dire, en réalité il n'a que très peu de sang français dans les veines : saxon par sa mère, polonais par sa grand-mère, savoyard et espagnol par ses aïeules ! La France a à sa tête un étranger !

Les plus virulentes étaient les femmes qui lui reprochaient pêle-mêle son teint « mélancolique », sa personne « plus que négligée », ses cheveux « promptement en désordre », son « manque d'aptitude à séduire »... La plus dure était la marquise de Guerchy :

– Il faut se rendre à l'évidence. Nulle noblesse, nulle grâce ni dans la démarche ni dans les mouvements, nul à-propos dans les moindres discours, ni galanterie dans les manières, un gros rire sans esprit, une physionomie sans expression, une taille épaisse... Enfin, c'est tout son extérieur qui prévient contre lui !

Mais pendant que la tablée bruissait de méchanceté à son encontre, Louis semblait étrangement radieux. Il connaissait tellement tout ce que cachaient ces masques avenants, ces sourires fabriqués, ces bassesses diplomatiques, que par moments cela ne le blessait plus, surtout lorsque, comme ce soir, il était assis à côté d'un chef d'escadre à la retraite, un certain Albert Trécanson, chargé par la municipalité de Cherbourg de répondre à toutes les questions que le roi pourrait se poser quant à l'organisation de ses journées passées sur les bateaux de la Navale.

Les deux hommes trouvèrent immédiatement un terrain d'entente, non point sur la question de l'organisation, thème qu'ils délaissèrent très vite, mais sur celle de la marine. Très jeune capitaine de frégate, grade peu prisé, donné le plus souvent à des officiers corsaires ou marchands, « sans naissance », Albert Trécanson avait rapidement franchi les échelons de la hiérarchie maritime, mais surtout avait voyagé. Louis était fasciné par cet homme. Moins de soixante ans, des cheveux blanchis, de ceux qui font obtenir cette confiance que l'âge mûr inspire aux femmes, quoiqu'il n'eût pas cessé de viser aux aventures galantes, il parlait de la mer avec un enthousiasme communicatif. Il avait semé avec Bougainville, à Tahiti, du blé, de l'orge, du riz et des graines de toutes sortes, et était à ses côtés lorsqu'il avait ramené à Paris Aotoru, le jeune Polynésien. Il avait navigué sur les bateaux de Cook quand celui-ci, selon ses instructions, avait établi la première carte précise du Pacifique. Mais son grand titre de gloire était d'avoir participé, sous le commandement de Suffren, aux combats de Negapatam et de Trincomalé, l'été 1782.

– La première fois que j'ai pris la mer, j'ai erré sur le bateau, perdu, désemparé. Comme une embarcation portant sa voilure et dont aucun timonier ne tient la barre. Vous savez, si j'avais alors compris qu'un marin apprend tous les jours, et qu'en quittant la mer, il s'aperçoit qu'il avait encore tout à apprendre, j'aurais renoncé.

– Mais vous n'avez pas renoncé.

– Non. Mais mon Dieu, qu'il faut être fort. Et vous devez

fort quand vous commencez à comprendre que la mer est autre chose qu'une simple masse d'eau. Il y a dans cette masse des mouvements qui ont un sens, et dans le ciel et le vent, des messages à déchiffrer. Un matin, alors que nous avions pu de justesse monter dans la chaloupe tandis que nous venions d'accrocher solidement à la coque d'un vaisseau ennemi un brûlot bourré de poudre, de mèches à feu et d'explosifs, j'ai compris que le renoncement était impossible. On ne renonce pas à la mer, jamais. Au début, on peut prendre ça pour un jeu, et puis, très vite, la mer et le navire font de vous leur esclave consentant.

– Il arrive un jour où vous croyez les dominer, être leur maître. Mais c'est faux, on ne possède pas la mer, on est possédé par elle.

– Oui, on a toujours à apprendre d'elle. C'est étrange, pour un roi qui n'a jamais vu la mer, qui n'est jamais monté sur un bateau, cet univers vous paraît si familier…

– Je sais. C'est sans doute mon drame et ma richesse. Vous avez la mer, j'ai le peuple de France. J'ai toujours à apprendre de lui. Je ne le posséderai jamais. Il me possédera toujours.

Commencé dans une certaine appréhension, le souper se poursuivit dans une sorte de joie partagée entre le marin et le roi qui, lorsque vint le moment des pâtisseries, en prit même en quantité, ce qu'il n'avait pas fait depuis longtemps, exigeant qu'on lui mette à disposition une coupe remplie de sucre râpé.

– Puis-je vous poser une dernière question, Sire, avant que nous nous séparions ? demanda le marin.

– Reprenez donc une pâtisserie et posez-moi vos questions.

– Voilà, j'ai appris à naviguer, comme monsieur de La Pérouse, sur les gabares qui transportaient des bois de mâture entre Bayonne et les arsenaux de Brest.

– On méprise ces cabotages, mais c'est un tort, ils constituent le meilleur des apprentissages aux navigations délicates, car cette partie du littoral atlantique est dangereuse : les vents d'ouest dominants portent sur une côte dénuée d'abris ; les pertuis, les estuaires sont traversés par des courants de marée puissants.

– Cook a été à même école, mais à bord de charbonniers, dans la non moins difficile mer du Nord...

– Alors, votre question avant que je ne quitte la table ?

– Avez-vous des nouvelles de monsieur de La Pérouse ? Je ne cesse d'y penser. Voilà moins d'un an qu'il est parti. Et chacun sait que vous vous êtes très impliqué dans ce voyage...

– Je l'ai initié, préparé, j'en ai tracé les cartes, fixé les devoirs.

– Si vous n'aviez été roi, vous seriez parti à ses côtés ?

_ Je répondrai à cette question lorsque nous nous connaîtrons mieux, je vous le promets. En attendant, voici : comme vous savez, *La Boussole* et *L'Astrolabe* ont quitté Brest en août 1785. Elles ont franchi le cap Horn, ont fait mouillage dans l'anse de Talcaguana en mars, escale à l'île de Pâques en avril et se dirigeraient vers les îles Sandwich. Je n'en sais pas plus...

L'entourage de Louis avait obtenu que le coucher du roi jouisse d'un service allégé. Pas de spectateurs, pas de courtisans, pas de cérémonie du bougeoir, durant laquelle une fois la prière terminée, ce dernier est remis au premier valet de chambre qui, sur ordre du roi, le donne à un seigneur qu'il veut distinguer. Pas d'habit ôté, la manche droite par un grand maître de la Garde-robe et la manche gauche par un premier maître. Pas de chemise à passer, de pieds à déchausser auxquels deux pages glissent des pantoufles, pas de cheveux coiffés pour la nuit. Pas de ces délassements imposés durant lesquels, juste avant de se glisser dans le lit, le roi fait des niches aux pages, chatouille un vieux valet de chambre ou rivalise avec le capitaine Laroche à qui ferait la plus mauvaise blague. Cette fois, seul le capitaine Laroche restait, auquel on avait trouvé une chambre mitoyenne de celle du roi. Mais ni Louis ni Laroche n'étaient aux rires. Le capitaine décida de revenir sur l'incident de Bretteville. Il était certain que le carrosse ne s'était pas embourbé tout seul.

– Que voulez-vous dire ? demanda Louis. On a voulu attenter à ma vie, l'essieu était saboté ?

– Non, mais…

– Mais quoi, Laroche ?

– Le prince de Farlanges…

– Le prince de Farlanges a bien été écarté du voyage, non ?

– Oui.

– Rien que d'entendre prononcer son nom, cela me met hors de moi ! C'est le type même de cette aristocratie parasite qui danse autour de moi le ballet de la courtisanerie, moitié vive moitié servile. Sous Louis XIV, la Cour était un instrument de domestication des nobles, à présent elle est devenue le symbole de leur domination. C'est bien simple, Laroche, je ne règne plus sur eux, je leur obéis ! D'ailleurs, à ce propos, rendez à la ville ses flambeaux de cire, ses vins exquis, ses confitures sèches. Pourquoi faire tous ces présents à ma suite, ce n'est vraiment pas la peine. Alors, quoi Farlanges ?

– On l'a aperçu à Houdan, à L'Aigle, et il était à Bretteville peu avant notre passage.

– Donc ?

– Le trou, à Bretteville, était inexpliqué. La voie venait d'être refaite, recouverte de cailloux de bonne taille, sablée, nettoyée…

– Quoi, Farlanges aurait attenté à la personne du roi ?

– Ce trou... Cette coïncidence... Que fait-il ici ? Nous l'avons laissé à Versailles...
– Vous n'êtes pas drôle ce soir, Laroche. Sortez.

Une fois seul, Louis laissa son esprit vagabonder sur une estampe qui était à droite de son lit. Le dessinateur, qui l'avait intitulée *Né pour la peine*, y avait représenté un villageois, vêtu d'une veste et d'une culotte, portant des bas troués et des sabots. Le fléau appuyé sur son épaule, tandis qu'une houe et une pioche fourchue étaient accrochées sur son avant-bras, il avançait dans l'aurore comme l'indiquait le coq perché sur son manteau, avec cette mention « Réveille-matin de campagne », et jetait du grain à ses poules. « Sa journée est d'un petit prix », disait la légende en parlant de la poule. Plus loin, on voyait un cochon, « méprisé et nécessaire » ; une vache, si précieuse pour l'homme « par son moyen l'on boit et mange » ; enfin les ruches, où s'abritaient les abeilles. « Chacun a part à ses travaux », lisait-on encore. Dans le lointain, le vigneron piochait, le cultivateur labourait et le clocher du village pointait au-dessus du versant du coteau ; enfin, on apercevait la chaumière, à la porte de laquelle se présentait le collecteur, et dont le pignon portait cette inscription : « But des gens de campagne, tailles payées. »

« Voilà résumée, en peu de mots, la vie de mes paysans dans mes campagnes, se dit Louis. Il faudra que cela change. »

Après avoir lu quelques pages d'*Histoire d'Angleterre* de David Hume, où Louis retrouva la figure familière de son cher Charles Ier, il se glissa dans son lit. Il faisait un froid intense, un peu comme à Versailles quand, en plein hiver, les tempêtes achèvent de dévaster le jardin et le parc dénudés, et que chacun rentre chez soi, depuis le roi jusqu'au dernier valet de pied chargé d'entretenir les grands feux, et que l'ennui de se mouiller ou le plaisir de se chauffer sont les soins de la saison.

Quelle longue journée ne venait-il pas de vivre et qui n'était rien comparée à celle qui l'attendait ! Pour voir flotter la caisse conique destinée à être placée sur la rade en sa présence, il devait être au chantier à quatre heures. Avant, à trois heures et demie, il aurait entendu la messe dans l'église de l'abbaye.

De nouveau, un rêve sombre s'empara de sa nuit. Il était dans un carrosse, caisse tantôt verte, tantôt rouge, roues jaune bouton-d'or ou roues blanches, qui dévalait une pente raide prise entre deux falaises. Il semblait qu'un coup de hache avait fendu le roc en deux, plaie ouverte d'où coulait un fleuve de boue. Sur la grève, un énorme poisson plongeait pour rejaillir quelques mètres plus loin. On aurait dit un moine de mer ou un calmar géant, de ceux que dessinent Rondelet et Steenstrup. Tous deux avaient un visage humain, une peau plissée et des jambes ou des pattes postérieures tournées vers l'avant. Les images du laboureur et du monstre marin se mêlèrent bientôt dans sa tête, ne formant plus qu'un seul et même être, sortant et rentrant dans l'eau comme il le souhaitait, tantôt homme, tantôt bête, tantôt hurlant, tantôt murmurant : « Ce sont de graves relations que celles d'un homme avec son navire, que celles d'un roi avec son peuple. »

12

Malgré la fatigue occasionnée par un voyage de plus de quatre-vingts lieues parcourues en deux jours, Louis, qui avait une nouvelle fois très mal dormi, se portait comme un charme, ne cessant de se répéter que cela faisait bien longtemps qu'il ne s'était pas senti aussi heureux. Heureux, simplement, dans sa vie, mais surtout heureux d'être ce roi de France que son peuple semblait tant aimer et pour lequel il avait envie d'accomplir des merveilles.

Avant de quitter sa chambre pour rejoindre l'église de l'abbaye où il devait y écouter la messe, il se remémora la dernière attaque sur Cherbourg, celle d'août 1758, durant laquelle une flotte anglaise de cent vingt voiles, sous le commandement du commodore Richard Howe, avait détruit le port, tandis que les soldats mettaient l'artillerie de la place hors service, démontant les fontes, enlevant les mortiers, embarquant sur leurs bateaux les armes et les drapeaux de la milice bourgeoise ainsi que quantité d'effets appartenant à la France. Et bien que son tropisme ne fût pas d'ordre guerrier, car comme d'autres Européens du XVIIIe siècle, naturalistes, peintres, écrivains ou simples curieux, Louis éprouvait davantage un désir de rivage, il ne pouvait pas ne pas se remplir et de tristesse et de colère au souvenir de ces hordes britanniques qui avaient semé dans Cherbourg la désolation. Maraudant, volant les bestiaux, buvant tout le cidre et tout le vin qu'ils trouvaient, violant les femmes et jusqu'aux plus jeunes filles, pillant les maisons, en enlevant les poutres, les planchers, les portes, véritable armée d'Attila qui brandissait toujours l'ultime menace : incendier la ville. Voilà pourquoi, puisque de Dunkerque à Brest la France n'avait pas de port militaire, il fallait y remédier, c'est ce à quoi répondait le projet de cette digue jetée en travers de la rade ouverte de Cherbourg.

À trois heures trente tapantes, sous un ciel infini qui ressemblait à une immense voûte d'ombre ensemencée de graines de feu, Louis rejoignit comme convenu la chapelle de l'abbaye où l'évêque de Coutances, monseigneur Talaru, devait célébrer la messe. C'était un homme étrange, dont l'exemple, disait-on, était loin d'édifier les fidèles. Ses mœurs valaient celles de la Régence, et sa conduite était en tout l'opposé de ce que prescrit l'Évangile. Mais il avait ses défenseurs. Aumônier de bord, il avait pour habitude d'achever son absolution collective, avant que l'équipage ne monte à l'abordage du bateau ennemi, par un tonitruant « Et maintenant : pas de quartier ! » qui enchantait les marins.

Pour la première fois de sa vie, Louis ne fut pas attentif au déroulement du service religieux. Au lieu de remercier Dieu de lui avoir permis de vivre ce voyage, de L'associer en somme à sa joie, il ne pensait qu'à la mer qu'il allait bientôt découvrir. L'air était serein, le ciel étincelant, il imaginait un grand lac tranquille, plat comme un miroir.

Des bâtiments du gouvernement jusqu'au rivage de Chantereyne, d'où il observerait l'immersion du fameux cône, les troupes de la garnison formaient une large haie. Mais, contrairement à la foule de la veille, il régnait tout le long du trajet un grand calme, rompu de temps à autre par le bruit des vagues et les cris des mouettes. Comme si une nouvelle messe devait être célébrée : celle de la réunion de l'eau et du ciel.

Soudain, alors que Louis abandonnait l'entrelacs de rues pour se retrouver comme jeté sur le port, l'agitation de ce dernier jaillit, mélange de réalité et d'imaginaire, nourri par ses nombreuses lectures. C'était tout un monde de calfats, de maîtres de hache, de charpentiers, de pilotes, de navigateurs, de cartographes, de capitaines marchands, de pirates notoires, de corsaires, de flibustiers, d'officiers de marine qui se déployait sous ses yeux. Un monde chatoyant, au visage buriné, à la bouche édentée, aux gencives saignantes, portant anneaux aux oreilles, favoris frisés, queue-de-cheval enduite de goudron, à la démarche tout à la fois mal assurée et fanfaronne, au vocabulaire spécifique, à la foi vive, à la force redoutable, dur aux combats, dur aux beuveries, effrayant pour les femmes qui le côtoient. Un monde bigarré, cosmopolite, où se coudoient depuis toujours charpentiers hollandais, marchands génois, navigateurs vénitiens, galériens turcs, clandestins de tous pays et de tous horizons. Marine marchande ou marine de guerre, faite d'hommes qui tous maîtrisent la mer, connaissent les marées, les vents, les courants, le ciel, les astres, le vol des oiseaux, et qui n'ont pas besoin du chronomètre « garde-temps » pour calculer la longitude. L'or, les épices, les mines, les plantations, le sucre, le café, le coton, le cacao sans eux ne viendraient pas jusqu'aux hommes de la terre. « De voir autant de rois et d'archevêques ne m'aurait pas rendu plus heureux », pensa Louis, se souvenant d'un livre, au goût de sel et de goudron, dont et le titre et l'auteur avaient disparu dans les méandres de sa mémoire.

Immobile, dans son habit écarlate, orné de la broderie des lieutenants-généraux et parsemé de fleurs de lys d'or, avec culotte de même couleur et gilet chamois boutonné de diamants, bas blancs enserrant ses robustes mollets, il attendait sur le quai qu'on lui présente officiers et ingénieurs. Chacun eut son compliment, étonné par ce roi qui semblait tout connaître de ses faits d'armes et de sa carrière, comme du nombre de ses enfants et du prénom de sa femme. « La Voûte et d'Artois ont vraiment bien travaillé », pensa Louis qui se souvint que les fiches qu'il avait soigneusement apprises étaient le fruit de leur travail effectué en amont de ce voyage.

Le cône ne pouvant être mis à l'eau qu'une fois la mer pleine, on attendait la marée avec impatience. Celle-ci arrivait, lentement, écumant entre les rochers, à fleur d'eau, tourbillonnant dans les creux, sautant comme des écharpes qui s'envolent, retombant en cascades et en perles et, dans un long balancement, ramenant à elle une grande nappe verte. Une vague arrivait qui en recouvrait une autre, tandis que les courants s'entrecroisaient en fuyant, remuant des varechs comme autant de lanières gluantes. Parfois l'eau débouchait d'une cavité, faisant mille jets, mille clapotements. Cette masse qui montait à une vitesse folle donnait une terrible impression de puissance, comme si, entassant tout sur son passage, renversant tout, bousculant tout, retournant tout, elle hissait l'eau à une telle hauteur qu'on pouvait penser qu'elle emporterait le quai, les bateaux, les maisons et, la submergeant, reprendrait possession de la terre. Au bout d'une bonne heure, il semblait que la vaste étendue sans bornes ait atteint la hauteur souhaitée. Il y eut alors un grand bruit, presque épouvantable, un roulement de tonnerre qui laissait l'esprit dans l'admiration des ouvrages de la toute-puissance de Dieu.

– Vous avez de la chance, il fait un temps magnifique, dit Trécanson. La grande marée de septembre monte dans un fracas plus effroyable encore. La bourrasque est si forte que des montagnes d'eau s'élèvent de l'horizon, roulent, s'écroulent sur les rochers. Au loin, la mer est toute noire. Sous l'ombre des nuages, elle galope dans un ciel livide.

Louis regrettait presque qu'il n'en fût pas ainsi.

À quatre heures précises, un gros canot, agrémenté d'un dais, glissa le long du quai, conduit par des rameurs vêtus et gantés de blanc et portant une écharpe rouge. Le capitaine de vaisseau La Bretonnière, commandant la marine à Cherbourg, en prit la direction. Le roi monta à son bord, accompagné d'une vingtaine de personnes de sa suite et d'officiers généraux. Dans un autre canot, dont les marins étaient vêtus de rouge, étaient montés le duc d'Harcourt et plusieurs hauts fonctionnaires. L'aube avait enfin paru, lente et douce, sans un nuage, et le jour était maintenant bien là – un vrai jour d'été. Appuyé sur l'un des platsbords, Louis écoutait le bruit des grands avirons qui battaient l'onde et criaient dans les tolets. Les rameurs les levaient lentement en mesure et les poussaient devant eux ; ils tombaient et se relevaient, égrenant des perles au bout de leurs palettes.

À peine les deux embarcations avaient-elles largué les amarres qu'on envisageait de retourner à quai parce que le roi, en montant dans le canot, venait de maculer son bel habit de larges taches de goudron.

– Sire, il vous faut vous changer, fit remarquer Ségaut.

– Qu'importe ! Nous n'allons pas rebrousser chemin pour si peu ! Après tout, un marin doit plus souvent qu'à son tour se salir les basques, non ?

Laroche, qui était monté dans le canot royal, était mort de rire. À mesure que l'esquif s'éloignait du bord, la mer changeait de couleur. Comme si l'embarcation avait été jusqu'alors protégée, elle fut soudain prise d'un étrange balancement qui soulevait le cœur. Le ciel se couvrit, la mer devint houleuse. En quelques secondes, le canot fut secoué de toutes parts. Seul de son escorte, Louis semblait ne pas souffrir et avoir le pied marin. Ségaut et de Coste étaient blancs comme drap et La Voûte rejetait dans la mer son souper de la veille. Parvenu à l'endroit désigné pour l'immersion de ce neuvième cône, la mer se calma soudain aussi rapidement qu'elle s'était soulevée. Lorgnette à la main, on attendait du roi qu'il donne l'ordre de l'immersion. Il le fit avec solennité sans qu'aucun hourra ne vienne perturber son geste.

Toute la difficulté de l'opération consistait à remorquer l'énorme pyramide vide jusqu'à l'endroit précis – la passe de l'est à l'extrémité de la digue – où, remplie de pierres, apportées par des bateaux préparés à cette intention, puis recouverte de maçonnerie, elle coulerait au fond de l'eau et s'y maintiendrait sans bouger. Louis était fasciné par ce monstre marin de vingt mètres de haut et de cinquante mètres de diamètre à sa base, que les ingénieurs et les ouvriers, dans un silence religieux, manipulaient avec une précaution infinie.

L'opération terminée, accueillie par des salves d'artillerie tirées des forts et par une multitude de petites galères attelées en triangle, le canot accosta à l'énorme cuve. Un escalier d'une cinquantaine de marches y avait été construit que Louis gravit en quelques enjambées et qui le conduisit à une plate-forme sur laquelle on avait aménagé une tente richement décorée.

Un vent puissant y soufflait, faisant claquer la toile légère sous laquelle se tenait la délégation. Juste devant le roi, la puissante armada, déployée pour l'occasion, s'étalait sous ses yeux. Il n'avait jamais vu de bateaux d'aussi près. C'était toute une escadre pavoisée de pavillons et de flammes multicolores qui oscillait sous ses yeux. En tout, une vingtaine de frégates, flûtes, corvettes, gabares, auxquelles s'étaient joints quantité de chaloupes, de bricks et de goélettes rassemblés autour du *Patriote*, vaisseau de 74 canons, énorme citadelle de fer flottant comme par miracle.

Soudain, délaissant la vision monumentale de cette tour de guerre bâtie en pleine mer, il éprouva un choc puissant. C'était la première fois qu'il contemplait cette masse d'eau mystérieuse qui le faisait tant rêver. Tel un lac d'émeraude agité de petites crêtes d'argent, les rayons naissants du soleil conféraient à la scène une beauté sans pareille.

– Ceci donne une idée de l'immensité du monde, dit-il, ajoutant : C'est mon rêve d'enfant qui se réalise.

Trécanson ne put s'empêcher de faire une légère moue.

– Vous voyez surtout le jour enfin installé sur la mer... Comme un tableau de Joseph Vernet... Un tableau un peu calme...

– Ou une gravure de mon cher Nicolas Ozanne. Ce n'est déjà pas si mal. Que voulez-vous, je suis de ceux qui sont heureux de souffrir par leurs sensations, qui les reçoivent comme des chocs et les savourent comme des friandises...

– Mais vous n'avez encore rien vu de la mer.

– Ne gâchez pas mon plaisir. Regardez, nulle brise ne souffle. Les voiles pendent droites le long des mâts. Regardez, là, cette chaloupe, elle se soulève à peine sur la mer presque immobile qui se gonfle et s'abaisse avec le doux mouvement d'une poitrine endormie.

Perdu dans son bonheur, Louis en fut tiré par un incident violent et terrible, comme si sa vie ne pouvait être que cela : une impossibilité à faire perdurer la sérénité. Il ne comptait plus les fois où le plus petit moment de joie avait été arrêté, coupé net dans sa course, par un désagrément, un ennui voire un malheur bien plus grand.

– Que se passe-t-il ?

Afin de faire flotter le cône jusqu'à sa destination, il avait été remorqué par des bateaux auxquels il était attaché par une forêt de cordes. Des ouvriers, montés sur l'énorme édifice, devaient toutes les couper ensemble quand l'ordre leur serait donné. Dans le feu de l'action et couvert par le bruit, personne n'avait remarqué que le câble mal tendu d'un des cabestans chargés de maintenir l'équilibre du cône pendant la manœuvre avait frappé la tête d'un charpentier qui était en train d'agoniser au pied du cône. Des chirurgiens, accompagnant le roi et sa suite et prêts à intervenir à tout moment, badaudaient dans une des chaloupes, sans prêter aucune attention à l'accident qui venait de se produire. Louis, excédé, descendit les degrés qui conduisaient aux canots et s'en prit vertement aux médecins :

– Ne pouvez-vous pas porter secours à ce malheureux ! N'avez-vous rien d'autre à faire que de dégoiser entre vous !

Un des chirurgiens, celui qui se sentait le plus coupable ou qui ne voulait surtout pas déplaire à son souverain, se précipita en direction du blessé que Louis tint dans ses bras durant tout le temps de l'intervention qui se révéla inutile. L'homme, un charpentier, très jeune et très beau, mourut sans avoir repris connaissance. Il ne sut jamais qu'il avait vécu les derniers moments de sa courte vie veillé par le roi de France.

Louis était bouleversé. Il se dit que le souvenir de la découverte de la mer resterait à jamais lié à ce drame. Le matin, il avait été décidé qu'il donnerait deux mille quatre cents livres aux rameurs de son canot, en guise de dédommagement et en signe de satisfaction. Il prit le petit carnet qui le suivait en toute circonstance et nota de ne pas oublier d'accorder, sur le fonds des Invalides, une pension à la veuve de l'ouvrier et à sa famille s'il en avait une.

Depuis le matin, beaucoup de temps avait passé, et Louis semblait être le seul à avoir été bouleversé par la mort du jeune homme. Remonté au sommet du cône, il trouva de nouveaux arrivants : madame la duchesse d'Harcourt, la marquise de Guerchy, plusieurs seigneurs de sa suite, des officiers généraux et le maître des travaux, monsieur de Cessart. Les conversations allaient bon train, toutes sur le même thème :

– Trois mille ouvriers sont employés à ces travaux. La mort de l'un d'entre eux est regrettable, mais ça ne va pas changer la face du monde...

Le regard perdu dans les vagues dont il tentait de suivre la course, Louis crut même entendre une voix suggérant que le roi avait pris le charpentier dans ses bras pour laisser accroire qu'il se souciait de son peuple : « Une manœuvre politique destinée aux gazetiers, voilà tout. Et quelle sensiblerie, mon Dieu ! »

Approuvée par l'ensemble des personnes présentes, madame de Guerchy suggéra qu'il était temps de passer à table. Un ambigu de mets froids venait d'être servi. C'était un spectacle extraordinaire : d'énormes quartiers de venaison, de monstrueux aloyaux, des volailles magnifiques, du gibier de toutes espèces, des truites, des ombles chevaliers accompagnaient les pièces apportées de Paris, pâtés de foie, terrines, truffes, langues, jambons glacés, enfin tout hors-d'œuvre dont la célébrité gastronomique exige la présence à un ambigu digne de ce nom.

À l'aspect de cette table, dressée en plein vent, il se fit un silence général. Comme si l'admiration dominait l'appétit. Seule la marquise d'Aurigny semblait faire la fine bouche : ayant donné récemment un dîner chez elle, elle avait subi de violentes coliques qui avaient fait craindre pour ses jours. La cause en était l'usage d'ustensiles de cuivre qu'elle avait conservés dans sa cuisine. « Et depuis, vous êtes à la diète ? » lui demanda Laroche.

L'artillerie de la rade et de la côte tirait sans relâche ; les musiciens du régiment de la reine exécutaient des symphonies ; la rade était couverte de bateaux chargés de curieux. Louis ne voyait rien ni n'entendait rien de tout cela, ne pouvant effacer la sensation du corps du charpentier poussant dans ses bras son dernier soupir, la tête ensanglantée, le regard déjà épouvanté par la mort à laquelle il se trouvait confronté.

Demain, Louis monterait à bord du *Patriote*, sortirait de l'eau morte du port et sentirait enfin la vie de la mer. Trécanson l'avait prévenu : « À partir de cet instant, rien ne sera plus comme avant : votre cœur battra à vous défoncer la poitrine. »

En attendant, le cabotage le long des côtes de Cherbourg allait reprendre. Le soleil rayonnait, jetant sur la mer un clair vernis lumineux et bleuté.

13

Debout, à l'avant du canot, Louis, qui avait souhaité longer les neuf cônes, observant la digue de pierres qui leur servait de base et de chaîne, et que la marée descendante était en train de découvrir, fit mettre le cap vers le large. L'air était d'une transparence bleuâtre, sa lumière crue enveloppait tout, frappait tout, pénétrant jusque dans les pores du bois gris du canot. Les rameurs, la peau grelottant de sueur, haletaient d'accord et l'on entendait à la fois leur poitrine respirer et les avirons tomber dans l'eau. Après chaque mouvement de tous ces bras qui se dépliaient et s'abaissaient, une traction sourde faisait glisser le canot en avant. Autour du gouvernail, on entendait l'eau clapoter un ton plus clair puis, dans le silence, le canot s'avançait et, secoué, repartait. Derrière, on voyait les quais du port reculer graduellement.

– Savez-vous pourquoi j'ai décidé la construction du fort de l'île Pelée, vers lequel nous nous dirigeons maintenant ? demanda le colonel Dumouriez à Louis.

– Pour la même raison qui vous a fait construire celui du Hommet et fermer le port... Après qu'un jour d'été 1779, une frégate anglaise, donnant la chasse à un cutter, est entrée dans la rade et a « perdu » des boulets dans les rues de Cherbourg.

– On ne peut donc rien vous cacher des choses maritimes, Sire.

– Il ne faut plus que les Anglais viennent ainsi jeter l'épouvante parmi les habitants de nos villes côtières, votre initiative est louable !

Se découpant au milieu de la mer, la petite île prolongeait sa perspective d'un jaune pâle et les vagues dessinaient sur son double rivage deux longues bordures d'écume blanche. Il était trois heures de l'après-midi quand Louis, sautant du canot, se dirigea d'un pas assuré vers la forteresse. Dans la salle des gardes, austère et humide, on lui présenta les plans de construction ainsi qu'un nouvel affût de canon, lequel, d'après les ingénieurs présents, exigeait pour son service un moindre nombre d'hommes que d'ordinaire.

– Ne pourrions-nous tirer un coup de canon ? Ne pourrais-je, moi, tirer un coup de canon ? demanda Louis devant les détachements de gardes du corps et d'élèves officiers.

– Excellente initiative, Sire, dit Dumouriez. Ainsi pourrez-vous nous départager. Le maréchal de Ségaut, ici présent, assure qu'il faut l'adopter pour la marine, mais je n'en suis pas si sûr...

Ne voulant pas être en reste, Ségaut indiqua aussi que pour l'occasion Sa Majesté pourrait expérimenter une nouvelle manière de chauffer les boulets, due à monsieur Meusnier, officier du Génie et de l'Académie des sciences, « grâce à un procédé qui les rougit en moins de huit minutes et les met dans l'état d'incandescence nécessaire pour être lancés avec succès ».

– Vous savez parler au roi, Ségaut, dit Louis, ajoutant : Qu'une pension substantielle soit versée...

– Sire, comment vous remercier ?

– Non, pas à vous, Ségaut, à ce monsieur Meusnier, voyons, dit Louis avec une pointe de perversité.

Après plusieurs tirs effectués dans un vacarme amplifié par l'espace confiné de la chambre, le roi rendit son avis, négatif, faisant contre ce projet toutes les objections que le marin le plus instruit aurait pu émettre :

– Pas assez lourd, donc pas assez stable. Le mettre en batterie va être très compliqué et son recul au moment du tir trop important. Travaillez plutôt à un perfectionnement de la caronade. L'avenir est là. Mettez au point une arme de combat rapproché avec de gros boulets, redoutable pour les hommes, les gréements, capable de projeter une énorme mitraille.

La joie du roi était visible. Il voulait tout savoir, tout voir, tout inspecter. Ainsi visita-t-il en détail le rempart d'enveloppe, les murailles de l'enceinte, les embrasures et les voûtes des batteries casematées, les plates-formes des mortiers et celles des pièces de côte, le four à boulets, la poudrière, la citerne, la boulangerie, les logements des troupes.

– Quelle belle citadelle, conclut-il. Je veux qu'elle porte désormais le nom de Fort-Royal, ajoutant, tel un enfant comblé par les cadeaux qu'il vient de recevoir, certain que d'autres encore l'attendent : Et maintenant, où allons-nous ?

– Nous avons prévu une inspection de la fosse du Galet, lança Ségaut qui voulait montrer au roi que Dumouriez n'était pas le seul organisateur de ces journées.

– Bien, alors cap sur la fosse du Galet, dit Louis tandis que les bâtiments de l'escadre, alignés à l'horizon de la rade, tout pavoisés, saluaient le canot royal par de multiples coups de canon.

La fosse du Galet, couverte par trente pieds d'eau pendant les grandes marées, une fois renforcée de plusieurs bâtis, ferait un bassin idéal où mouiller une flotte importante. Voilà encore un grand projet auquel Louis souscrivit avec enthousiasme. Mais le temps avançait et de gros nuages noirs arrivaient par le nord.

Les ombres sur la mer s'allongeaient, les rochers semblaient plus grands, les vagues plus vertes. On eût dit que le ciel s'agrandissait et que toute la nature changeait de visage. On décida de rentrer.

Tandis que le canot se rapprochait du quai, une centaine d'enfants, jeunes tritons bondissants, se jetèrent à l'eau pour accompagner l'embarcation et être au plus près du roi de France. À terre, une foule importante applaudissait. Laroche ne put s'empêcher de glisser à l'oreille de Louis : « Après un bain de mer, il vous faut un bain de foule. À quand le bain de pieds ? »

À quatre heures, Louis regagna ses appartements, prétextant une fatigue passagère. Dans la calèche qui le ramenait à l'abbaye, il pensa : « Que ne suis-je marin au lieu d'être roi ? »

En réalité, Louis n'avait nullement l'intention de se reposer, trop excité par tout ce qu'il venait de vivre, de voir, de sentir. Trop de sensations jusque-là jamais éprouvées l'habitaient. Même ses appartements lui apparaissaient sous un autre jour. Comme si, la veille, il avait vu autre chose que ce qu'il remarquait aujourd'hui : un grand et beau salon orné de peintures, une chambre à coucher tendue de mousseline, où la broderie et la vivacité des couleurs défiaient en quelque sorte le pinceau le plus exercé. Il demanda à Trécanson de le rejoindre et qu'on leur apporte du vin blanc de Champagne ainsi que des tourtes à la frangipane et des fruits confits. Ce qu'il voulait, c'était passer un moment avec l'ancien officier de marine et regarder des cartes-portulans, et se perdre dans leurs marteloires de lignes vertes et rouges. Il en avait apporté quelques-unes de Versailles. S'y replonger, c'était pour lui comme revenir à un univers familier qui le rassurait. C'est là qu'il puisait sa stabilité. D'aucuns ont recours à la musique, aux récits bucoliques, d'autres se jettent sur les œuvres de Montesquieu, de Voltaire ou de Rousseau, d'autres encore pratiquent le mail ou la paume ou montent à l'anglaise, Louis se perdait dans les lignes de rhumbs, les roses des vents et autres points nodaux pour mieux y retrouver sa vie.

– La prépondérance des Hollandais et des Anglais était au siècle dernier des plus évidentes, dit Trécanson, citant les travaux de Christopher Saxton, de John Norden ou de John Speed.

– C'est vrai, mais alors que ceux-ci visaient, disons une clientèle d'honnêtes hommes ou de marchands, sensibles à une certaine qualité esthétique, les cartographes français d'aujourd'hui s'adressent plutôt aux hommes d'achat et aux militaires pour lesquels seule compte la qualité scientifique de la carte.

– Comme celle de Guillaume Delisle que vous avez actuellement sous les yeux ?

– Exact.

Louis montra à l'ancien chef d'escadre des cartes d'une beauté inégalée où aucun des détails littoraux ou insulaires n'était oublié, voire pour certaines offrant avec une précision extrême les contours des mers et des terres polaires. Mais Louis dévoila aussi d'autres cartes sur lesquelles des noms mythiques et magiques étaient mis visiblement au hasard, nommés mais situés en des endroits éloignés de plusieurs centaines de lieues d'une carte à l'autre : Tombouctou, les sources du Nil, le royaume du Monomotapa...

– Combien de navires se sont perdus sur des écueils non signalés sur des cartes, combien de marins, soupira Trécanson.

– L'imprécision des cartes a porté chance aux mutins du *Bounty*, fit remarquer Louis, l'îlot de Pitcairn sur lequel ils s'étaient réfugiés figurait bien sur la carte dans le Pacifique Sud mais le relevé cartographique comportait une erreur de quarante milles !

– Viendra un jour, j'espère, où la représentation scientifique du relief ira au-delà de la simple figuration imagée qu'elle est aujourd'hui.

– L'établissement des cartes marines posera alors un problème : celles-ci, pour d'évidentes questions de sécurité, ne pourront envisager qu'une ébauche de représentations des profondeurs...

– Vous avez vraiment la marine dans le sang, Sire, si vous permettez que je m'exprime ainsi.

– Quel beau compliment vous me faites là. Tenez, puisqu'il faut que nous nous préparions pour le dîner, juste avant que vous ne partiez, voici encore deux cartes. La première est ancienne : la carte de Normandie par Mariette, 1653. La seconde, plus précise, établie cent ans plus tard : la « Coste de Normandie depuis Surville jusqu'au Mont-Saint-Michel ».

Le souper de gala, auquel participaient les principaux officiers de l'armée de terre et de la marine, des ministres du roi et des membres du gouvernement de Normandie, et bien qu'elle soit réduite à sa plus simple expression, de sa suite, ainsi que de plusieurs duchesses et comtesses placées là pour la décoration, eut lieu vers sept heures. À quelque distance de la table royale, un grand nombre de citoyens, mais aussi beaucoup d'officiers anglais et divers habitants des îles voisines de Cherbourg, eurent la satisfaction de voir le roi à son souper.

Louis détestait tout dans ces soirées, à commencer par les « hommages », « odes » et autres « poèmes » dont on le gratifiait au début de chaque souper. Celui-là ne fit pas exception. Jules Amédée Aicard, en habit couleur « entrailles de procureur », fut désigné pour cette lourde tâche qu'il accomplit avec pesanteur et exactitude :

Suis ton penchant, grand roi. Puisque ta prévoyance
Veut s'occuper en paix de parcourir la France,
Porte dans tes États la vie et le bonheur.
César en voyageant écrivait son histoire.
Tu préfères la gloire
De payer aux Français la dette de cœur.

La discussion roula sur ce XVIIIe siècle qui, selon les deux dames assises à droite et à gauche du roi, la marquise d'Harcourt et la duchesse de Guerchy, semblait marqué par un retour général aux champs. Chacun des quarante convives avait son avis. Pour les uns, il y avait là un placement d'argent sûr et productif, pour d'autres il s'agissait avant tout d'un changement survenu dans les goûts, enfin une troisième catégorie affirmait que la bourgeoisie « éprise tout soudain des champs » n'était pas étrangère à ce qui constituait peut-être un véritable changement de société.

– Le besoin de campagne va au-delà d'un simple besoin de détente, affirma la duchesse d'Harcourt, tout en panaches et en fureur de plumes.

– Le bonheur est à la terre, la France revient à ses amours séculaires, renchérit la marquise de Guerchy, dans un ensemble radieux, couleur « dos de puce ».

Faisant face au roi, La Voûte intervint :

– N'oublions pas l'*Héloïse*, voilà un livre qui a donné une secousse qui a ébranlé toute la société française.

Ségaut n'était évidemment pas d'accord avec le conseiller spécial :

– Vous êtes de ceux qui pensent qu'un livre peut faire bouger le monde ?

– Mais certainement. Les physiocrates, dont tout le système est fondé sur l'exploitation rurale, règnent sur la pensée. Et leur ennemi, monsieur Voltaire, fait valoir un domaine !

– Que le roi tranche, suggéra la duchesse d'Harcourt.

– Je pense que ce « retour aux champs » où se mêlent goûts littéraires, calculs d'intérêts, passions scientifiques, est bien réel, même si beaucoup de ces citadins qui deviennent paysans sont sans doute trop philosophes et atteints de rousseauisme. De la même manière que le « bel esprit » entra jadis dans la langue, le mot « agriculteur » y est récemment entré et non moins triomphalement. La société française change ; je vous promets d'accompagner ce changement.

Cela faisait bien longtemps que Louis n'avait pas parlé avec autant d'autorité et d'assurance. Beaucoup de thèmes furent abordés durant ce souper. Passant avec une allégresse joyeuse du coq à l'âne, le roi devenait à Cherbourg ce qu'il aurait toujours dû être à Versailles : le centre du monde. On lui demanda d'interpréter la soixante-quatorzième centurie des rêveries de Nostradamus, celle qui parle de maquereaux et de guenons, de liberté et de bastions, de femme qui n'est pas bête, de comtes sans comté et de cardinal sans tête. On le pria de faire des confidences. Oui, la reine Marie-Antoinette, l'hiver, quand la neige recouvre les rues de Paris, aime étendre les courses de son traîneau, sur les Champs-Élysées, voire sur les Boulevards, tandis que tintent les sonnettes et les grelots garnissant les harnais des chevaux. Oui, il aime le théâtre et, de décembre à Pâques, fait venir à Versailles les spectacles de Paris.

– Lesquels, Sire ? osa la duchesse d'Harcourt.

– Le mardi est consacré à la tragédie, le jeudi à la Comédie-Française, le vendredi à l'Opéra-Comique, le mercredi au Grand Opéra, mais pas plus de cinq ou six fois chaque hiver.

Louis se sentait invincible parce qu'aimé, mais aussi parce

qu'un certain nombre des objectifs maritimes que la France s'était fixés en 1778 étaient atteints. Répondant à une question d'un des convives, il en fit l'énumération :

– Indépendance des États-Unis, abaissement public et réel de l'Angleterre, récupération de Saint-Pierre-et-Miquelon et des pêcheries à Terre-Neuve, conquête de Tobago et du Sénégal. Sans oublier la suppression totale de tous les articles relatifs à Dunkerque, depuis et y compris le traité d'Utrecht. Pour la première fois depuis 1715, le sol français est libre de tout contrôle anglais ; l'humiliation subie par Louis XIV est lavée, comme celle qui a accablé mon grand-père entre 1762 et 1763.

Bien sûr, il y avait bien de beaux esprits, notamment à Paris, dans la société proche de la reine, pour estimer que Louis aurait pu faire mieux, que la guerre avait coûté trop cher et qu'elle n'avait procuré rien de tangible. Qu'importe, le roi était sûr de lui et de ses choix. Et quand Dumouriez lui demanda d'évoquer la situation de la Marine royale de France, Louis exulta. Cette joie qu'il ressentait profondément, il la partageait avec les marins et le peuple.

– Notre roi y est comme un poisson dans l'eau, fit remarquer le capitaine Laroche qui semblait lui aussi, durant ce voyage, prendre beaucoup d'assurance et occuper une place qui n'avait jamais été la sienne, sans doute parce qu'il apportait un soin nouveau à sa mise.

– Notre marine est actuellement composée de soixante-sept vaisseaux de ligne, savoir : six de 110 canons, sept de 80, quarante-cinq de 74, six de 64, trois de 60, auxquels il faut adjoindre soixante-sept frégates et quarante corvettes.

Des applaudissements fournis et laudateurs accompagnèrent l'énumération royale qui se poursuivit :

– Depuis trois ans, j'ai lancé à l'eau treize vaisseaux de

74 canons, dix frégates et sept corvettes. Il y a aujourd'hui cinq vaisseaux en construction.

– Est-ce assez pour faire face à la menace anglaise ? demanda la marquise de Guerchy, manifestant un intérêt inattendu pour la flotte de guerre.

– Je vous rassure. Je veux porter ma marine à quatre-vingt-un vaisseaux de ligne, savoir : neuf de 110 canons, neuf de 80 et soixante-trois de 74.

La marquise semblait aux anges. Ce qui ne manqua pas de faire sourire les hommes autour de la table, qu'ils fussent marins ou non. Louis était blessé. Sans doute n'avait-il pas comme ses prédécesseurs de nombreuses maîtresses, mais lui au moins ne méprisait pas les femmes et si parfois il lui arrivait d'être taquin ce n'était jamais pour les humilier.

Avant de quitter la table, il eut une dernière conversation avec ses deux voisines, leur confiant qu'en ces terres normandes faisant face à l'immensité marine, ce n'était pas des navires anglais qu'il fallait avoir peur mais des monstres qui hantaient les fosses marines.

– Que voulez-vous dire ? demanda la marquise de Guerchy.

– N'avez-vous jamais entendu parler de la licorne de mer ni du moine franciscain André Thevet qui rapporta qu'il avait croisé lors de ses deux grands voyages une licorne de mer appelée vlétif : appendice frontal, corps de poisson gigantesque, tête de baleine dentue et au-dessus des yeux un os très long en forme de scie ?

– Non, grands dieux, dit la marquise de Guerchy.

– Et la rhytine ou vache de mer, qui vit autour des îles de Béring et se nourrit d'algues et mesure dix mètres de long ?

– Non, dit la duchesse d'Harcourt.

– Et le singe de mer de Georg Wilhelm Steller, mélange de

phoque et de requin géant, qu'on observe au large des îles Shumagin ?

— Non, non, répétèrent en chœur les deux voisines du roi, que commençait de gagner une vraie frayeur.

— Un jour, les monstres jailliront de la mer et engloutiront les hommes...

— Sire, vous vous moquez de nous. Vous voulez nous faire faire des cauchemars. Les eaux autour de Cherbourg ne sont...

— On ne sait pas ce que recèlent les eaux de la mer, mesdames. Mais vous savez, et ce sera mon dernier mot, car je dois partir me coucher, ce que nous appelons « monstres » ne le sont point à Dieu, qui voit dans l'immensité de son ouvrage l'infinité des formes qu'Il y a comprises.

Contrairement à ce qu'il avait affirmé à mesdames d'Harcourt et de Guerchy, Louis ne rejoignit pas ses appartements. Après avoir revêtu des habits plus discrets — chapeau gris à large bord, souliers et bas de laine, chemise et collet de grosse mousseline —, il prit la direction du port avec l'intention de s'y promener, seul. Le soleil couchant avait cédé la place à la montée glauque de la nuit. La ville dormait. L'une après l'autre, toutes les lumières avaient disparu des fenêtres. Louis ne voyait pas la mer, mais il l'entendait, la sentait, imaginant les vagues venant fouetter les vaisseaux de guerre ancrés plus loin, là-bas, dans les ténèbres, et plus près, rien que le très léger bercement des fines goélettes le long du quai et l'insensible clapot de l'eau qui remuait à peine. Parfois un bruit d'amarre qui se raidissait ou le frôlement d'une barque le long d'une coque montait jusqu'à lui. Les bateaux, les pierres, la mer elle-même semblaient dormir sous le firmament poudré d'or et sous l'œil d'un petit phare qui, debout sur la jetée, veillait sur le peuple endormi de la mer. Louis sentait la pêche et le goudron qui flambe, la saumure et la coque des barques. Sur les pavés des rues, éclairés par de rares rayons de lune, il apercevait des écailles de sardines briller comme des perles.

Tout à coup, au détour d'une rue, il avisa une taverne. Comme si une main inconnue l'avait poussé, contre laquelle aucune résistance n'était possible, il en ouvrit la porte. Assis sur des bancs, vautrés sur des chaises, tout un peuple boiteux et paralysé de vieux marins était là, fumant des pipes et buvant de grands bols de bière. Quelques-uns mangeaient une nourriture des plus simples : plat de pommes de terre, beurre, fromage. Tous parlaient de navigations passées et de ceux qu'ils avaient connus jadis et dont beaucoup étaient morts. Leurs visages et leurs mains étaient ridés, tannés, brunis, séchés par les vents, les fatigues, les embruns, les chaleurs de l'équateur et les glaces des mers du Nord. Tous conversaient à voix basse, sans prêter la moindre attention à l'homme qui venait d'entrer dans la taverne. Ils en avaient tant vu, en rôdant par les océans, tant vu des dessous et des dessus du monde, et de l'envers de toutes les terres et de toutes les latitudes. Un moment, Louis se dit qu'il n'aurait pas dû venir, que sa place n'était pas ici, au milieu de ces hommes, de ces marins. Il était en train de mesurer la distance infranchissable qui le séparait d'eux lorsqu'une femme s'approcha de lui.

Un silence se fit, et le cercle autour d'elle s'agrandit comme si la peste l'avait habitée. Des murmures dans la foule agglutinée des marins fustigeaient la laideur de la femme qui avait eu l'audace de se rapprocher ainsi d'un homme qu'elle ne connaissait pas. Louis entendait tout. C'était affreux, on la décrivait comme répugnante, habitée par l'horreur, « une sorcière, fuyez-la ». Louis n'avait jamais été aussi troublé de sa vie, car jamais il n'avait rencontré un type de visage aussi parfait. Par quel sortilège cette femme, que tout le monde trouvait laide, lui

apparaissait-elle d'une beauté inégalée ? Ses formes étaient admirables. Dans de délicates proportions. Sa taille moyenne, sa démarche, ses poses réunissaient à la fois une suavité charmante et une gracieuse dignité. Son sourire avait un attrait de finesse qui le rendait enchanteur, et lorsque s'y joignait un certain mouvement de la tête, Louis en restait plus ému encore qu'émerveillé. Et sa mise était du goût le plus exquis sous la grande cape qui cachait tout de ce qu'elle était – de son corps et de son visage. Il en était certain, cette jeune fille avait bon cœur, point de morgue. Que faisait-elle dans ce tripot ?
– Je vous attendais depuis longtemps.
– Que me voulez-vous ?
– Vous rencontrer. Savez-vous que le roi est dans notre ville ?
– Oui.
– Vous l'avez vu ?
– Non.
– Et vous ?
– Non, non plus. On dit qu'il a de grands yeux bleus, doux et un peu myopes. Qu'il ne regarde pas ses interlocuteurs en face. Qu'il est timide, méfiant, affichant toujours un air sombre et malheureux. Que la Cour est pour lui le lieu de tous les supplices. Vous ne le connaissez pas ?
– Non.
– Physiquement, ce pourrait presque être vous. Mais vous, vous avez l'air trop heureux pour cela, trop joyeux.
– Parce que le roi est triste ?
– Comment ne le serait-il pas ?
– Que voulez-vous dire ?
– Oh, rien. Parfois ma bouche parle à ma place. Je ne comprends pas ce qu'elle dit... Quel est votre métier ? Je vous verrais bien intendant. Intendant d'une baronne.
– Je ne peux pas vous le dire. Et vous, le vôtre ?

– Je prédis l'avenir. Je lis dans les lignes de la main.
– Vous vous appelez comment ?
– M.E.
Un homme s'avança : le cabaretier.
– Si vous mangez, c'est trente et une livres.
– Vous voulez manger ? demanda Louis à la jeune fille.
– Non. Je veux boire. Du vin.
– Alors apportez du vin, dit Louis, pour deux personnes. M.E., ce n'est pas un prénom, ce sont des initiales.
– Je ne donne jamais mon prénom en entier. Comme tout le reste : je ne donne rien. Et le vôtre, quel est-il ?
– L.C.
– Comme Louis Capet, notre roi ?
– Oui, c'est ça. Que lui diriez-vous, à votre roi, si vous le rencontriez ?
– Aidez-nous, revenez nous voir. Votre peuple vous aime. Ce que nous n'aimons pas, ce sont les nobles, les curés, tous des privilégiés. Ici, on meurt de faim, de froid. Rien pour se loger, rien pour se vêtir. Et puis, je lui dirais aussi autre chose, de plus grave encore.
– Tais-toi, lui dit le cabaretier qui était revenu. Ne l'écoutez pas. Elle manie le feu sans se brûler, mange les pierres, les cailloux, le gros verre de bouteille. Elle lève des fardeaux qu'à peine quatre hommes peuvent remuer, mange autant d'araignées qu'il s'en peut trouver. C'est une sorcière, que je vous dis !
– Laissez-nous, je ne crains rien.
– Faites comme vous voulez, je vous aurai prévenu, lança le cabaretier à Louis avant de rejoindre l'autre côté de la taverne, où un feu torride brûlait dans la cheminée.
– Alors, que vouliez-vous me dire ? Vous ne voulez pas venir avec moi ? Vous serez à l'abri…

– Non. Et puis, de toute façon, je suis déjà avec vous, partout où vous êtes, je suis.
– Alors, vous me dites ce que vous avez à me dire ?
– Prenez garde. Vous êtes entouré de traîtres qui veulent votre mort. Les monstres finiront par sortir de la mer. Et je vois aussi beaucoup de sang.
– Je dois vous croire ?
– Je dis toujours la vérité, c'est mon malheur.
– Vous êtes si jolie, si douce.
– Ne vous fiez pas à l'enveloppe. C'est le dedans qui compte.
– Et le dedans est noir ?
– Plus noir encore que l'encre noire de la seiche, que la nuit qui entoure le port, dit la jeune femme qui, juste avant de disparaître, aussi vite qu'elle était apparue – comme par enchantement –, ajouta, passant soudain au tutoiement : Tu es obligé d'aimer le monde, n'oublie jamais ça.

De retour dans sa chambre, Louis s'attarda longtemps à regarder le mince croissant de lune poudroyant de lumière qui éclairait les murs de l'abbaye. Avant de se coucher, il relut quelques pages de *The Observations of Sir Richard Hawkins, Knight, in his Voyage into the South Sea in the Year 1593* de John Hawkins, dont il possédait un exemplaire de l'édition de 1622 que lui avait offert son père. À la gauche de son lit un immense miroir lui renvoya l'image d'un roi qui ne rêvait plus de monstres marins depuis son arrivée en Normandie, ni de courtisans à tête de poisson lui demandant des comptes. Même les paroles de la jeune femme de la taverne, si étranges, si mystérieuses, envoûtantes, ne semblaient pas l'avoir atteint. Son plaisir était total. Depuis sa naissance, il devait se laisser habiller, déshabiller, il devait manger, dormir, être malade même, devant une incessante procession de curieux, recevoir et répondre aux harangues, compliments et révérences, s'accoutumer à vivre constamment sous les yeux d'une grande foule, jouer le rôle que tous attendaient de lui, dans les cérémonies de la Cour. Mais ici, à Cherbourg, tous ces masques avaient disparu. Il pouvait enfin être lui-même.

Il prit son petit carnet, trempa sa plume dans l'encrier et écrivit quelques mots, témoignant du bonheur qui était le sien, qu'il acceptait enfin, comme si, jusqu'alors, se sentir heureux ne lui avait fait éprouver que de la honte.

14

Cette fois, la haute mer s'offrait à Louis. Les hommages du clergé et des différentes juridictions, la réception du matin au départ de l'abbaye alors que sept heures sonnaient, tout cela lui semblait désormais si loin. À peine se souvenait-il du bruit du claquement d'un fouet annonçant la calèche qui faisait le tour de la pelouse de l'abbaye, au grand trot des chevaux qui venaient le chercher pour l'emmener jusqu'au port. Refusant l'escalier officiel qu'une armée de charpentiers avait aménagé, il était alors monté dans le vaisseau *Le Patriote*, empruntant l'échelle ordinaire, aussi à l'aise qu'un vieux loup de mer. Un détachement de huit gardes du corps l'avait attendu tout en haut, en faction. Puis tous les élèves officiers de marine et la troupe, également sous les armes, avaient formé une haie, tambours battants, accompagnant la musique du Corps royal des canonniers, tandis que le pavillon royal, de satin blanc rehaussé de fleurs de lys, montait lentement tant en haut du grand mât qu'à la poupe.

L'équipage, au grand complet, était là, magnifique, lui procurant une joie intense : douze officiers de marine, deux d'infanterie, un commis aux revues, un aumônier, un chirurgien-major, sept volontaires, cinquante-cinq officiers mariniers, quarante-deux canonniers matelots, six timoniers, quatre cent quatre matelots, cent soldats, cinquante mousses, treize surnuméraires, treize valets. Louis avait prodigué à tous des marques d'une extrême bonté, ayant l'air de connaître non seulement tous les officiers qu'on lui nommait, citant l'endroit où ils avaient été employés durant les campagnes et les guerres, les circonstances qui pouvaient être à leur avantage, mais avait aussi eu un mot, une délicate attention, un regard, une juste remarque pour chaque membre d'équipage. Puis, il avait parcouru toutes les parties du vaisseau, examiné tout très en détail, donnant la preuve éclatante que, de la construction au gréement, aucune des parties qu'on lui montrait ne lui était étrangère. Oui, il savait tout de la marine, il connaissait tout des objets et des hommes : ne représentaient-ils pas tout ce qu'il aimait, tout ce qui le faisait vibrer ?

Le Patriote faisait partie de ces vaisseaux intermédiaires, plus connus sous le nom de « 74 canons ». Bien qu'il ne fût pas un mastodonte de premier rang, pourvu de trois ponts et doté de cent vingt canons, il était un des fleurons de la Royale, flambant neuf, et un des premiers de sa catégorie à posséder une coque doublée de cuivre. Vaisseau à deux ponts, il présentait un équilibre parfait entre la puissance de feu et les qualités nautiques. Considérablement moins cher en coût de construction et d'entretien, il revendiquait un tonnage de mille six cents tonnes et portait une artillerie d'une trentaine de canons de trente-six livres en batterie basse, de dix-huit en batterie haute et de seize de huit en gaillard d'arrière, parfois remplacés par des caronades. « Sa longueur est de soixante mètres de long », précisa un des officiers, chiffre immédiatement repris par Louis, sous le regard ébahi des marins :

– Plus exactement de 55,763 mètres de long, pour 14,30 mètres de large et 6,98 de creux.

Un homme se détacha du groupe des officiers à leur poste de combat en uniforme, l'épée ou le sabre à la main, et couverts.

— Vous êtes donc le capitaine de cette merveille, François-Hector, comte d'Albert de Rions, dit Louis.

— Oui, Sire.

— On vous dit brave, très instruit, plein de zèle et d'ardeur, désintéressé, bon marin.

L'officier, tout gonflé de son importance, ne sut que répondre et cela d'autant plus que Louis lui offrait un médaillon serti de diamants, « en souvenir du passage du roi ».

— Mais dites-moi, puis-je vous poser une question ?

— Oui, Sire.

— Qu'avez-vous pensé de mon idée de faire disparaître les noms de provinces ou de villes pour désigner un bateau ? *Le Normand*, *L'Île-de-France*, *Le Paris* ne rendent pas compte de l'unité du royaume. *Le Lys*, *Le Souverain*, *Le Florissant*, *Le Patriote*, voilà qui me plaît davantage. Êtes-vous d'accord avec ma volonté de manifester ainsi une cohésion nationale ?

— Oui, cela me semble salutaire.

Faisant mine de poursuivre son inspection, Louis laissa traîner son regard sur la voilure et la mâture et, affichant soudain un air soucieux, s'adressa au capitaine :

— Il manque quelque chose au *Patriote*.

Le comte d'Albert de Rions prit un teint terreux, perdant de sa belle assurance, le regard affolé, se voyant déjà dégradé. Le roi en personne allait-il lui retirer le commandement de l'escadre ?

— Mais… mais quoi donc, Sire ?

— On m'a rapporté que vous étiez un des officiers qui s'est le mieux distingué durant la guerre d'Amérique…

— Beaucoup ont fait de même.

– Il manque le pavillon de lieutenant-général, que je vous ordonne de hisser à votre bord !

Cette promotion inattendue rendit au comte toutes ses couleurs tandis qu'officiers et marins jetaient en direction du ciel de puissants hourras, car ce pavillon, tous pouvaient en revendiquer une partie, si infime fût-elle.

Hors de toute étiquette et devant les courtisans accompagnant le roi qui manifestaient par leur silence leur désapprobation, Louis donna l'accolade au marin, le prenant par les épaules, lui serrant longuement les mains, chaleureusement. Ah, comme il aimait ces hommes, ce bateau, cette mer !

– Monsieur le lieutenant-général, le roi est à vos ordres, que proposez-vous ?

– Sire, l'escadre est sous voiles, *Le Patriote* comme tous les autres bâtiments, frégates, corvettes, flûtes, gabares qui la composent. Toute la flotte est à pied sur une ancre et n'a plus qu'à filer le câble de la seconde pour appareiller. Voyez, deux divisions, l'une à l'est, sous la direction de monsieur de Charitte, l'autre à l'ouest, sous les ordres de monsieur de Soulanges. Le plomb de sonde a mesuré les fonds, le loch a estimé la vitesse. Nous allons manœuvrer, afin que vous constatiez qu'il n'est pas vain de parler du bel art de la navigation et, dans un second temps, si la météorologie le permet, nous simulerons une bataille.

– Alors, appareillons et que la fête commence ! dit Louis tandis que tintait la cloche de bord et qu'une agitation prodigieuse s'emparait du navire.

Tandis que l'escadre sortait de la baie de Cherbourg, Louis sentit son « cœur battre plus fort dans sa poitrine », comme l'en avait prévenu Trécanson. Il ne s'agissait plus de lecture ni d'imagination, mais de la réalité. Il était en train de vivre sa première journée en mer. En un instant chacun avait rejoint sa place, trouvé l'action qui était la sienne : larguer les voiles, brasser les vergues, déraper l'ancre. Des ordres furieux, précis, étaient lancés à vive allure et se trouvaient exécutés de façon instantanée. Il y avait une telle hâte partout, un tel chassé-croisé d'appels et de mouvements que Louis en eut presque honte. Il croyait tout savoir de la marine et des marins, de la théorie, oui, mais de la pratique, il ne savait rien. Il pensa : « Il n'est pas de créature plus lamentable au monde qu'un terrien, fût-il roi de France, quand celui-ci est jeté sur le gaillard d'avant d'un bateau. » Dans la brume à présent dissipée, sous le vent enfin favorable, cette mer qui s'offrait à lui était comme la surprise d'un monde nouveau.

Mais la mer a des caprices que nul marin, même le plus expérimenté, ne parvient à maîtriser totalement. Alors que Louis pensait que les bateaux allaient ainsi avancer jusqu'au soir, le vent devint soudain si faible que les deux divisions qui avaient presque fini leur ralliement au pavillon royal, malgré leurs efforts pour changer le cours de l'histoire, durent faire manœuvre chacune de leur côté comme si elles eussent été ennemies, n'en exécutant d'ailleurs pas moins fort bien tous les mouvements qui devaient être ceux déployés devant le roi. En somme, c'était une leçon supplémentaire qui lui était adressée.

Enfant, il ne comprenait pas l'antagonisme existant entre les marins du roi et certains autres comme les baleiniers. Les premiers reprochaient aux seconds de ne pas brasser correctement leurs vergues, de laisser faseyer leurs voiles, de mettre en panne la nuit, en somme de manœuvrer « lâche », mais aussi d'êtres désordonnés, sales, de fumer et de sentir l'huile à des milles à la ronde. Maintenant il comprenait : rien de tout cela n'existait sous la houlette du lieutenant-général d'Albert de Rions. La manœuvre effectuée sous ses ordres par les marins du *Patriote* était d'une beauté infinie, qui n'était pas sans rappeler cet ordonnancement parfois si poétique des mathématiques. Chaque bateau tenait correctement sa place dans la ligne. Tous ensemble, dans un accord parfait, les navires effectuaient changements de direction, virements de bord et prises de mouillage. Cette manœuvre collective était d'autant plus difficile qu'elle devait se faire dans le respect des convenances navales, telles que rester sous le vent du *Patriote*. Que ne pouvait-on appliquer à la direction d'un État cette exigence, cette perfection, cette logique d'honneur !

Parvenue à une distance d'environ quatre lieues des côtes, l'escadre se livra malgré tout à diverses évolutions qui enchantèrent Louis, notamment la dispute du vent et l'avantage de la position. À quelques lieues plus en avant, les corvettes *La Flèche* et *L'Alouette* engagèrent un simulacre de combat : attaque d'un convoi, démâtement d'un vaisseau, amenée d'un pavillon, abordage corps à corps et jusqu'à une action générale qui était comme une sorte de feu d'apothéose. Louis cependant semblait déçu, ce que remarqua immédiatement le lieutenant-général qui lui fit part de sa crainte de lui avoir déplu.

– Vous me semblez chagrin, Sire.

– Pourquoi *Le Patriote* ne participe-t-il à aucune de ces manœuvres ?

– L'Étiquette, Sire.

– Nous ne sommes pas à Versailles, que voulez-vous dire ?

– Un vaisseau honoré par votre présence ne peut utiliser ni le feu ni la poudre.

– Eh bien, faites exception !

Rions s'exécuta. Louis, accompagné de canonniers matelots, se rendit dans la batterie, où il put constater qu'elle était sombre, humide et mal aérée.

– Et encore, il ne fait pas gros temps. Quand les sabords des canons sont fermés, on ne voit plus rien et on étouffe, dit un des marins, pendant que quelques canonnades étaient tirées et que Louis pouvait voir l'effet du ricochet des boulets sur la mer.

La canonnade terminée, *Le Patriote* fit signal de virer vent devant par la contremarche. Ce mouvement plut beaucoup à Louis, qui en éprouva toutefois une profonde mélancolie car le temps, inexorablement, passait. Le vent étant toujours faible, Rions comprit que pour tâcher de rattraper le mouillage, il lui faudrait faire force de voiles, manœuvre d'autant plus compliquée que la marée était contraire. L'éventualité de mouiller à une distance de deux milles de l'endroit initialement prévu ravit Louis – cela rallongerait sa journée en mer. Il était déjà presque cinq heures du soir. Mais, alors que tout semblait joué de ce retour très lent vers la côte, le vent tourna une nouvelle fois, subitement, et Rions fit virer de bord.

– Où cette bourrasque nous conduira-t-elle ? demanda Louis.

– En Angleterre, répondit Rions. D'ailleurs, nos salves ont dû s'entendre jusqu'à l'île de Wight !

De Coste, qui jusque-là s'était fait fort discret, se permit de prendre la parole, évoquant un possible incident diplomatique, une provocation inutile alors qu'un traité de commerce franco-anglais était en discussion.

– J'irais volontiers, moi, en Angleterre. Les Anglais ne me recevraient pas mal et, dans ce pays-là, on ne trompe pas les rois, dit Louis.

– Vous manqueriez le clou de cette journée, fit remarquer Rions.

– Et quel est-il ?

– Tirer sur un navire à boulets rouges, afin de l'embraser.

– Du *Patriote* ?

– Non, Sire, du fort d'Artois, en face duquel nous avons placé le navire.

Pour la première fois de son séjour, Louis manifesta sa désapprobation. Couler un navire était une ineptie. Mieux valait le vendre et distribuer l'argent ainsi gagné aux pauvres des alentours.

Allons, cette dérive vers l'Angleterre tenait de la boutade, il était bientôt sept heures du soir, il fallait songer à rentrer. Avant de mettre pied à terre, Louis eut une dernière conversation avec Rions. Ces quelques heures passées en mer, mais aussi tout son séjour normand, qui était loin d'être achevé, le conduisaient à penser qu'il fallait qu'il se rende au moins une fois par an en terre normande, dans les régions côtières, puisqu'il voulait porter une grande attention à sa marine, et plus généralement voyager en terre de France. Ce n'était pas un vœu mais une résolution.

Embarqué dans un canot, Louis arriva vers huit heures du soir sur la grève de Cherbourg. L'escadre tira trois salves et la foule rassemblée l'accompagna une partie du chemin du retour durant lequel il retrouva les transports et l'enthousiasme qui l'avaient jusqu'alors accueilli. Les « Vive notre bon roi ! », « Vive Louis XVI ! » jaillissaient de toutes parts auxquels il répondait par d'émouvants « Vive mon peuple ! », « Vive mon bon peuple ! ».

À l'abbaye, un grand concours de monde voulait le voir. Un souper avait été prévu, devant réunir tous les officiers généraux de l'armée et de la marine ainsi que les capitaines de vaisseau, les colonels et des représentants de nombreuses familles aristocrates. Un feu d'artifice devait être tiré en face des fenêtres de la salle de festin. Louis avait fait preuve toute la journée d'une remarquable résistance à la fatigue, passant de la terre à la mer, et cela pendant quinze heures consécutives. Mais maintenant, il souhaitait se reposer. Il refusa tout en bloc. Si demain il avait promis de venir déjeuner sur *Le Patriote*, ce soir il voulait rester seul, sans Laroche, sans personne, seul avec le souvenir de l'océan, de son parfum, des embruns, des mouvements du bateau – tangage, lacet, roulis – qu'il sentait encore dans ses jambes.

Après la lecture de plusieurs pages de la *Relation du voyage* que James Cook effectua d'Angleterre à Tahiti entre 1768 et 1769, Louis s'endormit très vite et très vite il plongea dans le rêve. À la barre d'un « 74 canons », il se dirigeait vers les côtes anglaises. Le soleil avait maintenant disparu, mais ce n'était pas le couchant qui était pourpre, c'était le crépuscule tout entier. Des vapeurs couleur d'incarnat noyaient l'horizon sur lequel ressortaient les lignes altières des falaises britanniques ; et la mer, qui bougeait tout autour du bateau, semblait rouler un varech bleu pétrole dans l'albâtre de son écume. Autour du monarque, des officiers de marine le remerciaient pour les nouveautés qu'il avait apportées dans la pratique de leur art. Pour lui, un officier de marine devait être un homme de condition, si l'on veut ; un homme de savoir, s'il est possible ; mais avant tout un homme de mer, car son capital résidait dans une dose nécessaire de voyages ! Très vite, la conversation dévia sur des considérations très techniques : le pont principal, le tableau arrière des bateaux, le bois utilisé dans les coques. Tout en maintenant le cap, on évoquait le mécanisme de transmission de la barre, le dispositif permettant le relèvement de l'ancre caponnée, mais aussi les cabestans, les pompes, les sabords, tout en revenant toujours aux canons à batterie, aux cornets à poudre, aux grappes de mitraille.

La discussion continua, au milieu d'une mer noire comme

du vin, jusqu'à ce qu'un des marins présents évoque la jeune fille de la taverne.

— L'avez-vous vue, Votre Altesse ?
— Oui, répondit Louis, je lui ai parlé.
— Elle ne donne pour tout nom que les initiales de celui-ci ?
— Oui, M.E.
— Je suppose qu'elle vous a exhorté à aimer le monde ?
Louis était troublé. Était-ce rêve ou réalité ? Il ne savait.
— Elle m'a dit : « Tu es obligé d'aimer le monde. »
— Savez-vous ce qu'on dit ?
— Qu'elle est une sorcière ?
— Autre chose, encore : que celui qui la croise dans la taverne ne croise en réalité que son fantôme.
— Alors, j'ai croisé son fantôme...
— On dit aussi...
— Oui ?
— On dit aussi que celui qui voit ce fantôme n'a plus que quelques années à vivre...

15

Il était sept heures du matin. La nuit était encore toute tremblante dans la brume. Louis entamait sa cinquième journée loin des rumeurs et des pièges de Versailles. Après avoir assisté à la messe dominicale, ce lundi 26 juin, jour de la fête du Corps et du Sang du Christ, il s'embarqua dans un canot en direction de la pointe d'Équeurdreville. Il portait, comme les précédents jours, son habit écarlate. La mer était houleuse, le ciel couvert, un vent glacé d'ouest-sud-ouest soufflait par vagues comme un homme qui respire avec difficulté. Pour cette traversée, il avait embarqué avec lui de Coste, La Voûte, Ségaut et plusieurs autres hommes de sa suite ainsi que Laroche qui l'intriguait davantage de jour en jour, non parce qu'il ne sentait plus mauvais et semblait chaque jour se féminiser davantage – il s'aspergeait chaque matin d'Eau Admirable, mélange d'ambre gris et de bois de santal –, mais parce qu'il paraissait de plus en plus mystérieux. Cet homme devait recéler un secret que jamais aucun temps ne pourrait révéler, mais qui le reliait à Louis, et auquel il ne pouvait se soustraire.

Sur toutes les hauteurs, tout au long de la côte, on avait marqué les différentes positions que pouvait prendre une défense armée dans l'hypothèse d'une attaque, ce qui ne manquait pas de passionner Louis, le confirmant dans l'idée qu'il fallait absolument fermer la rade et en faire un site imprenable, un havre pour la flotte royale. C'était bien là le projet de construction de cette digue : elle barrerait la rade et porterait des forts et des batteries capables d'assurer une défense efficace contre une flotte hostile.

Louis et Laroche furent les seuls à arriver intacts. À la vue de ces courtisans incommodés par la mer, verts comme des fruits pas mûrs, Louis ne pouvait s'empêcher de rire, et cela d'autant plus que ces hommes ne pouvaient rien dire des rires du roi. Quelle absurdité que tout cela, quelle mascarade que ces silences feutrés, ces allégeances, cette Étiquette inhumaine. Il faudrait pouvoir changer tout cela. Mais comment faire ? « En aurai-je un jour la force ? » se demanda Louis, juste assez fort pour que Laroche l'entende.

Avant de sauter sur le rivage, Laroche l'invita à plus de modération :

– Méfiez-vous, une fois revenu à Versailles, les loups se souviendront de vos rires et recommenceront à mordre.

Dumouriez, qui venait lui aussi de mettre pied à terre, mais qui n'avait rien entendu de l'échange entre Laroche et Louis, s'avança vers le roi.

– Vous voyez, Sire, il y a sur toute cette côte de grandes faiblesses. Point d'ouvrages, point de fortifications.

– Il faudrait, sur cette pointe qui forme presqu'île, un fort à la puissance de feu bien réelle.

– En couvrant cette partie de la côte si proche de Cherbourg, on défendrait par là même toute la ville.

– Alors, soit : établissez une forteresse à Querqueville. Je l'ordonne.

Après avoir fait quelques pas sur la grève, Louis remonta à bord du canot et, bien que cela ne fût pas au programme, il souhaitait ardemment visiter plusieurs navires de l'escadre. Le ciel était blanc, sans nuages, mais sans soleil. Sa courbe pâle s'étendait au large, couvrant la mer d'une monotonie froide et dolente, et l'on voyait bien que le jour maintenant était totalement levé. Le bateau tanguait toujours autant. Mais comme cela lui plaisait, ce vent qui venait frapper son visage, le clapotement de l'eau contre le canot, les vagues qui parfois passaient par-dessus bord et autour de lui ! Voilées par l'écume laiteuse de l'embarcation foulée par sa carène à chacun de ses passages dans la lame qui claquait en faisant un bruit d'enfer, des cohortes de fantômes turquoise s'agitaient dans les profondeurs.

Il monta à bord des vaisseaux intermédiaires, l'un après l'autre. En premier, la corvette *La Blonde*, magnifique, avec son gréement de trois mâts, son déplacement de cinq cents tonnes, ses cent vingt pieds de long et ses vingt canons de huit livres. Puis, vinrent *La Félicité* et *La Junon*, frégates élancées, dont il aimait particulièrement la coque : si légère, si épurée. La frégate, bâtiment indispensable, remplissant mille fonctions : éclairage des flottes, escorte de convois marchands, patrouille efficace pour intercepter les corsaires ou contrôler les navires de commerce, sans oublier sa vitesse, pouvant atteindre jusqu'à quatorze nœuds dans les meilleures conditions. Une des remarques de Louis plut particulièrement à l'équipage, prouvant une nouvelle fois à tous que rien de ce qui touchait à la marine ne lui était étranger :

– Et votre artillerie disposée sur une batterie relativement élevée vous permet de conserver toute sa puissance de feu, même par gros temps !

– Absolument, Sire, même face à un 64 ou à un 74.

– Qui eux sont contraints de fermer leur batterie basse sous le vent.

– On ne peut rien vous cacher, Sire.

Le dernier bateau visité par Louis avait pour nom *La Maline*, un brick dont le déplacement se maintenait autour de deux cents tonnes, qui était armé d'une vingtaine de canons de six livres, et à bord duquel il monta par une échelle ordinaire, là encore avec la même aisance que n'importe quel marin de l'équipage.

– C'est volontairement que vous n'avez aucun canon de 4 ?
– Oui, Sire, dit le capitaine.
– Qualités nautiques d'un côté, vitesse, manœuvrabilité, tenue à la mer, et de l'autre maintien de la puissance de feu, ces bateaux doivent toujours faire face à ce type de questions, n'est-ce pas ?
– Nous, nous avons choisi la puissance de feu.
– Vous avez fait le bon choix !

Était ce parce que Louis avait une conscience aiguë que ce jour serait le dernier qu'il passerait en mer ? Il trouvait que le temps filait comme sable entre les doigts. Après une visite éclair au port de commerce et aux grandes écluses dont il se fit ouvrir le pont tournant afin d'en examiner le mécanisme, il se rapprocha du *Patriote* : un repas de quarante couverts devait y être servi. Dignitaires, notables, officiers généraux et supérieurs, tant de sa suite qu'attachés aux corps employés à Cherbourg ou aux environs et qui l'avaient accompagné depuis le début de son séjour, étaient là. Mais aussi la marquise de Guerchy et la duchesse d'Harcourt. Il choisit cette occasion pour déployer sa magnificence royale. Après tout, c'est bien ce qu'on attendait de lui. Il distribua aux uns de riches présents, récompensa les autres par des grâces, accorda à certains des faveurs, car il savait qu'un mot, un regard, une approbation de leur souverain garantissait aux heureux élus une joie qui les accompagnerait toute leur vie. À sept officiers auxquels il manquait quelque temps de service pour avoir la croix militaire, il la leur remit en main propre ; nomma lieutenant de vaisseau le premier élève de la première classe qui se trouvait de service sur *Le Patriote* ; enfin n'oublia nullement les équipages, auxquels il fit donner six cents louis d'or.

La vie réserve toujours des surprises, bonnes ou mauvaises. Alors qu'il hésitait à choisir un plat devant l'étalage de victuailles disposées sur un somptueux buffet simulant plusieurs navires échoués, il avisa un groupe de marins, assis sur des tonneaux d'eau douce, en train de mordre à pleines dents dans ce qui semblait être un gros pain de couleur grise.

– Qu'est-ce que ceci, messieurs ?

– Un pâté de poisson salé, monsieur, dit un jeune mousse.

– La ressource principale des marins en mer, renchérit un homme quelque peu à l'écart du groupe et doté d'une tignasse rouge feu.

– Je peux y goûter ?

À peine avait-il avalé quelques bouchées que Louis donna une appréciation, que les convives invités à la table d'honneur qu'il venait de déserter accueillirent par de furieux commentaires. Il faut dire que la duchesse d'Harcourt, tout en racontant comment un capitaine de ses amis avait offert deux bouteilles de champagne à des Anglais montés s'excuser à son bord pour lui avoir grossièrement coupé la route, montrait en même temps d'un mouvement désapprobateur du menton ce roi de France qui prenait langue avec des marins de la plus basse extraction !

– Messieurs les marins, je vous le dis, je préfère ce pâté à tous ceux de Versailles !

Les cris de joie qui accueillirent la réflexion royale furent accompagnés de bons mots, de remarques, de remerciements, tous effectués dans un langage coloré. Non pas propre à la marine, mais lié à la langue même de ceux qui les avaient proférés. Et cela rappelait au roi la discussion qu'il avait eue dans son carrosse, notamment avec La Voûte. Tous ces hommes s'exprimaient dans leur dialecte, et il ne comprenait pas tout. Chacun avait sa langue, que d'aucuns appellent un patois. Cette langue qui a pour elle la force de l'habitude. Mais sans doute plus que cela. C'était aussi cela régner, comprendre où se trouvait l'intérêt de la France et des Français. Fallait-il abolir les patois, vanter les mérites d'une langue unique du nord au sud ?

Un marin fit part au roi de sa vérité :

– Pour détruire le patois, il faudrait détruire le soleil, la fraîcheur des nuits, le genre d'aliments, la qualité des eaux, l'homme tout entier.

Sous cette phrase emphatique se cachait un sentiment vrai. Une langue n'a pas en soi une valeur supérieure. Ce n'est pas à cela que se mesure l'attachement que ses fidèles lui portent. Et puis le patois est presque toujours la langue de la gaieté. Elle sert aux saillies plaisantes et piquantes. Elle exprime les lazzis, les remarques ironiques, les facéties malicieuses. Le patois, c'est la langue de la mère, du père, des ancêtres, c'est la langue de l'amour et de la haine, c'est la langue de la vie, c'est la voix du village, le verbe qui incarne son âme. Comment faire pour unifier le français sans tuer l'âme de celui qui parle ?

Louis n'en finissait pas de jouir de ces instants. Là, sur le bateau, au milieu des marins, mangeant sa tranche de pâté de poisson, il était plus que jamais certain de ce qu'il avait toujours pensé et de ce qui se confirmait ici. Le péril, ce n'est pas le peuple, ce n'est pas cette France chrétienne des humbles et des masses. Le vrai danger vient d'ailleurs. Des grands seigneurs, des courtisans, des bourgeois de Paris et des grandes villes, du clergé et de la bourgeoisie moyenne qui suivent les philosophes les yeux fermés. Ceux-là, méprisant également et le roi et le peuple, veulent le pouvoir. Voilà le grand danger. Quelle erreur que le choix de Choiseul ! C'est lui qui a donné à toutes ces oppositions audace et confiance, et impudence. Voilà désormais une population sans morale qui méprise jusqu'au christianisme, qui n'a jamais été pour elle qu'un élément de décor. Réformer n'est pas si compliqué. Il suffit de changer un cadre désuet tout en maintenant certains principes toujours justes. Mais Louis ne pouvait agir seul. Il avait besoin de collaborateurs dévoués et désintéressés, de points d'appui solides, qui ne pouvaient être ni le haut clergé, rallié aux philosophes, ni le bas clergé, irrité de ses maigres cinq cents livres par an et si peu uni. La haute noblesse n'offre aucune force et montre beaucoup d'hostilité. La petite se dérobe, étouffée qu'elle est entre le paysan qui s'enrichit et le bourgeois qui s'anoblit. Pourquoi lui avait-il fallu tout ce temps pour comprendre que la Cour et Paris lui étaient franchement hostiles et n'étaient pas toute la France ? Comment avait-il pu confondre à ce point les humeurs des gazetiers, les engouements des courtisans, les tirades des bonnes consciences avec la véritable opinion publique ? Cela faisait trop longtemps qu'il n'avait aucun contact avec la France des profondeurs, qu'il ignorait tout des vrais sentiments et des vrais désirs de ses sujets. Il s'était trompé avec Choiseul, comme il s'était trompé avec Turgot, car si les réformes conduites par le contrôleur général avaient soulevé l'opposition de certains privilégiés, elles étaient très populaires dans les provinces. Louis, sur le moment, ne s'en était pas rendu compte. Et c'est aujourd'hui, sur le pont d'un navire, qu'il se posait toutes ces questions. N'était-il pas déjà trop tard ?

Perdu dans ses pensées, Louis n'entendait même pas l'homme aux cheveux noirs couleur de nuit qui lui proposait une autre part de pâté de poisson, qui lui souriait, lui qui avait l'air si seul, si triste.

– Pourquoi êtes-vous ainsi mis à l'écart ? lui demanda Louis sorti de sa rêverie.
– Parce que je suis le « Jonas » !
– Le Jonas ?
– Comment, Sire, vous qui semblez tout connaître de la marine, vous ne savez pas ce qu'est un Jonas ?
– Je connais le Jonas de la Bible mais pas celui du *Patriote*.
– Il n'y en pas seulement sur *Le Patriote*, mais sur tous les bateaux. Les croyances et les superstitions à bord des navires sont bien réelles.
– Je sais… Ne pas appareiller un vendredi, la crainte des femmes, des prêtres, ou des lapins qu'il vaut mieux ne pas avoir à bord…
– Eh bien, le Jonas, c'est la même chose. C'est celui qui est porteur de la malchance. Les vents calmes, les vents contraires, les incidents de manœuvres, les échouages, les bris de haubans et d'espars, les hommes qui tombent à la mer, les combats défavorables ou les absences de prises, tout ça, c'est de ma faute, je suis le « Jonas ». Alors on me dénigre, on me met à l'écart.

Louis se reconnut presque dans cette description. C'était comme s'il était en train de se regarder dans un miroir. D'ailleurs, tout ce voyage le renvoyait à lui-même, à ce qu'il avait fait et n'avait pas fait, à ce qu'il souhaitait entreprendre, à ses échecs. Il faillit dire à l'homme roux qu'il se sentait proche de lui, qu'il était comme lui. Lui aussi mis à l'écart, moqué, vilipendé. Il n'en fit rien et choisit le pragmatisme :

– Comme toute superstition, la réalité parvient un jour à rétablir la vérité des faits, ainsi le chant des baleines, attribué jadis aux marins morts en mer et dont on sait qu'il s'agit de sons émis par ces gros cétacés pour communiquer entre eux.

L'homme roux se contenta de sourire et de dire :

– La durée moyenne de vie d'un homme dans la France de

1786 est de vingt-sept ans. J'en ai trente. Le charpentier peut déjà aller chercher son bois pour mon cercueil !

— Je n'ai guère que deux ans de plus que vous et compte bien voir le XIXe siècle...

Ce fut Trécanson qui vint interrompre la conversation, y mettant tout le tact nécessaire.

— Sire, vous aviez l'intention de visiter plusieurs forts et...

— Vous avez raison, allons-y.

Maintenant, le soleil occupait le plein centre de l'horizon. Le vent qui avait soufflé le matin était totalement tombé. Si le canot n'avait été propulsé par une voile et non par des rameurs, il serait resté en panne, telle une épave flottante, immobile, attendant qu'un petit souffle du large le remette en route. Il aurait suffi de l'haleine d'une bouche, d'un battement d'éventail, pour agacer la voile. Mais là, rien, si ce n'était, à proximité des bateaux, des marsouins qui jouaient, jaillissant hors de l'eau d'un élan rapide comme s'ils s'envolaient, passant dans l'air, plus vifs que l'éclair, puis plongeant et ressortant plus loin.

Après avoir regagné la terre, Louis alla visiter plusieurs forts, remontant à maintes reprises à bord de son canot, et finit son parcours, entre ateliers, ports et chantiers, par le fort du Hommet et ses trois étages dotés de soixante-quinze bouches à feu, rebaptisé fort d'Artois depuis que son frère était venu le visiter afin de préparer son voyage. Louis considéra longuement les ouvrages puissants qui s'offraient à lui, carrière, caserne, artillerie, mais surtout regarda longuement la mer tandis qu'un soleil de fin de journée tombait dedans comme enragé, brûlant de ses derniers feux la crête des vagues et le pont des bateaux dont les voiles claquaient dans le vent.

En l'espace de peu de jours, rien n'avait manqué à son ardente curiosité. Ports, vaisseaux, manœuvres, constructions, tout avait défilé sous ses yeux. En l'espace de quelques jours, il avait approché ce que bien des souverains n'avaient daigné voir dans le cours de leur long règne. Autour de son carrosse, une multitude innombrable ne cessait de l'applaudir, certains mêmes le bénissaient, voyant en lui un maître vigilant, un père affectionné, quelqu'un à qui ils pourraient remettre leur destin. Cela l'effrayait presque, le bouleversait. Serait-il un jour capable d'être à la hauteur d'une telle attente ?

L'après-midi allait doucement vers sa fin. Le vent qui s'était de nouveau mis à souffler était de grosse saveur et faisait un peu perdre la tête. Le carrosse traversa la ville au petit pas. À sept heures et demie du soir, il fit son entrée dans la cour de l'abbaye. Une heure plus tard, Louis dînait pour la dernière fois à Cherbourg.

Cette fois, il n'avait pas pu se soustraire à ce qu'il considérait de plus en plus comme une corvée. Un pédant inonda la table de ses propos incohérents sur un projet de transformation d'algues marines en remède médical. Il parlait de zostères, de fucus, d'ulves. Un autre, croyant sans doute plaire à Sa Majesté, se lança dans la narration des grandes batailles maritimes de Lagos et des Cardinaux, de celles de la Chesapeake et des Saintes, jusqu'à ce que Louis intervienne quand, évoquant la bataille du cap Ortegal qui avait opposé en mai 1747 des navires français à une escadre anglaise, le marin d'eau douce situa le cap Ortegal à la sortie de Brest et affirma qu'il s'agissait d'une victoire française alors que ses navires avaient été pris ou coulés après avoir épuisé toutes leurs munitions. Et bien entendu, les quolibets habituels et autres reproches concernant la personne du roi continuaient de circuler autour de la table. Mais cette fois, un événement cruel et effrayant se produisit dont seul le roi fut témoin, qui lui rappela sa rencontre avec Marie des Vallées sur la route de Houdan quand la jeune fille lui avait permis d'entendre très distinctement ce que Ségaut, de Coste et La Voûte se racontaient, alors qu'une belle distance le séparait d'eux. Laroche, qui n'était pas très loin de Louis, lui apparut soudain mais, distorsion visuelle due à un jeu de miroirs, reflets bizarres provoqués par l'entrecroisement lumineux de plusieurs hauts chandeliers, toujours est-il que Laroche avait non seulement un visage féminin mais ressemblait en tout point à Marie des Vallées, qui lui souriait, désignant, d'un discret mouvement du menton, Ségaut qui parlait à son voisin, le duc d'Argencourt, connu pour son hostilité profonde à la personne du roi. Louis entendait très distinctement leur discussion :

– La procrastination du roi lui est un inconvénient majeur, disait d'Argencourt.

– Cela ne fait aucun doute, répliquait Ségaut qui ajoutait : L'opinion générale dans laquelle son indécision laisse flotter les esprits avilit ses ministres, qui sont dans la boue et finalement laissent les affaires en suspens.

– Il ne veut pas comprendre que le temps n'est pas un bien qu'il peut perdre à sa fantaisie !

– Que voulez-vous, il ne sait pas dire non quand on lui parle.

– Ce qui m'inquiète, ce sont ces idées d'égalité et de république qui sont en train de fermenter dans les têtes. Je vois bien qu'il n'y est pas totalement hostile. Aller financer les aménagements de l'Hôtel-Dieu pour que chaque malade ait son propre lit, décider de faire construire à ses frais des infirmeries « claires et aérées » dans les prisons, fonder un hôpital pour les maladies infantiles contagieuses, comme s'il n'y avait rien d'autre à faire !

– C'est tout de même incongru, un roi qui aime autant la populace !

– Et encore, ce n'est pas le pire. Souvenez-vous, à peine était-il sur le trône qu'il voulait abolir l'esclavage dans les colonies françaises parce que le principe le « choquait ». Et évidemment Turgot était de son avis. Heureusement son projet s'est ébruité, une délégation d'armateurs négriers est montée à Versailles et l'a fait céder !

— Je vais vous dire : il est vraiment fâcheux de sentir qu'un roi dur, même vicieux et opiniâtre, gouvernerait mieux que ce roi vertueux mais ô combien faible.

— Cela confine à de la lâcheté.

— Et cette façon de garder le silence quand on le presse, c'est insupportable.

— Ce qui nous arrange, c'est que sa faiblesse est telle qu'elle peut l'entraîner jusqu'à agir contre sa personne et sa conscience. Nous saurons nous en servir le moment venu.

— Que voulez-vous dire ? Vous envisagez une sédition ?

— Le peuple ne demande qu'à se soulever. Ce voyage est une illusion. À Paris, là où les choses se décident, à Versailles, la révolte gronde. Il suffit d'allumer des incendies aux bons endroits ; de nourrir l'effroyable ignorance paysanne à coups de rumeurs, de peurs, de fausses nouvelles ; en un mot, de jeter de l'huile sur le feu quand on sent que cela peut déclencher une révolte.

Au moment où Louis détourna son regard des deux intrigants, il croisa celui de Laroche qui semblait lui sourire. Et s'il était simplement en train de rêver tout cela, simplement fatigué par cette nouvelle journée passée sous le soleil, le vent et la mer ?

Justement, cette mer, ne pourrait-il pas aller la voir, une dernière fois ? C'est ce qu'il fit.

Debout, devant la mer en pleine marée descendante, il était comme un homme de la nuit qui viendrait de faire un geste qui désignait la nuit. Une nuit particulière, veloutée et flottante. Il leva les yeux, les étoiles remplissaient le ciel. Ce n'étaient plus les étoiles d'hiver, séparées les unes des autres, brillantes. C'était comme du frai de poisson. Un éparpillement. Une voûte. Et le vent parlait. C'était un vent laiteux, comme tout le reste ; plein de formes, plein d'images, de lueurs, de lumières, de flammes qui n'éclairaient pas un centimètre de la terre mais qui illuminaient tout le dedans du corps. De son corps. Qui charriaient des mots, comme les pierres dans les torrents et qu'on entendait sonner. Le vent et la mer réunis, devant lui, lui confiaient leurs secrets.

Une idée étrange lui vint soudain. Et si cette nuit était celle où une sirène allait se présenter à lui ? L'image qu'il en avait lui venait des livres qu'il avait lus dans son enfance et de l'Antiquité : femmes-oiseaux, dotées de serres puissantes, mais pourvues d'une voix mélodieuse et jouant d'un instrument de musique. Il en était sûr, la sirène est l'épreuve que doit passer tout terrien pour devenir marin. Le marin en mer qui aperçoit une sirène est attiré par cette belle femme nue. S'il se laisse aller à ses charmes, il mourra. Ce n'est pas une mort physique. C'est une naissance. Il restera en mer, ne reviendra pas à terre : le terrien aura ainsi laissé la place au marin. Mais s'il rejette cette écoute, il s'expose à une autre forme de mort : il se détourne alors de la mer et reviendra à terre. Jamais il ne sera marin. Le marin doit donc écouter la sirène, qui lui apprendra à connaître et à apprécier la mer. Il doit aimer la sirène, sans se donner à elle.

Louis attendit plusieurs heures, scrutant la mer, l'écoutant, se perdant dans son odeur d'iode, mais aucune sirène ne jaillit de l'eau, aucune femme-oiseau, aucune femme-poisson. La mer, espace inconnu, insondable, domaine du diable, ne lui avait envoyé aucune sirène. Peut-être était-ce mieux ainsi. Ne disait-on pas aussi que la vue d'une sirène par un marin, qu'il soit en mer ou à terre, est présage de malheur : tempête, mauvaise pêche, mort ? Le vent s'était remis à souffler, poussant les vagues en direction de la plage. C'était très laid et sublime.

Il se souvint alors qu'il avait promis à ses enfants de leur rapporter à chacun un cadeau de la mer. Dans sa poche il avait une topette recouverte de cuir vernissé, qu'il remplit soigneusement d'eau salée. Elle serait pour sa fille. Dans un sac en tissu, il glissa une petite araignée à la carapace épineuse de couleur brun-rouge, pour le dauphin. Pour son dernier fils, il trouva une belle étoile de mer corail à cinq bras. Et pour l'enfant à naître, il ramassa un buccin aux formes ondulées parfaites dont les rainures spiralées brillaient sous les rayons de la lune. Quant au dentale, en forme de défense d'éléphant légèrement incurvée, déposé par la dernière marée et qu'il avait longuement examiné sous les rayons de la lune, il décida de le garder pour lui.

Une fois rentré dans sa chambre, Louis aligna sur une console ces quelques souvenirs qu'il regarda avec tristesse. Afin de faire fuir cette dernière, il se plongea dans le premier volume de *The History of the Decline and Fall of the Roman Empire*, d'Edward Gibbon, qu'il avait entrepris de traduire. Le lendemain, il dormirait à l'hôtel d'Harcourt, à Caen.

16

La porte de l'église était ouverte. Il était quatre heures du matin. En présence du curé de Cherbourg, monseigneur Le Vacher, et du corps de la ville, et tandis que le prêtre élevait lentement au-dessus de sa tête l'hostie et le calice, Louis se dit que c'était la dernière fois qu'il sentait cet air si particulier venant de la mer. Bientôt il remonterait dans son carrosse et devrait supporter la jactance de ses conseillers. De Coste avait d'ailleurs déjà commencé à lui parler de l'amélioration des conditions de vie des marins parce qu'il savait que ce sujet était cher à son souverain dont il voulait se faire aimer. Au roulement de sonnerie annonçant la fin de la consécration, Louis put enfin communier. C'était une célébration nécessairement écourtée. Après qu'il eut fait remettre deux mille livres au curé de Cherbourg pour ses pauvres, et huit mille au maire pour apaiser les souffrances des plus indigents parmi ses administrés, il monta dans son carrosse.

La route du retour repasserait par Valognes et Carentan et, si l'allure était maintenue, le convoi pourrait s'arrêter déjeuner au château de Montmartin-en-Graignes. Parti à quatre heures et demie de Cherbourg, au bruit d'une triple décharge de toute l'artillerie des vaisseaux et des forts, au son des cloches et au milieu d'acclamations réitérées très nombreuses, Louis fut accompagné jusqu'aux limites de la ville par une haie de soldats, formée par le régiment de la reine, échelonné le long des routes et des chemins.

On avait répandu dans les rues et sur les routes plus de deux mille pieds cubes de sable, provenant des carrières de Saint-Hébert et apportés par les habitants des environs. Bientôt, après avoir atteint une grande allée d'ormes d'un vert puissant, qui coupait la route menant à Caen par le travers, le carrosse déboucha sur une vaste lande d'immenses bruyères avec, à main gauche, le château de Montmartin-en-Graignes. Noyé dans la brume matinale qui finissait de se lever, avec des éclats de soleil sur ses toits, ses clochetons légers travaillés comme des bijoux géants, ses tours carrées et rondes coiffées de couronnes héraldiques, ses beffrois, le château, qui dressait sa façade tout en ondulations, ne semblait plus attendre que l'invité royal. Au pied du pont-levis se tenait la propriétaire des lieux : madame de Montmorency, née Matignon. Ayant amené la mode de l'anglomanie à un degré inégalé de perfection, tout chez elle semblait de fabrication anglaise ; des équipages jusqu'aux rubans, des faïences communes jusqu'à la mise. Elle portait une robe de percale, un chapeau des plus simples, des souliers plats et ne semblait avoir sorti de son écrin sa parure de diamants que parce qu'elle recevait un visiteur de marque. Tous s'attendaient à l'entendre dire « *Sire, what an honor to receive you* », mais madame de Montmorency connaissait son monde et n'allait pas commettre un tel impair.

– Sire, quel honneur que de vous recevoir.

Le déjeuner anglais fut expédié en peu de temps et le trajet entre Bayeux et Caen accompli en moins de deux heures. De la vieille capitale gauloise du Bessin, où l'herbe semblait pousser depuis des siècles entre les pavés, il n'aperçut qu'à peine la cathédrale à trois tours, dont la plus belle est si légère, si richement sculptée. Quant à la plaine qu'on dit de la Petite Beauce, presque sans arbres et que balaient des vents de terre et de mer, elle fut bien vite effacée par un pays d'herbage où paissaient de paisibles moutons et des bœufs à la large encolure. Regardant par la fenêtre du carrosse, tandis que défilait le paysage, Louis aurait tellement aimé éprouver à la vue de cette grande nature une envie soudaine, démesurée, de courir à travers elle. Mais rien n'y fit. Il avait sans cesse devant les yeux l'image de cette mer pleine de fureurs et de caprices, aux odeurs et aux parfums multiples, et le souvenir de cette conversation avec un des marins du *Patriote* qui lui avait dit, dans un langage simple et avec des mots qui lui étaient propres : « La mer, vous savez, qui tue si souvent les marins, leur donne aussi ce qu'ils ont de plus noble : le ferme courage, l'âme attentive, la patience, le reflet dans les yeux de la mort acceptée. »

Louis arriva à cinq heures et demie du soir, comme prévu, à Caen, la ville qu'il voulait absolument dédommager des trop courts moments de sa première apparition. Au milieu d'une foule immense qui bordait les rues et témoignait par des acclamations sa joie de voir une seconde fois son roi, Louis adressait de chaleureux et fréquents signes de la main. La rue principale, dans laquelle s'était engagé le carrosse, longue d'un quart de lieue, était couverte de guirlandes de verdure et de couronnes de fleurs de lys. Enserrant le convoi, le décorant plus que le protégeant, une compagnie de cinquante jeunes gens, coiffés de chapeaux ornés d'un panache, tous en habit blanc, avec parements, revers et écharpe de taffetas bleu, et porteurs de branches de laurier, accompagnés d'un nombre équivalent de jeunes filles, vêtues elles aussi de blanc et de bleu, les bras chargés de corbeilles de roses, ouvrait le cortège. Mais très vite, et malgré la présence de gardes armés, l'ivresse publique s'empara non seulement de l'artère principale mais aussi des rues adjacentes. Il était impossible de contenir une telle foule, curieuse, bon enfant mais que le moindre incident pouvait entraîner dans la furie. Soudain, et sans qu'on sût d'où venait l'ordre, les lignes du régiment d'Artois entrèrent en action, repoussant violemment la tumultueuse influence. Il fallut toute la sérénité affichée du roi pour que le sang ne soit pas versé.

Si ce n'était le contact direct avec son peuple, Louis détestait ces journées où il ne s'appartenait plus. Où tout semblait s'être décidé sans lui. Telle une marionnette, on le sortait de sa boîte, on l'exhibait. Il sentait tellement l'utilisation de sa personne qu'on faisait à son insu et dans des buts bien éloignés des siens. La suite de cette journée étrange s'écoula comme sans lui, comme si quelqu'un d'autre que lui accomplissait les gestes qu'on lui demandait d'effectuer. Était-ce bien lui qui était en train de poser la première pierre de ce nouveau bâtiment militaire qu'on allait construire sur cette place des Casernes, première pierre qui lui avait échappé des mains et qui s'était brisée sur le sol sous l'hilarité générale ? Était-ce bien lui qui avait effectué quelques pas sur le cours de la Reine, jetant un coup d'œil sur la grande prairie, du côté de Louvigny et de Venoix, en compagnie d'un troupeau de courtisans affublés de leurs épouses enturbannées comme des dindes ? Était-ce bien lui qu'on avait entraîné vers les chantiers de construction pour aller y examiner de près les travaux du nouveau canal que l'on creusait du côté de Clopée ? La seule certitude, c'est que c'était bien lui qui était monté dans une barque pour traverser la petite rivière qui le conduisait au chantier. L'espace de quelques sensations, de quelques regrets, il avait retrouvé l'équilibre incertain qui l'avait accompagné dans la baie de Cherbourg, sur les navires de guerre alourdis de canons, sur les canots agités par les coups saccadés des rameurs. Oui, c'était bien lui qui s'était blessé légèrement, en descendant de la barque, en s'ouvrant le mollet sur un éclat de bois qu'il s'employa à enlever : « Pour éviter que d'autres ne viennent à leur tour s'y blesser. »

Ce travail de représentation terminé, Louis souhaitait rentrer au plus vite afin que le dîner ait lieu de bonne heure. Il emprunta la rue des Carmes qui pouvait, c'est ce qu'on lui avait assuré, le mener le plus vite dans le jardin de l'hôtel d'Harcourt, où l'attendaient des messieurs et des dames de la haute noblesse qui s'agglutinaient pour être au plus près de lui, n'hésitant pas à se donner des coups de pied et des coups de coude, à échafauder des stratégies infernales pour obtenir qu'il les regarde, leur adresse la parole. Quant aux maires et aux échevins, ils étaient dans leur rôle, essayant de tirer du souverain de l'argent, des dons, des grâces, des promesses. « Combien, Sire, vous planteront un couteau dans le dos à la première occasion ? » lui glissa Laroche qui était toujours là, toujours à ses côtés, ce bouffon du roi venu de nulle part, né d'on ne sait qui.

À neuf heures, des valets passèrent entre les invités : le dîner était servi dans le grand salon… auquel peu d'élus purent assister. Il y avait trop de monde. La foule était si nombreuse qu'il était quasiment impossible d'aborder aux portes de ce salon sans danger d'être écrasé. La routine, déjà expérimentée lors des dîners précédents, revint sans vergogne…

– Permettez, Sire, un poème à votre gloire…

– Faites, monsieur le poète, faites, illuminez cette soirée de vos octosyllabes et que vos rimes soient riches !

Perruque vigoureusement poudrée, le poète, profil hautain, aussi bouffi d'orgueil que le baba au rhum du pâtissier parisien Nicolas Stohrer, entonna son *Te Deum* avec la nécessaire suffisance et suffisante outrecuidance que lui permettait le premier prix du concours palinodique que la ville de Lorguichon venait de lui attribuer pour cette œuvre :

Ô Muse ! est-ce un autre Alexandre
Dont les pas tendent vers ces bords ?
Va-t-il de l'univers en cendres
Faire la demeure des morts ?
Fuis de mes yeux, affreuse image !
Tyrans, votre implacable rage
Est indigne du vrai héros.
Louis est un dieu tutélaire.
De ses sujets, en tendre père,
Il vole assurer le repos.

Les applaudissements chaleureux éteints, que le poète accepta volontiers, les yeux mouillés de larmes, le souper put commencer. Comme dans toutes les grandes maisons, madame d'Harcourt avait délaissé la porcelaine de Saxe pour la tendre pâte dorée proposée par la manufacture de Sèvres. Plats coûteux, entrées nombreuses, entremets en abondance jonchaient une table dont le luxe excessif et la profusion n'étaient là, disaient d'aucuns, puisque à peine le quart des mets proposés serait mangé, que pour emplir la panse de la valetaille qui s'en régalerait. Mais ce qu'un observateur étranger aurait immédiatement remarqué, c'était la furieuse décoration de la table qui était à elle seule une œuvre d'art éphémère, l'époque étant à ce qu'on appelait le « sablé des desserts ». Ainsi la nappe était-elle fleurie de fleurs coupées, fixées sur des blocs de glaise et entourées de figurines représentant des dieux grecs et des monuments lilliputiens en pâte d'amidon. Du givre artificiel présentait des paysages de neige, des rivières en mie de pain coulaient entre les couverts. Sable coloré, poudre de marbre, verre pilé, sucre en poudre, habilement mis en forme par des sableurs, traçaient sur la nappe blanche des dessins inspirés de tapis persans. Madame d'Harcourt avait mis, comme on dit, les petits plats dans les grands, il en allait de sa réputation, de son rang, de sa carrière dans le monde. Ministres, seigneurs, officiers supérieurs, colonels, tout ce que la ville de Caen comptait de célébrités avait été invité, jusqu'à la comtesse de Faudoas. Le tout enrobé d'une musique des plus plaisantes constituée d'œuvres de Gluck, Haendel, Rameau et du Piémontais Giovanni Battista Viotti qu'elle trouvait destinées à satisfaire les oreilles instruites de ses invités, mais aussi à tempérer les bruyants transports auxquels s'abandonnait le public qui n'avait pu entrer dans le salon.

À peine assise, l'assemblée fut entraînée sur le terrain des vapeurs. Madame d'Harcourt avait chargé la comtesse de Faudoas de rendre l'atmosphère « la plus légère et primesautière » qui soit. Dans un premier temps du moins, elle accomplit sa mission à merveille :

– Toute femme à la mode doit avoir ses vapeurs ! affirma-t-elle d'entrée de jeu.

– Pour expliquer ses bâillements, ses migraines, ses insomnies ? demanda le duc de Chervy.

– Vous n'êtes pas une femme, mon cher duc, que pouvez-vous connaître de tout cela ?

– À vous entendre, tout n'est que vapeurs !

– Mais bien sûr ! J'ai de la pesanteur ? Vapeurs. Des dégoûts ? Vapeurs ! Quelques éblouissements ? Vapeurs ! Des impatiences de fibres ? Vapeurs !

– Des spasmes ? Vapeurs, dit madame d'Harcourt.

– Des nerfs qui se crispent ? Vapeurs, ajouta la comtesse de Varin.

– Fluide nerveux que la chaleur électrise ? Vapeurs, répliqua madame de Gervaise qui, la plupart du temps, n'ouvrait la bouche que pour signifier qu'elle était d'accord avec son mari.

Chervy ne disait plus rien, terrassé par cette cohorte féminine.

– Je vais vous dire, conclut madame d'Harcourt, passer un jour sans migraine, c'est pardonnable. Mais sans vapeurs, impossible ; c'est abuser, en femme de la halle, de la permission de bien se porter !

Cette fois, ce n'était plus possible, la gent masculine se rebella. On n'allait tout de même pas passer tout le dîner royal à disserter sur les vapeurs de ces dames. Alors on changea de sujet, on parla du joug anglais qui longtemps avait assombri la ville de Caen, des pillages et des assauts des calvinistes, des deux pestes si cruelles, des désordres de la Fronde, des mines de fer de la région, exploitées dès le Moyen Âge puis graduellement abandonnées, du terrible orage qui le 14 juin venait de ravager les environs de Caen, ce qui pour la maîtresse de maison résonna comme un échec retentissant. Comment avait-elle pu laisser ses commensaux s'embourber dans de tels sujets alors qu'il en existait tant de plus drôles, de plus légers, de plus joyeux ? Il fallait reprendre les choses en main ! Heureusement, alors qu'elle pensait que tout était fini pour elle et que chacun garderait de ce dîner un souvenir sinistre, vint le dessert, sauveur inespéré de la soirée. Puisque le roi avait tant aimé son séjour à Cherbourg, on lui fit servir une montagne de mets sucrés en forme de cônes, de bastions, de vaisseaux, jusqu'à son canot muni du drapeau royal et reproduit en pâte d'amande. Les cris d'admiration poussés à la vue de cette armada de sucre et de nougatine rassurèrent madame d'Harcourt : son souper royal resterait dans les annales, on en parlerait encore des siècles plus tard, historiens et romanciers s'y pencheraient avec concupiscence. D'autant plus que la conversation fut relancée par un certain comte de Trémouille qui donna au roi l'occasion de briller.

– On dit qu'à Paris, on a trouvé un procédé pour faire des voyages dans les airs au moyen d'une machine à feu ?

– Absolument, grâce au savoir de messieurs de Montgolfier, dont j'ai financé sur mes propres fonds les expériences d'aérostation, tout comme j'ai financé celles de monsieur Jouffroy en vue de l'adaptation de la machine à vapeur à la navigation !

– Si vous n'aviez avec la reine assisté à un tel exploit, je ne le croirais pas possible.

– C'est pourtant vrai, dit Louis. Je peux vous l'assurer. J'ai vu cette étonnante machine de coton peinte, n'ayant pas moins de quarante-cinq pieds de haut sur quarante et un de diamètre, s'élever dans les airs.

– Et par quel souffle divin joue-t-elle ainsi les oiseaux ?

– Point de souffle divin, mais le gaz carbonique qui se dégage d'un feu de paille et vient remplir d'air inflammable la vessie de coton peinte qu'elle gonfle.

– Et vous l'avez vue s'élever ?

– Parfaitement ! Rapidement, à une hauteur de trois ou quatre cents pieds.

– Et elle resta longtemps dans les airs ?

– Dix minutes à peine, comme une éternité. Et ce n'est pas tout.

Tout le monde était suspendu aux lèvres royales.

– Au bout du ballon était accrochée une cage, contenant un mouton, un coq et un canard !

– Si cela continue, on verra bientôt des hommes se disputer l'honneur de faire la première ascension. Le monde devient fou !

Trouvant détestable cette mise en valeur du roi, le duc de Chervy, qui haïssait ce monarque qui tapait dans le dos de la populace et mangeait avec les marins, affublé de sa Marie-Antoinette qui dansait avec le peuple et buvait du vin blanc au bal de la Petite Courtille, décida de mener la contre-attaque :

– Sire, ne préférez-vous pas tout de même ces échafaudages de crème et de sucre, de confiture, de miel, au biscuit avarié des navires, à l'eau croupie grouillante de gros vers blancs, aux morceaux de morue séchée ?

– On peut aimer les deux. Un jour, je vous ferai déguster du pâté de poisson, monsieur. Ainsi parlerez-vous en toute connaissance de cause. Et puis, vous savez, sur les bateaux, les cuisiniers ont parfois du génie.

– Je ne suis pas au courant, Sire. Je n'ai pas votre compétence...

– Connaissez-vous le cuisinier italien du comte d'Antin qui avait travaillé à bord de *La Persévérante* ?

– Non.

– C'est dommage. Un jour, il a ramassé sur le pont une grêle soudaine, l'a mêlée à des bâtons de vanille écrasés qu'il offrit en sorbet au dîner ! Pour moi, cet homme est un génie.

Voyant que le roi ne se laisserait pas mettre échec et mat aussi facilement qu'il l'aurait pensé, Chervy changea son angle d'attaque :

– Voilà que vous allez devenir, Sire, un aussi grand marin que d'Estaing, de Grasse, Suffren, voire La Pérouse ou d'Entrecasteaux, alors que vous n'avez qu'aperçu la mer...

Le capitaine Laroche était prêt à dégainer son épée pour protéger un roi qui pourtant savait exactement comment se défendre :

– Tout bien réfléchi, ce séjour en mer, bref, j'en conviens, m'a beaucoup appris sur elle, mais aussi sur les hommes. Tout cet enchevêtrement de courants, de vents contraires, de variations soudaines m'aura enseigné la traîtrise, les coups bas, les revers, autant de fluctuations que l'océan partage avec les hommes. Il faudra un jour que je rende hommage à une telle générosité...

— Cet univers est bien rude, Sire, poursuivit le duc de Chervy. À tout prendre, je préfère le *bon ton*, pratiqué avec art et délicatesse dans nos salons.

Tout le monde attendait la réponse du roi. Elle ne se fit pas attendre :

— La médisance et la calomnie font les frais des conversations à la mode. Le persiflage, aujourd'hui considéré par certains comme un art, est l'affaire des fats, et cela, souvent, aux dépens des personnes les plus honnêtes et les plus respectables...

— Mais, Sire...

— Je n'en ai point terminé, monsieur le duc. Votre *bon ton* n'est qu'un abus de l'esprit, un jargon inintelligible pratiqué par des sots, et comme les sots font le grand nombre, le jargon a prévalu. Persiflage, *bon ton* sont choses identiques : des amas fatigants de paroles sans idées qui font rire les fous, qui scandalisent la raison, déconcertent les gens honnêtes ou timides. En un mot, qui rendent la société insupportable. Mais, reconnaissez-le, monsieur le duc, malgré la médisance, malgré le persiflage et la calomnie, malgré votre *bon ton*, j'ai l'impression qu'on s'ennuie ferme dans vos cercles.

Dire que le dithyrambe royal jeta sur l'assemblée un certain froid est un euphémisme. Par un étrange contraste, en opposition directe à ce vent glacial soufflant sur le dîner de madame d'Harcourt, interrompant toutes les conversations remplacées par une sorte de stupeur dont personne ne voulait être le premier à sortir, une nuit sereine commençait de s'installer ; une nuit remplie d'étoiles et d'une douceur extrême, tapie derrière les hautes fenêtres du salon, ouvertes sur le parc. Le moment étant venu de briser là, Louis remercia ses hôtes et rejoignit sa chambre.

Ce soir, il ne souhaitait pas que Laroche lui raconte une de ses histoires grivoises. Il voulait un grand calme et une grande paix. Il avait emporté avec lui le fameux *World Hydrographical Description*, de l'Anglais John Davis. Son histoire l'avait toujours passionné. Celle d'un navigateur du XVIe siècle qui, après avoir découvert les côtes occidentales du Groenland, l'île de Cumberland et les Falkland, avait effectué cinq voyages aux Indes orientales avant d'être tué par des pirates japonais dans le détroit de Malacca. Ce qui fascinait Louis chaque fois qu'il relisait ce livre, c'était l'énigme de cette vie, toute tournée vers l'action, la découverte, la prodigieuse énergie que le marin avait dû déployer pour vaincre les océans et leurs tempêtes et cette mort, terrible, si petite, si sanglante, survenue à l'âge de cinquante-cinq ans.

La mort de John Davis le mettait en face de la sienne : comment serait-elle, à quel âge surviendrait-elle ? Sa femme, ses enfants seraient-ils autour de lui ? Il se dit que la mort n'était pas un élément de la vie, que la mort ne pouvait pas être vécue. Que c'était autre chose, qu'elle devait avoir lieu dans un autre espace de la vie. Dans le lointain lui parvenaient les bruits de la ville. Pour sa venue, Caen avait été brillamment illuminée et on avait autorisé ses habitants à poursuivre la fête ordonnée pour la venue du roi. Des feux d'artifice continuaient d'y être tirés. Et, aux dires de certains convives, des pièces de vin, fixées contre les hôtels à la hauteur de dix pieds, coulaient en continu pour un peuple exalté qui recevait la liqueur dans des pots, des plats, des chaudrons, certains n'hésitant pas à utiliser leur chapeau ! La multitude innombrable qui encombrait les rues manifestait bruyamment sa joie par des vivats, des acclamations, des cris qui venaient mourir aux portes du château où Louis était logé.

Il était tard et la route du lendemain ne serait pas de tout repos, qui devait le mener jusqu'au Havre après une traversée de l'estuaire de la Seine. Chaque soir, depuis son départ de Versailles, il avait pris l'habitude de se mettre quelques instants à la fenêtre de sa chambre pour laisser venir à lui les bruits de la nuit, sa lumière ou son ombre. Il ne dérogea pas à ce rituel qu'il abandonnerait dès qu'il serait rentré dans son palais.

À peine s'était-il accoudé au rebord de pierre qu'il lui sembla distinguer un corps en mouvement, une silhouette allant d'arbre en arbre, glissant sur l'herbe humide. Malgré la pénombre qui aurait dû la lui cacher, il aperçut très distinctement une femme, comme si elle était en plein jour, éclairée par une étrange lumière. Il la regardait avec ravissement comme on regarde une aurore, comme on écoute de la musique, avec des tressaillements d'aise quand elle se baissait, se redressait, levait les deux bras en même temps pour remettre en place sa coiffure. Une seconde, il se dit que s'il n'avait été roi, mais pêcheur, marin, paysan, il aurait pu vivre avec une telle jeune fille. Elle ressemblait à Marie des Vallées. Alors que Louis tentait de lutter contre son trouble, la jeune femme enleva sa cape, découvrant un écriteau qu'elle portait pendu à son cou et sur lequel il était écrit qu'elle devait faire amende honorable, pieds nus, en chemise, la corde au cou, devant les portails de l'église de Cherbourg et de celle de Valognes. Il était aussi dit qu'elle devait être battue et fustigée nue de verges jusqu'à effusion de sang, aux carrefours ordinaires de ces deux villes, par un jour de marché...

Un chandelier placé dans un angle de la fenêtre gênait la vision que Louis avait de la scène, il le déplaça sur la droite. Quand il posa à nouveau ses yeux vers l'endroit où se trouvait la jeune fille, celle-ci avait disparu, et le parc, où des tilleuls arrondissaient leur ombre sur la terre, était silencieux comme celui d'un couvent.

17

Assis dans son carrosse, qui empruntait pour la dernière fois les rues de Caen avant de gagner bientôt la campagne, Louis, qui comme chaque matin à cinq heures venait d'assister à une messe, avait du mal à cacher sa tristesse. Le peuple qui hier lui envoyait mille signes d'allégresse utilisait les mêmes cris pour exprimer ses regrets de le voir partir. La brume, cette manière de suaire gris qui enveloppe et aveugle toute chose, est parfois presque protectrice, on dirait une ouate amicale. Mais celle de ce matin n'avait rien à voir avec cette nappe bienfaitrice, elle semblait tellement épaisse qu'elle empêchait les voyageurs de voir leurs propres mains quand ils étendaient les bras. Le vent qui soufflait contre les vitres mal fermées du carrosse aurait dû effilocher et disperser une telle soupe opaque. Mais il n'en était rien. La brume était si basse, si près de la terre qu'elle n'entraînait pas ces hommes en train de la braver vers la cécité, mais vers une myopie à peine moins redoutable. De Coste, La Voûte, Ségaut croyaient avancer vers le royaume des morts. C'est dans cette atmosphère étrange que furent parcourues les premières lieues séparant Caen de Moult, dans le canton de Bourguébus, puis vers Saint-Aubin-sur-Algot, dans celui de Mézidon. Autour, défilaient la vallée d'Auge et ses vertes pâtures. Parfois, par une inexplicable trouée dans la masse brumeuse, apparaissaient les arbres d'une forêt, un alignement de rhododendrons grands comme des hommes, ou un petit village de maisons en bois, contre les murs desquels grimpaient des vignes sauvages et où quelques bœufs tachetés plongeaient la tête dans un abreuvoir.

À hauteur de la montagne de Saint-Laurent, que le carrosse montait à petite vitesse, un homme s'approcha de la portière du roi, jaillissant de la brume telle une bête de la forêt. Sans l'intervention de Louis, la garde lui aurait sans remords fait exploser la cervelle. Vêtu d'un habit et d'un gilet de velours gris à boutons de cuivre, avec culotte de peau et souliers à boucles, il portait deux grandes balles sur son dos.

– Qui es-tu ?
– Claude Hardel, dit le Claude.
– Quel est ton métier, pour courir les routes à cette heure ?
– Je suis crinquaillier. Je vends des couteaux, des ciseaux, des épingles, des miroirs, des colliers de verre.
– Que me veux-tu ? Me vendre ta marchandise ?
– Non, vous chanter un couplet.
– Tu sais qui je suis ?
– Notre roi de France, Louis XVI. Je ne pourrai pas vous voir quand vous passerez à Lisieux.
– Alors, chante-moi ton couplet.

J'arrive... Oh ! quelle aubaine !
Mironton, ton, ton, mirontaine,
J'arrive... Oh ! quelle aubaine !
Je chante et sers mon roi.
Moment heureux pour moi :
À ses pieds je me vois,
Mironton, ton, ton, mirontaine !

– Ta chanson est jolie, qui l'a faite ?
– Ah ! monseigneur, c'est moi !
– Toi ? Alors *bis, bis* !
– Qu'est-ce que ça veut dire, « *bis, bis* » ?
– Ça veut dire : une deuxième fois. Tu me la chantes une deuxième fois, dit Louis.

Ségaut, semblant très énervé, tenta de rappeler à Louis que leur temps était compté, qu'ils ne pouvaient prendre trop de retard et que cela ne servait à rien d'écouter la chanson inepte d'un va-nu-pieds.

– Sire, on ne peut manquer la marée, entre Honfleur et Le Havre.

– La marée attendra ! Allez, *bis, bis*.

Le chant accompli, Louis applaudit des deux mains et, après avoir sorti sa bourse, donna au chanteur un louis d'or.

– *Bis, bis*, dit le chanteur. Deux fois... J'ai chanté deux fois, il me faut deux louis...

– Voilà mon peuple encore plus drôle que Laroche, dit Louis, donnant au crinquaillier une deuxième pièce d'or !

Tandis que le fouet du cocher faisait repartir le carrosse, Louis vit que La Voûte levait les yeux au ciel.

– Qu'avez-vous, monsieur le conseiller, cela vous déplaît que je sois généreux avec mon peuple ?

– Je ne vois là que caprice...

– Mais non : repartie, drôlerie, bon mot – nous en manquons beaucoup de nos jours.

– Le peuple en veut toujours plus.

– Rien n'est plus doux que le spectacle d'une nation exaltée par des sentiments généreux.

– L'enthousiasme dans le peuple est dangereux, lors même qu'il est le plus louable, car il ne connaît pas d'intervalle entre les extrêmes et, d'un excès à l'autre, il peut se laisser emporter par la passion du moment ! Que le peuple cesse d'être un enfant dansant et chantant et il deviendra fou furieux ! Un jour il descendra dans les rues des villes, envahira les champs, exigera davantage de liberté.

— Eh quoi ! Ce jour-là, qu'arrivera-t-il, monsieur le prophète ?

— Ce peuple affolé, fanatisé, se précipitera en furie à travers les plus grands excès ; et nous ne pourrons faire taire ses exigences en lui donnant quelques louis.

— Eh bien, ce jour n'est pas encore arrivé. Peut-être faudra-t-il qu'une fois rentrés à Versailles, nous songions d'ailleurs à satisfaire certaines exigences de ce bon peuple.

— Le moment, Sire, n'est peut-être pas le bienvenu...

— C'est surtout cette discussion qui ne l'est pas. Regardez, messieurs, jouissez du paysage. Nous rentrerons bien assez tôt à Versailles. Regardez ces herbes, ces champs, cette grande fertilité, ces pâturages ; regardez ces haies si admirablement plantées, ce sol harmonieusement divisé en de nombreux enclos et si richement boisés. Quelle belle France que voici.

Le convoi n'était plus qu'à quelques lieues de Lisieux, lesquelles, bien que couvertes en peu de temps, ne firent qu'accentuer le retard de la compagnie de carrosses qui avançait à marche forcée. Les chevaux devaient être relayés à l'auberge dite d'Angleterre. La milice bourgeoise, en rangs serrés, formait une haie le long des maisons qui y menaient. De la grand-rue, depuis l'auberge de la Crosse jusqu'à l'extrémité du jardin qui entourait la cathédrale, des dais multicolores avaient été tendus. Les habitants de Lisieux et leurs autorités s'attendaient à une visite du roi, ils ne le virent qu'à peine, sa marche étant commandée par la nécessité de profiter de la marée pour le passage à Honfleur.

Midi était déjà dépassé. Un soleil vertical brillait maintenant sur la campagne couverte de blés jaunes. Une torpeur commençait de s'étaler dans l'air, pas un cri d'oiseau, pas un bourdonnement d'insecte.

Les trois ministres du roi semblaient ravis : enfin un temps qui les éloignait de celui auquel ils avaient dû faire face durant toutes ces journées.

– Ne vous réjouissez pas trop vite, nous sommes en Normandie !

– Plus pour longtemps, dit de Coste, nous allons enfin quitter ce pays de sorcières et de gueux.

Louis ne répondit rien. Et cela d'autant plus que ses trois commensaux commençaient à parler des femmes en des termes qui ne lui plaisaient guère.

– J'aime les femmes, mais sans ivresse, disait de Coste.

– Que voulez-vous dire ? demanda La Voûte.

– Que je ne cède dans mon commerce avec elles qu'à l'impulsion de mes sens.

– Quand je suis mon projet, je suis indifférent à la haine, à l'amitié, à l'opinion publique.

– À l'amour ? demanda Ségaut.

– Surtout à l'amour, quelle vulgarité !

– En somme, on peut, avec justesse, vous comparer au bourreau qui égorge sans colère et sans pitié, dit Louis. Je plains non seulement les femmes qui sont sur votre route, messieurs, mais en premier la vôtre, de Coste.

Un silence gêné s'installa dans le carrosse. De Coste, qui savait l'intransigeance du roi sur certains sujets, comprenant qu'il aurait sans doute dû se taire, analyse partagée par Ségaut et par La Voûte, qui n'étaient pas mécontents de voir le maréchal tomber durant quelques instants dans une disgrâce relative, faisait semblant d'être intéressé par les paysages qui défilaient sous ses yeux. Louis, qui aurait dû s'amuser de cette situation, ne profita pas de ce moment suspendu. Depuis le matin, il ne pensait qu'à la mer qu'il ne reverrait plus. Lui qu'aucune femme n'avait jusqu'à ce jour véritablement charmé l'était par cette mer qui l'enveloppait et le fascinait. Il entendait au fond de lui comme une mystérieuse chanson : celle du bruit profond des flots, obsédant, plaintif, tyrannique, délicieux. Bien sûr, il ne serait jamais comme ces gens de mer que la mer possède, qui est tout pour eux, qui sont nés d'elle, qui ne vivent et ne meurent que pour elle. Cependant, il se sentait un peu comme ces vieux marins, pêcheurs, matelots, retraités de la marine militaire qui sans la mer et sans leur bateau se dégonflent telles des baudruches, ressemblent à des pantins brisés, qui traînent sur les quais, partout absents, partout dépaysés, affaissés sur eux-mêmes comme chiffons. Lui qui, durant toutes ces journées, avait eu le pied marin, jamais ne s'était senti mal, jamais n'avait dû faire face à une nausée tenace, une fois à terre, il avait maintenant le « mal de mer ». Il pensa à Laroche qui aurait certainement inventé une devinette : « Comment s'appelle ce roi qui a, sur terre, le mal de mer ? »

Le trajet de Lisieux à Honfleur ne se fit pas sous les meilleurs auspices. La route était mauvaise, certains ponts jetés sur certaines rivières semblaient si branlants qu'un seul carrosse pouvait y passer à la fois, ce qui ralentit considérablement un équipage dont le retard commençait à être conséquent. L'arrêt à Pont-l'Évêque ne dura que quelques minutes, le temps de changer les chevaux, de présenter au roi des placets qu'il reçut aimablement et de crier quelques « Vive le roi ! » qui semblaient sincères. Mais tout cela n'était rien à côté des désagréments que leur réservait le passage de Honfleur au Havre. Deux options étaient possibles. La première était un passage par la terre, possibilité vite abandonnée car nécessitant un très long détour. La deuxième était un passage par la mer qui impliquait un respect très strict des horaires de la marée.

Honfleur, ville d'industrie, dotée d'un port rempli de bateaux dont certains étaient des négriers, avait fait un effort particulier de décoration, de nettoyage, de présentation la plus avantageuse dans ce qui constituait aux yeux de ses officiers municipaux et de ses citoyens des atouts. Après tout, un poète anonyme normand n'avait-il pas écrit que cette belle ville de la rive gauche de l'estuaire de la Seine était un « lieu si beau qu'on avait envie de le serrer contre son cœur » ? On avait fait dresser des portiques triomphaux, édifié une profusion de colonnes ioniques, guirlandes, chapiteaux, ensembles fleuris harmonieusement distribués sur des fonds de verdure qui agrémentaient tout le trajet où devait passer le carrosse royal. On avait prévu de tirer le canon, de faire sonner les cloches de toutes les églises, à commencer par celles de Sainte-Catherine, construite par des charpentiers de navires. Oui, le roi serait conquis, charmé, reconnaissant...

Annoncé par des guetteurs, le carrosse du roi, qui venait de parcourir un long chemin poudreux, entouré d'un côté d'arbres desséchés par le vent et de l'autre, sur un talus, de genêts et d'ajoncs, arriva comme prévu par la porte de la route de Pont-l'Évêque, sous les vivats de l'immense foule qui s'était amassée sur son passage. Mais au lieu de descendre près du portique, dressé à sa gloire, puis de se rendre à pied jusqu'à l'ancienne jetée, en suivant le quai du côté gauche de l'ancien port, et d'y prendre une tasse de chocolat, à la table de douze couverts, sous une tente tapissée de guirlandes et pourvue de fauteuils, il s'embarqua immédiatement à bord de la corvette *L'Anonyme*. Ce qui était en soi déjà un exploit, puisqu'il avait fallu en quelques minutes faire monter dans le bateau depuis le roi jusqu'au dernier des accompagnateurs, depuis le carrosse royal jusqu'au plus petit cheval de la suite. Louis était inquiet, tous ces hommes et femmes en costume régional qui étaient venus sur le quai pour le voir étaient à présent repoussés violemment par un service d'ordre devenu fébrile. Louis prononça des mots que personne n'entendit dans le brouhaha de cris, de vivats, de coups de canons, de cloches : « Ce sont mes enfants, laissez-les s'approcher, exprimer leur joie, ne les frappez pas ! »

Mais très vite l'inquiétude du roi se transforma en un sentiment étrange où se mêlaient bonheur et nostalgie. *L'Anonyme*, corvette armée d'une vingtaine de canons en batterie, composée d'un équipage de cinquante officiers de commerce, commandée par le sieur Castenet, capitaine de la marine marchande, avançait, faute de vent, à la vitesse d'une tortue. Contraint de courir des bordées, celui-ci lançait des jurons à l'adresse de ses hommes, s'excusant à chaque fois auprès du roi qui finit par lui dire « qu'il n'y avait point de mal à ça, que chaque métier avait sa langue, qu'il en aurait fait autant », et qui, pour le mettre à l'aise, lui égrena ceux qu'il connaissait : « Bande de belles dames à chapeaux à plumes, bande de gants jaunes, bande de culs rouges ! »

Tout le monde déplorait la lenteur de la traversée, Louis excepté. Il retrouvait *in extremis* quelque chose des sensations éprouvées à Cherbourg. Et lorsqu'un orage éclata, au lieu de courir se mettre à l'abri, il resta à côté du capitaine, recevant en pleine figure la gifle glaciale de la pluie. Bientôt le vent se leva. Il fallut serrer une partie des voiles. Louis ne perdait rien de la manœuvre tout en observant attentivement la rive où était rassemblée une grande quantité de peuple, les yeux tournés vers lui. Il fallut plus de trois heures à la corvette pour traverser l'embouchure de la Seine, et comme *L'Anonyme* n'avait pu se mettre en travers à l'entrée du port afin d'y entrer sans dommage, on détacha du quai un bateau afin que le roi puisse aborder. Ce qu'il fit grâce au courage de plusieurs marins qui, s'étant jetés à l'eau, portèrent pratiquement le canot à bout de bras : parti trop tard de Honfleur, Louis avait raté la marée et arrivait au Havre à marée basse. De Coste, dépité, regardait la scène avec mépris, glissant à l'oreille de Ségaut : « Les gazetiers vont s'en donner à cœur joie. »

Mais les gazetiers n'étaient pas le peuple de France. À peine avait-il débarqué que la foule impatiente pressait Louis de toutes parts, reproduisant le même enthousiasme partout où il passait, et la même réaction violente de la garde qui, les armes à la main, tentait d'écarter le plus loin possible ce fleuve qui, il faut le reconnaître, capable à tout moment de rompre, aurait pu entraîner le roi dans une mort atroce, piétiné par ceux-là mêmes qui étaient venus l'honorer.

Les autorités de la ville avaient tout minutieusement préparé. Des choses les plus simples aux plus compliquées, des négligeables aux indispensables. Ainsi avait-on approvisionné les boulangers de farine, afin qu'il n'y ait pas de pénurie de pain le jour de la venue du roi, et défendu à tous les particuliers d'engager dans les rues des objets quelconques, d'avoir du linge à leurs fenêtres, avec nécessité d'illuminer leur maison depuis le premier étage jusqu'au dernier, la nuit de la visite du roi. Ainsi avait-on interdit aux charretiers, aux rouliers et autres conducteurs de charrettes et de tombereaux de les conduire en ville, ce 27 juin, de onze heures du matin jusqu'au départ du roi, fixé le lendemain.

Sur la place de l'hôtel de ville, trois pavillons en tout point semblables à ceux de la Bourse de Paris avaient été élevés, avec au milieu deux obélisques ayant chacun soixante-quinze pieds de hauteur. Sur la jetée du Sud, un temple avait été dressé, où monsieur Paul Denis avait peint un immense tableau allégorique : on y voyait Louis XVI écarter d'une main le Temps et de l'autre retenir la Ville. Maires et échevins avaient échafaudé un plan, en passe de réussir, destiné à montrer à Honfleur que la ville la plus importante de la région, son grand port, c'était Le Havre au pied duquel déferlait, tumultueux, le fameux mascaret, cette vague immense, longue de trois cents mètres, figurant le combat irrésistible que se livrent d'un côté le cours descendant du fleuve et de l'autre la pression de la mer qui remonte depuis Le Havre jusque dans l'intérieur de la profonde terre normande.

Tandis que Louis s'avançait en direction des pavillons dressés sur la place pour l'accueillir, au milieu du bruit ambiant, et qu'un équipage d'une douzaine de brouettes transportant les effets du roi et ceux de sa suite avait fait route en direction de leurs appartements, ses trois conseillers profitèrent de ce moment pour le mettre en garde. Cette lutte entre les deux villes, qui en réalité n'avait rien que de très naturel, risquait de se retourner contre le roi et d'entacher son voyage.

– Que voulez-vous dire, de Coste ? demanda Louis tout en saluant les dames de la ville placées sur une sorte d'estrade.

– Plusieurs échevins avaient souhaité que votre passage à Honfleur puisse contribuer à accélérer la franchise du port. Ils n'ont pu en parler avec vous...

– Il m'a été rapporté que plusieurs officiers municipaux, ajouta La Voûte, ont été assez déconfits par votre bref passage, arguant que toutes les villes avaient reçu des marques de votre bienfaisance. On dit même que l'intendant et le duc d'Harcourt leur avaient assuré qu'ils appuieraient eux-mêmes leur demande afin d'obtenir quelques satisfactions.

– On parle beaucoup du patron de l'auberge de la Treille, là où vous et votre suite deviez séjourner, dit Ségaut. Il a refusé pendant huit longs jours entiers de recevoir et de loger quiconque afin de préparer son établissement pour vous. Il demande qu'une indemnité lui soit accordée, proportionnée au préjudice qu'il a subi. Il veut porter l'affaire en justice.

– Que feriez-vous à ma place, messieurs ?

– Refuser tout en bloc. Le roi n'a aucun compte à rendre.

– Que voilà un bon conseil ! Destiné à me perdre, à me nuire ? Vous oubliez les milliers de livres dépensés en menuiserie, en illuminations sans compter aux abords de la ville, les routes aplanies, les ponts renforcés, les milices bourgeoises habillées et armées... Honfleur ne risque pas de me tresser des couronnes ! Mais nous sommes au Havre, alors profitons du Havre.

Les présentations d'usage effectuées, les clefs de la ville, tout en vermeil, remises au roi dans un bassin d'argent, Louis, pour se faire sans doute pardonner l'heure tardive de son arrivée, indiqua qu'il ne souhaitait en rien déranger l'ordonnancement du parcours que lui avaient réservé les autorités havraises. Il visita l'Arsenal, où un navire était chauffé en radoub ; l'enceinte de la ville sur laquelle travaillait une équipe d'ingénieurs militaires ; observa un détachement d'artillerie en manœuvre sur un des glacis de la citadelle ; pénétra dans la corderie afin d'y examiner la fabrication des câbles ; finissant son périple à l'hôtel de ville où un vin d'honneur lui fut offert. Quant à l'hôpital, il ne put s'y rendre, le temps manquait. Instruit que cet asile, où se reposaient nombre de gens de mer, était dépourvu de linge et que son renouvellement se monterait à sept mille francs, il chargea l'intendant de remettre aux administrateurs neuf mille francs pour être consacrés à cet usage essentiel. Il était déjà sept heures du soir lorsqu'il put enfin rejoindre la chambre de l'abbaye de Montivilliers qui avait été préparée à son intention, afin qu'il s'y repose quelques instants.

Alors qu'il en ressortait, quelques minutes plus tard, une

femme l'arrêta qui avait essayé de le croiser, en vain, depuis son arrivée au Havre. Elle avait réussi à déjouer la vigilance des gardes chargés de la protection du roi. Sans être particulièrement jolie, elle avait une taille assez élancée, de beaux cheveux bruns, un visage ovale, des yeux marron très vifs et portait une « robe de sortie sans cérémonie » quelque peu défraîchie qui indiquait qu'elle était de condition modeste sans être pauvre.

– Mon roi, ne me punissez pas, écoutez-moi, n'envoyez pas vos gardes.

– Pourquoi le ferais-je ! Relevez-vous. Que me voulez-vous ?

– Je m'appelle dame Leroy et suis la femme du geôlier des prisons... Sire, j'avais quatre fils à votre service. Ils ont tous péri dans la dernière guerre.

– Madame, je vous plains et je vous admire. Quelle faveur puis-je vous accorder ?

– La seule faveur que j'ose vous demander est d'accorder la grâce à trois déserteurs.

– Trois déserteurs ?

– Oui.

– Que ne sont-ils quatre ? Je la leur accorde bien volontiers. Annoncez-leur la délivrance qu'ils vous doivent.

De Coste qui sortait d'on ne sait où, comme un diable de sa boîte, apparut, toisant la femme avec mépris.

– Vous êtes incorrigible, Sire.

– Allez, ma fille, dit Louis, embrassant la femme sur le front.

– Prince magnanime, dit-elle, puisse ton noble cœur résister toujours au poison des flatteurs dont pullulent les Cours.

– De Coste, laissez-nous, s'il vous plaît.

Tandis que le maréchal, habitué au parquet de Versailles, partait à reculons et en glissant sur un sol qui rendait l'exercice impossible, donc encore plus ridicule, Louis s'adressa à la femme :

– Encore un instant, madame. Votre nom est bien Leroy ?
– Oui.
– Et votre prénom ?
– Émilie.
– Et votre nom de jeune fille ?
– Amaranthe.
– Sainte-Amaranthe ?
– Non, Monseigneur, je ne suis pas sainte.
– Nous ne nous sommes jamais rencontrés ?
– Quand vous rencontrez une femme de France qui vous aime, c'est comme si vous les rencontriez toutes. Et toutes vous diront : faites bien attention à vous, Sire. Vous êtes entouré de méchants qui veulent et votre perte et celle de la France.
– Je garde votre conseil très précieusement en moi.
– Puis-je me retirer, à présent ?
– Oui, mon enfant.

Il était maintenant huit heures du soir. Une table de trente couverts avait été dressée. On ferma prestement les fenêtres car un vent infernal s'était levé, soufflant les illuminations qui avaient été construites dans le jardin, comme il soufflait sans doute aussi toutes celles qui éclairaient les rues de la ville. On parla beaucoup, notamment de l'épidémie de fièvres putrides qui avaient causé la mort de milliers de personnes, au Havre, entre 1776 et 1782. La cause en était étonnante : beaucoup de maisons étaient fabriquées avec des briques dont l'argile provenait en partie des bassins du port où se décomposaient des corps d'animaux mais aussi d'enfants illégitimes jetés dans le bassin du Roi par une foule de dentellières ! On parla aussi beaucoup de Robert le Diable, personnage évoqué par une Émilie, il ne savait plus laquelle, sur la route de Falaise, mais aussi par l'homme roux avec lequel il avait échangé quelques mots à l'auberge de l'Avette, Robert le Diable, chef de brigands s'épanouissant dans le mal, écumant les forêts, les routes de la région, tuant pèlerins, marchands, brûlant des abbayes, forçant les femmes, auquel on finit par donner une mission sainte qui l'amende, le sauve, mais n'abolira jamais aux yeux de certains ses crimes horribles.

La Voûte, qui écoutait d'une oreille, refusa de participer à la discussion. Il en avait assez de la terre normande où poussent comme chiendent sorciers et sorcières. Cela faisait des jours qu'il expliquait qu'il en avait assez de cette Normandie-là, obscure, sanglante. Louis, lui, ne savait trop que faire. Ces récits l'intriguaient, ces monstres qui surgissaient des ténèbres et envahissaient des terres et des hommes le troublaient. Et si c'était cela être roi : gouverner un pays où les saints deviennent rapidement des monstres, où les saintes côtoient les sorcières ? Il suffit d'un léger mouvement de brise pour que le cœur des hommes, dont les jouissances sont les seules inépuisables, trahisse son idéal et en meure.

À la fin du dîner, Albert Trécanson, alors que nombre de convives se levaient pour jouer aux échecs ou au brelan, prit congé de son roi. Il devait retourner à Cherbourg. Sa ville. Son port d'attache.

– Puis-je vous demander une faveur ? dit Louis, regardant Trécanson droit dans les yeux.

– Sire, le roi de France ne peut demander une faveur à un de ses sujets.

– Eh bien, moi, je le fais. Sans doute ne suis-je pas un roi comme les autres... Vous n'êtes pas sans savoir que je suis à l'origine du voyage de monsieur de La Pérouse ?

– Non, Sire.

– Il m'arrive parfois de douter... Pensez-vous que mon désir d'expédier outre-mer non plus seulement des militaires et des colons, mais aussi et surtout des savants, est une bonne chose ?

— Bien évidemment. Vous êtes un précurseur. Un jour, on se souviendra de vous comme d'un roi qui a mis au-dessus de l'intérêt des hommes, au-dessus des intérêts particuliers des États, l'universalité de la volonté de savoir.

— La science s'impose aux nations. La science est par-dessus les nations.

— C'est aussi une revanche de la mer sur la terre, parole de marin !

— Rien n'est plus merveilleux qu'une frégate légère, une corvette doublée de cuivre, une flûte à grand ventre, tous ces navires de guerre transformés en navires de commerce et de paix... Trécanson, pourquoi ne viendriez-vous pas à Versailles à mes côtés ?

— Qu'y ferais-je, Sire ? J'y croiserais trop de marquis et de comtes. De Coste, La Voûte, Ségaut, vos conseillers, je les ai côtoyés de près durant votre séjour normand. Ils ne me donnent pas très envie de vous rejoindre à Versailles. Et puis, je ne peux m'éloigner trop longtemps de la mer. Elle est toute ma vie. J'ai besoin d'elle. De ses fureurs, de ses douceurs. J'ai besoin d'entendre le bruit des vagues quand je mourrai.

— Comme je vous comprends.

— Sire, je n'ai rien eu de plus beau dans ma vie que ma rencontre avec vous, après la mer, bien sûr.

— Je ne suis pas loin de penser la même chose. Je vous le promets, je reviendrai à Cherbourg.

Le départ de Trécanson fut pour Louis comme une étape franchie dans l'appareil de l'existence. C'était comme si, avec lui, le souvenir de la mer commençait de s'estomper. Un peu comme une tempête qui lentement se transforme en un souffle de vent, doux et très lent, qui devient un soupir qui s'exhale, qui disparaît dans les arbres, dans les fossés, dans les herbes, sur les pierres, qui s'allonge sur les têtes mobiles des épis, qui ride l'eau verte de la mare, qui fait tout frissonner et invite le pommier en fleur à laisser glisser au sol ses boutons blancs.

Louis rejoignit sa chambre avec la sensation de cette mer qui s'éloignait. Des images passaient devant ses yeux, immédiatement défaites, remplacées par d'autres : l'éclat métallique de l'eau qui soudain prend une teinte ardoisée, sous un ciel très pur, sans nuages ; le souvenir d'avoir levé la tête en direction d'une voile plate, molle, morte, qui soudain se réveille et claque comme un coup de fouet. Tant d'autres images encore, telles des gravures effacées. Comme la mer était soudain lointaine. La vue s'étendait sur de petites vagues aux crêtes à peine blanches, la vue se perdait vite dans la morne teinte d'un ciel barbouillé par les milles rainures de la pluie qui s'abattaient soudain sur un homme privé de mer comme il le serait de son souffle.

Avant de se coucher, Louis se mit comme toujours à sa fenêtre. Cette fois il ne vit rien, aucune ombre, aucune silhouette. Comme toujours, il lut avant de s'endormir quelques pages d'un livre. Il choisit *I Am So Tired*, l'étrange récit autobiographique au titre si mystérieux que l'introducteur de la pomme de terre et de l'usage du tabac en Angleterre, sir Walter Raleigh, favori d'Élisabeth Ire, avait rapporté de ses voyages en Guyane et dans l'Orénoque, avant de mourir décapité à l'âge de soixante-six ans.

Demain serait son dernier jour passé dans sa chère Normandie. On lui avait assuré qu'il assisterait au lancement d'un navire à la mer. Il pensa : « Il n'est rien de plus beau. » Ce qui l'apaisa.

18

Le traditionnel cadeau de l'abbesse de Montivilliers, offert à tout voyageur de qualité ayant passé une nuit à l'abbaye, avait été oublié dans la liste des obligations protocolaires auxquelles devait se plier Louis. Aussi fut-il quelque peu surpris lorsque, après avoir assisté à la messe en l'église Notre-Dame, il vit une jeune nonne déposer à ses pieds une cage de belles dimensions recouverte d'un drap. À l'intérieur, magnifique, altier, sautillait un paon blanc à la traîne superbe.

– Lorsqu'il fait la roue, il accompagne sa parade d'un cri strident et est beau comme un dieu, dit la jeune nonne.

– Je veux bien vous croire. Ce présent me ravit, répondit Louis qui paraissait sincère.

– N'oubliez pas, Sire, de le nourrir comme il se doit : une bouillie, mélange d'orge, de fèves, de pois et de pain, ajouta la nonne avant de disparaître, poussée par des prélats qui estimaient que cette scène inutile n'avait que trop duré.

Alors que Louis se demandait ce qu'il allait bien pouvoir faire de ce *Phasianidae* venu des Indes, tout en songeant que nombre de paysans n'avaient même pas cette bouillie à se mettre quotidiennement sous la dent, chacun donna son avis :

– Ne dit-on pas qu'il est la nourriture des amants et la viande des preux ? Bien qu'il soit quelque peu indigeste, nous pourrions demander à notre cuisinier de nous le présenter couvert de feuilles d'or et le bec bourré de laine imprégnée de camphre de telle sorte qu'il simule un dragon vomissant des flammes, suggéra de Coste.

– Quel irrespect, vous ne pensez qu'aux agapes, monsieur le maréchal, dit La Voûte. Il est vrai qu'Hortensius en élevait de magnifiques, pour mettre en rage Cicéron, mais il me semble que...

– Que quoi ? Chez les premiers chrétiens il était l'emblème de la résurrection, vous blasphémez, monsieur le conseiller ! ironisa Ségaut.

– Vos conseils et vos remarques sont très pertinents et utiles, comme d'habitude, messieurs, dit Louis, vous ne savez décidément que railler et vous moquer. La France meurt du cynisme de ses ministres... Laroche, que ferons-nous de cette bestiole ?

– Nous l'accueillerons à Versailles dans ma ménagerie, elle remplira de joie et la reine Marie-Antoinette et vos enfants. Mais nous pourrons réserver trois plumes, pour messieurs les conseillers, afin qu'elles décorent leur fondement, ajouta Laroche qui n'oubliait jamais son rôle de bouffon.

– Excellente idée ! répondit Louis qui laissa planer un doute quant à savoir si son approbation concernait la ménagerie ou l'emplacement des plumes suggéré par Laroche : Qu'on trouve une place pour ce volatile, au besoin sur les genoux du maréchal de France, lui qui voulait le manger !

L'incident du paon blanc terminé, le convoi put enfin s'ébranler. Il avait été convenu qu'après une visite des lieux les plus emblématiques de Rouen, le roi y passerait la nuit.

– Le lancement du navire n'est pas remis, j'espère ?

– Non, Sire, dit de Coste, il faudrait que la marée ne fût pas à l'heure, ce qui est peu probable.

Avant d'être transporté sur *Le Perrey* où devait avoir lieu l'événement, le convoi passa par la côte d'Ingouville. Contre l'avis de tous, Louis voulut s'y arrêter. C'était un lieu charmant, un boulingrin dont le parterre fleuri avait été remplacé par une pelouse d'herbe verte bordée d'une allée de tilleuls. La vue était exceptionnelle.

Vers l'orient, une vallée florissante couverte d'arbres fruitiers, de prairies, de moissons et de métairies, prenait ses aises. Une ville fortifiée s'élevait, si propre, si délicate qu'on eût dit une cité en miniature. Plus loin, une forêt de navires semblait s'y confondre avec les maisons et les clochers. Puis venait un bras de mer, compris entre cette vallée et les côtes méridionales qu'on découvrait au-delà de la Seine qui s'y prélassait. Enfin, prolongeant ce tableau, des dizaines de vaisseaux voguaient sur cette mer, les uns pour remonter la Seine, les autres pour rejoindre le port, d'autres encore, intrépides, aventureux, voiles sous le vent, mettant le cap vers des horizons lointains, que Louis, lunette de marine en main, suivait jusqu'à les perdre, le cœur gros.

À l'occident, le tableau n'était pas moins idyllique. Louis y découvrait un espace de mer immense, dont la vue ne pouvait atteindre le terme. Le ciel, légèrement couvert, offrait une vision étrange à qui savait la lire : vallons, montagnes, dieux anciens, animaux irréels se formaient et se déformaient aussitôt à mesure que le vent leur imprimait des formes. Le duc d'Harcourt, dont on était convenu qu'il accompagnerait le roi jusqu'à Rouen, esquissa quelques pas dans sa direction.

Le soleil qui commençait à frapper faisait briller l'écume sous ses feux, les vagues miroitaient en étoiles d'argent et tout le reste était une immense surface unie dont Louis ne se rassasiait pas de contempler l'azur.

– Comment ne pas tomber amoureux de tout cela, Sire...
– Comme je vous comprends.

Le duc, d'un grand geste de la main montrant la vaste baie, lui dit comme un secret :

— Lorsque la mer s'élève, on la voit qui refoule les eaux de la Seine et qui pénètre dans son lit avec assez d'impétuosité pour en porter les mouvements jusque très profondément dans les terres qu'elle arrose. Lorsque la mer se retire, alors on distingue le fleuve qui va porter son onde en tribut, qui pénètre la vaste mer, l'écarte et s'y dissout.

— Quelle sérénité.

— Ne vous y trompez pas, Sire, lorsque les vents se déchaînent, une confusion terrible règne, le bruit des vagues est assourdissant, on dit même que certains peuvent entendre les cris plaintifs des malheureux marins que la mer et le flot mêlés ont ensevelis dans leurs abîmes.

— Ne gâchez pas mon plaisir, duc. Regardez, le vent du large a achevé de balayer les brumes, dans le ciel un vol de légères nuées blanches nage lentement en escadres. Quelle beauté que cette trouée immense de l'embouchure de la Seine...

Alors que Louis continuait de se perdre dans la contemplation du lieu, de Coste prit le risque d'intervenir :

— Sire, nous sommes ici depuis presque une heure, et une longue journée nous attend.

— Voilà à quoi servent les conseillers, mon cher duc : quand ils ne trament pas dans l'ombre pour tendre au roi des chausse-trappes, ils le somment d'arrêter de rêver et lui interdisent la contemplation...

— Sire, Rouen est encore à...

— Allez, reprenons la route, notre maréchal de France va mourir d'apoplexie !

Le bateau de monsieur Gioberti, indigotier de son état, était destiné à faire le commerce de tissus de luxe. Enfin sorti des

chantiers, il allait être mis à la mer, événement exceptionnel pour lui, en présence du roi. Louis identifia immédiatement le bateau. D'une architecture très différente de celle des grands navires de guerre, il avait un pont continu, une étrave bien droite et une coque bordée à clin.
– Un cotre, d'origine anglaise, mais de très bonne qualité.
Gioberti, excellent commerçant, ne connaissait rien à la marine. Événement drolatique, c'est le roi qui joua les précepteurs.
– Voyez son gréement particulier, avec le mât à voiles carrées et sa grande brigantine...
– Oui, mon roi.
– C'est un bateau rapide, manœuvrable, qui remonte bien au vent. Vous savez pourquoi ?
– Non, mon roi.
– Les focs, mon ami. Les focs tendus sur le très long beaupré, horizontal, rétractable. Une merveille de technique et d'ingéniosité que tout cela ! Vous savez quel est son surnom ?
– Non, mon roi.
– Le « cotre des contrebandiers ». Les Anglais l'utilisent pour chasser les contrebandiers, et la Navy pour pourchasser les corsaires. Vous l'avez armé ?
– Non, mon roi.
– Faites-le. C'est un conseil... d'ami. Dix à douze canons de quatre livres suffiront, dit Louis, ajoutant : Alors, ce lancement, nous y allons ?
Les accords détachés, le taquet volé, le bateau glissa lentement vers l'eau. Tout le monde retenait son souffle, ouvriers et marins. Un grondement immense puis un silence sépulcral accueillirent la mise à l'eau. Enfin mille cris de joie, mille applaudissements. Le cotre, stabilisé, flottait, se maintenant dans le

plus majestueux équilibre, alors que le ciel devenait soudain d'un bleu ardoise.

– Quel est son nom ? demanda Louis à Gioberti.

– *Le Piémontais*, comme mon pays d'origine.

– Bien, très bien, c'est beau de porter haut les couleurs de son pays. Mais j'en ai un autre, si vous le voulez bien.

Gioberti, quelque peu surpris, n'osant contredire le roi de France, ne dit rien, attendant anxieusement.

– *Louis XVI*. Vous pourriez appeler votre navire *Le Louis-XVI*.

Gioberti, au bord des larmes, accepta.

– Il n'y a rien de plus beau que le lancement d'un navire, dit Louis, avant de remonter dans son carrosse.

Il aurait voulu que cela durât toute sa vie.

Par la fenêtre ouverte, il put durant quelques minutes encore regarder la mer. La grève avait totalement disparu, la marée était venue tout recouvrir, atteignant son point le plus haut. Les barques et les bateaux, tout à l'heure immobiles, étaient maintenant à flot, oscillant sous le roulis des vagues. Ici et là, l'agitation reprenait : on crochait les gouvernails, on frappait les tolets, on hissait les voiles. *Le Louis-XVI*, qui n'avait pas toute sa mâture, trônait au milieu des autres navires. Louis l'imagina, prenant sa bordée afin de gagner le pied du vent, s'éloignant doucement du port, choisissant sa route et s'enfuyant vers le large. À cette tristesse vint s'en superposer une autre : celle de n'avoir pas tenu la barre par gros temps quand il faut que le navire tienne durablement debout au vent ou fuie devant la tempête. Une de celles, féroces, dont on dit que les bourrasques fouettent le galop échevelé des nuages, dans les ténèbres et le chaos. Une de celles dont la clameur des vagues est assourdissante, dont les crêtes énormes moutonnent, jetant les navires au pied des falaises, les transformant en de grands poissons

échoués autour desquels, enveloppés d'un brouillard fumeux, flottent les cadavres des marins. Trécanson avait été formel :
— Rien ne peut exprimer l'immense soulagement qu'éprouve le marin quand son navire passe brusquement de la tempête aux eaux calmes d'un havre. Cette joie, même éphémère mais si forte, compense les angoisses de toute une vie et les fait oublier.

Louis se souvenait parfaitement de l'endroit précis où il était lorsqu'il avait entamé cette discussion avec le vieux marin : sur le canot qui le ramenait à quai après son séjour à bord du *Patriote*. Lentement, d'un regard qui semblait prendre possession de la mer, Louis lui avait répondu :
— Maintenant, la mer sera toujours là, comme une chose à moi.

Alors qu'après plusieurs lieues à vive allure les chevaux s'apaisaient, sortant de sa contemplation et de ses rêves, Louis fut comme assailli par la conversation de ses trois conseillers qui, sans cacher leur joie, assuraient que les « choses sérieuses » allaient « enfin » pouvoir reprendre.
— Qu'entendez-vous par « choses sérieuses » ?
— Je veux dire les affaires de l'État, s'enhardit de Coste.
— Ce voyage ne constitue-t-il pas une manière efficace de les gérer ?
— Bien sûr, Sire.
— Vous n'en pensez pas un mot. Aucun de vous trois ! La prochaine fois, je voyagerai seul, ou en compagnie du paon.
— Y aura-t-il d'autres voyages, Sire ?
— Cela suffit, dit Louis tout en frappant violemment avec le pommeau de sa canne le toit du carrosse.

L'ordre était si soudain que le cocher, surpris, immobilisant *in extremis* son attelage, faillit faire verser le carrosse sur le bas-côté.

– Descendez, tout le monde, dit Louis, je ferai la suite du voyage sans vous. Je ne veux personne avec moi.

Les quinze lieues séparant Bolbec de Rouen furent parcourues prestement. Visiblement, le terrain avait été bien préparé. Tout ce qui aurait pu interrompre et ralentir la marche ou retarder l'instant désiré de l'arrivée du cortège royal avait été écarté, nivelé, déplacé, nettoyé. Louis repensa à la conversation qu'il avait eue sur la route de Cherbourg au sujet de la langue française et de sa diffusion dans le pays. Si tant est que celle-ci passe par la poste aux lettres, ce qu'il croyait, il fallait remercier les ingénieurs des Ponts et Chaussées qui, par leur travail, dans ce qu'il voyait chaque jour, allant d'un endroit à un autre, servaient plus et mieux la langue de France que les académiciens. Oui, grâce à ces ingénieurs qui rénovaient le réseau vieillissant des chemins, laissé à l'abandon par Louis XIV, la poste aux lettres, donc la langue française, circulait avec bonheur le long des routes.

Après les hauts et larges talus en terre surmontés de haies de la région de Bolbec, les longs murs de glaise rouge et grasse des environs d'Yvetot, les lignes de chênes et de hêtres de Barentin, toutes villes modestes, décorées, illuminées, ébranlées par le bruit du canon tiré pour le passage du roi, Louis vit dans le lointain les premières constructions annonçant la ville de Rouen. Dans tous les villages traversés, une foule compacte et colorée l'avait accueilli, avec une chaleur non feinte et des vivats. Mais ce qui le touchait encore plus que cette ferveur dont il avait pourtant tant besoin, c'était l'idée de devoir quitter ce pays clair où il voyait trop, dans le grand jour des champs, les ineffaçables fatigues du chagrin et de la vie.

Soudain Rouen apparut, alors que le carrosse, parti à l'assaut d'une côte verdoyante, basculait doucement de l'autre côté, offrant ainsi au regard du roi une des plus belles vues qu'il ait jamais contemplées. La cité, avec ses couvents, ses églises, sa cathédrale, s'élevant au milieu d'une belle vallée, était comme étreinte par un fleuve aux eaux miroitantes : la Seine. Pour la franchir : un pont, où une cinquantaine de jeunes gens en brillant uniforme s'étaient assemblés pour servir d'escorte à leur roi. Une foule immense faisait deux haies au milieu desquelles le cortège devait s'enfoncer, qui passa sous un arc de triomphe. Louis, contrevenant à toutes les règles de sécurité, décida de remonter l'avenue du Mont-Riboudet à pied. Toutes les rues étaient tendues de tapisseries, à tous les balcons des élégantes jetaient des pétales de roses, au son des bombardes du Vieux Palais et des carillons des églises. Louis se sentait invincible car aimé de tous. Ce voyage était comme un deuxième sacre, mieux, c'est de lui qu'il tirerait sa véritable légitimité. Certes, il était roi de droit divin, mais jusqu'alors il n'avait jamais éprouvé une telle sensation d'être là au bon moment, au bon endroit, adoubé par son peuple, ne faisant avec lui qu'un seul corps. Il atteignit la cathédrale, où l'attendait le clergé, en habits sacerdotaux, formant pour le recevoir une véritable enceinte. Parfois, il croisait les regards de ses trois conseillers. Il semblait y lire de l'indifférence, de la moquerie, de la méchanceté, jusqu'à une sorte de haine. Il se dit que si l'un d'eux voulait attenter à sa vie, ses marches au milieu de son peuple étaient une occasion idéale. Sa décision était prise : une fois revenu à Versailles, il se séparerait d'eux.

Mais le moment n'était pas encore venu. Dans le chœur de la cathédrale, il pria sous un dais, entonna avec tous les fidèles un formidable *Domine, salvum fac Regem*. Dans l'archevêché, le cardinal de La Rochefoucauld lui présenta son chapitre, avant de l'inviter à déjeuner en compagnie de représentants des cours souveraines et de hauts personnages du Parlement. Une nouvelle fois, il se sentit mal à l'aise au milieu de tout ce protocole, de cette pesante étiquette, de cette profusion de nourriture alors que tant de pauvres mouraient de faim. Heureusement, Trécanson était à ses côtés qui lui fit part d'une invention dont tout Paris bruissait. Un certain Boulanger avait ouvert ce qu'il appelait un « restaurant », où l'on servait aux clients pour une somme modeste un bouillon revigorant.

— Nous l'imposerons à la Cour, dit Louis, tandis que des bribes de conversations parvenaient à ses oreilles, comme sauvées du brouhaha, car les portes du palais épiscopal étaient restées ouvertes pour que le peuple pût aller et venir à son gré et apercevoir son roi.

— Jeanne d'Arc est morte à Rouen et Corneille y est né.

— Savez-vous qu'on dit des clochers gothiques des églises de Rouen qu'ils sont travaillés comme des bibelots d'ivoire ?

— Imaginez, dans un carrosse à fond d'azur parsemé d'étoiles, la duchesse de Mont-Grenin avec...

Au milieu du vacarme, il saisit au vol une phrase qu'il pensa faite pour lui, comme un message en somme, une invitation. Elle était prononcée par une femme dont il ne voyait pas le visage :

— Moi, je ne reste pas ici, je veux aller voir *L'Amrita* qui quitte Rouen aujourd'hui. Il n'y a pas de bateau aussi beau. Et puis, ce n'est pas si loin. Au bout de la rue Grand-Pont, on peut s'y rendre à pied...

Se penchant vers le cardinal de La Rochefoucauld, Louis lui annonça son intention de quitter la table dressée en son honneur.

— Vous attendiez mieux de ce déjeuner, c'est cela ? demanda le cardinal, déconfit.

Louis le rassura :

— Point du tout, je veux aller au port, j'ai entendu dire qu'un des plus beaux navires de Rouen allait quitter le quai.

— *L'Amrita* ? En effet. Mais ne m'en demandez pas plus. Je suis incapable de vous dire de quelle sorte de navire il s'agit. Je suis un homme d'Église et non un homme de mer.
— Je veux le voir.
— Maintenant ?
— Oui.

Le pont levé, Louis vit d'abord les mâts, au nombre de trois, avancer dans le ciel, puis son regard descendit le long de la voilure. *L'Amrita* était la réplique exacte de la frégate qui avait emmené La Fayette en Amérique. Louis était au comble du bonheur et au bord du malheur. Tandis que le navire manœuvrait pour s'extraire de la pesanteur du quai, il songea qu'il était comme ce bateau, roi des mers voguant à l'instant sur un fleuve. Certes, l'estuaire de la Seine était proche et avec lui la haute mer mais Louis ne voulait voir que ce voilier privé d'océan et contraint de naviguer dans l'eau douce d'un fleuve. Et puis, cette fois, c'était vraiment la dernière qu'il voyait un bateau s'éloigner du port. Demain, il serait à Versailles et la douceur de ce voyage serait vite oubliée.
— De Coste ?
— Oui, Sire.
— Il est prévu que nous dormions ici, n'est-ce pas ?
— Oui, Sire.
— Nous avons encore beaucoup de choses à voir à Rouen, d'obligations à remplir ?
— Oui, Sire, répondit de Coste, énumérant nombre de réunions, de rencontres, de visites à effectuer avant l'heure du souper qui devait avoir lieu assez tard.

Louis réfléchit quelques instants. Après tout, n'était-il pas le roi de France ? Allait-il ainsi continuer à se faire dicter sa conduite ? La mer, ces bateaux, toute cette liberté lui avaient donné comme un souffle nouveau, un désir de réformes. Après ce voyage à Cherbourg, plus rien ne serait comme avant.

– Je veux quitter Rouen immédiatement.

– Mais Sire...

– Monsieur le cardinal, dit Louis, se tournant vers lui, pouvez-vous me recevoir ce soir chez vous à Gaillon ? On me dit que vous y avez votre maison de plaisance ?

– Bien entendu... Il suffit que... Oui, Sire, c'est possible... Ce serait un honneur...

De Coste, La Voûte et Ségaut se regardaient, pétrifiés :

– Sire, ne pensez-vous pas que...

– Il me semble que...

– Tout bien pesé, je dirais que...

– Nous dormirons à Gaillon, messieurs, libre à vous de rester à Rouen en compagnie du paon ! De Coste, assurez-vous que les chevaux ont été changés. Nous partons sur-le-champ.

Seul dans son carrosse, puisque tel avait été son souhait, Louis sortit de Rouen par la route pavée et suivit au grand trot la route du Port-Saint-Ouen. Devant lui la Seine se déroulait, ondulante, semée d'îles, bordée à droite de blanches falaises que couronnait une forêt, à gauche de prairies immenses qu'une autre forêt limitait, là-bas, plus loin, à l'horizon. Il n'aurait jamais dû aller voir le départ de *L'Amrita*. Cela l'avait plongé dans une tristesse infinie, et comme toujours, lorsqu'il sentait ce désespoir l'envahir, il avait beaucoup de mal à réagir, à ne pas se laisser entraîner vers ce long tunnel noir qui hantait parfois ses rêves. Dans ces moments douloureux, il se sentait un peu comme ce *Pegasus*, énorme trois-ponts à 120 canons, vieux vaisseau à l'aspect lugubre, aux flancs déprimés, noirci par l'air et le goudron, ruiné par le temps, pris par les Anglais pendant la guerre de 1780, et qui depuis cette époque n'avait jamais eu d'autre destination que de servir à enfermer les prisonniers de guerre de toutes les nations. Fixé par quatre énormes chaînes en tête des onze pontons dans le grand canal de la rivière de Portchester, le *Pegasus* avait été définitivement métamorphosé en prison-hôpital. C'était un bateau qui ne naviguait plus comme lui était un roi qui n'avait peut-être jamais régné...

Gaillon n'était qu'à quelques lieues de Rouen. Le convoi y arriva en fin de journée. Descendu de son carrosse, Louis passa devant les chevaux. Des ruisseaux noirs de sueur fumaient le long de leur encolure et autour de leur croupe. Éreintés par l'effort, ils semblaient maintenant apaisés et plus calmes. C'étaient de bons chevaux qui avaient accompli leur tâche. Louis les félicita, comme il félicita le cocher qui avait mené à bien cette partie du voyage.

Sa chambre était simple, claire, ouverte sur un beau jardin où poussaient des mûriers. Le souper fut servi à minuit et constitué essentiellement de fritures. C'était la première fois depuis le 21 juin qu'aucun dignitaire, si l'on exceptait le cardinal, n'était à sa table. Louis aurait dû s'en sentir soulagé. Ce ne fut pas le cas. Et cela bien que l'atmosphère fût plutôt bon enfant, le cardinal ayant même ironisé sur un plat nouveau qui selon lui allait faire les délices du monde entier :

– Le cardinal de Rohan a fait découvrir à la Cour le pâté de foie gras d'Alsace, acceptez, messieurs, que madame Marie Harel, venue de son petit village normand, vous propose ce qu'elle appelle du « camembert »...

– Peut-on y adjoindre du beurre ? demanda Louis.

– Bien sûr, répondit le cardinal qui ajouta : Encore un bienfait de notre Normandie.

– Le beurre existe ailleurs qu'en Normandie, cardinal, fit remarquer Laroche, toujours prêt à se moquer des gens d'Église.

– Oui. Mais c'est grâce aux bourgeois de Rouen que vous pouvez, du moins dans cette ville, manger du beurre en carême.
– Que voulez-vous dire ?
– Cela remonte au Moyen Âge. Les bourgeois ont payé une tour de la cathédrale, celle qu'on appelle la « tour de Beurre », pour obtenir l'autorisation de manger du beurre en carême.
– Comme aujourd'hui, donc, dit de Coste.
– Point du tout, répliqua le cardinal. Vendredi était veille de la Saint-Pierre, jour de jeûne. Nous avons dîné après minuit, donc le jour maigre est fini !
– Monsieur le cardinal, vous êtes diabolique, ne put s'empêcher de lancer Laroche.
– Diabolique, je ne sais pas, mais fatigué. Peut-être, messieurs, pourrions-nous aller nous coucher, le roi a demain une longue route...

Une fois dans sa chambre, Louis prêta attention à certains détails qu'il n'avait pas remarqués lorsqu'il y était entré la première fois, comme la belle commode galbée recouverte de laque noire et incrustée d'émaux, ce paravent de couleur bleue ou ce pot de porcelaine pour la toilette décoré de hérons et de grues roses. Il se dit que le cardinal de La Rochefoucauld, adepte du « camembert », avait aussi succombé à la mode des chinoiseries. Il pensa à son cher Daniel Defoe, se souvenant d'une de ses phrases faisant de la Chine « une nation sage parmi les folles à moins que ce ne soit une nation de fous parmi les sages ». Il se dit aussi qu'il avait hésité à acheter les volumineux *Mémoires concernant l'histoire, les sciences, les arts, les mœurs, les usages, etc., des Chinois* du père Amiot et que maintenant il le regrettait amèrement.

Fatigue du voyage ou certitude qu'une certaine heure passée, il ne trouverait pas le sommeil, il se convainquit que l'hésitation était ce qui jusqu'alors avait guidé sa vie. Il se disait : je suis l'homme de l'indécision. Un doute immense l'envahit. Avait-il bien fait d'organiser lui-même le voyage de La Pérouse, allant jusqu'à lui remettre en main propre des ordres transmis d'ordinaire par courrier ? Était-il vraiment nécessaire de lui demander de vérifier si la couleur du sperme et du lait des indigènes variait avec leur carnation ? Ne se laissait-il pas trop mener par sa bonté, car enfin, il n'en est point de la politique des États comme de la morale des citoyens ; vouloir être le seul au milieu des méchants et rester bon au milieu des loups, n'était-ce pas courir le risque de se voir dévoré, lui et son troupeau ? Quant à Turgot, mon Dieu, Turgot, ce matérialiste humanitaire, cet apôtre d'une humanité sociale, tout en voulant amener le peuple à connaître, à exprimer, à réaliser ses désirs, ce qui était bon et juste, n'avait-il pas par pédanterie, pesanteur, lenteur, conduit la France à une sorte de révolution qui aurait tout détruit sur son passage s'il l'avait laissé aller à son terme, ou au contraire était-il passé à côté d'une occasion historique de moderniser le pays ? Être roi, n'était-ce pas en permanence calmer ses passions, savoir ne pas aller trop loin, être plus que jamais le gardien des lois, des institutions et des mœurs dont le roi était et restait responsable devant Dieu ? Les ennemis du gouvernement, qui lui refusaient tout crédit, n'étaient qu'une bande de naufrageurs contre lesquels il devait en permanence lutter. Mais en avait-il l'étoffe, la force, la puissance ? Depuis plusieurs dizaines d'années déjà, la majorité de l'Académie était acquise à l'Encyclopédie, Malesherbes la protégeait, Ségaut, initié à la Maçonnerie, lui était favorable, tout comme hier Choiseul, qui l'avait patronnée. Louis le sentait, une doctrine nouvelle était en train de s'emparer de l'État, voulait changer les mœurs de la Nation et remplacer le christianisme, qu'elle estimait vieilli par la sagesse philosophique.

Devait-il agir contre ou s'inscrire dans le grand courant des réformes ? Il se sentait comme un bateau perdu en mer ne sachant plus où finissait la terre et où commençait l'eau. Une image s'imposa : Louis était un roi qui disparaissait. Comme le tableau du Turinois Severino Calrosso. Un matin, il avait vu « il pittore di corte sabauda », dans le salon d'Apollon à Versailles, s'appliquer à peindre avec une grande minutie la robe de velours ponceau que portait la reine. Tableau touchant mais que la magnificence des costumes rendait froid. Louis se souvenait parfaitement de cette toile. La reine l'avait rejetée avec beaucoup de mépris et de violence. On avait congédié le peintre et rangé le tableau au fond d'une remise. Lorsqu'on s'inquiéta de cette disparition, il était trop tard. On ne retrouva jamais le tableau. N'est-ce pas ce qui allait se passer avec lui ? N'allait-il pas, lui aussi, disparaître comme le tableau de madame Vigée Le Brun ? Il aurait vécu, agi et puis, les siècles passant, on n'aurait pas retrouvé le tableau de sa vie.

Avant de se coucher, il se plongea à nouveau dans les pages de l'*Histoire d'Angleterre* de David Hume. Mais cette fois, le charme ne joua pas. Une fois couché, il demeura sur le dos, les yeux ouverts, la pensée en éveil, les nerfs vibrants. Soudain quelque chose grinça, comme une poulie dans une mâture, une voile qui faseye, tandis qu'un énorme orage tombait sur la région, roulant sur les collines, dans les bois de pins, inondant les grèves herbues qui descendaient vers la Seine. Louis ne savait plus s'il vivait dans un rêve ou succombait à une réalité qu'il ne maîtrisait plus. Cette nuit était terrible. Marchant sous la pluie diluvienne, pataugeant dans des galettes de boue grasse qui fondaient et glissaient sous ses pieds, Louis était comme à la chasse, mais sans fusil, croisant ici et là des paons blancs surpris, qu'il pensait blottis contre des mottes de terre, et qui étaient en réalité morts, abattus avec beaucoup de sang sur leurs plumes toutes blanches. C'était terrible ce rêve, durant lequel un roi triste pleurait, comme les nuages qui pleurent sur le monde, trempé de tristesse jusqu'au cœur, accablé de lassitude à ne plus pouvoir lever ses jambes, engluées d'argile, et la tête folle d'incertitudes.

Très vite, Louis eut la conscience claire que les monstres marins qui l'avaient oublié tous ces derniers jours, à commencer par l'immense kraken, bête immonde aplatie, ronde, dotée de nombreux tentacules et capable d'entraîner vers les fonds marins les navires les plus gros, étaient en train de renaître ou plutôt de sortir des océans, d'envahir la terre, de se transformer en une multitude innombrable, moitié homme, moitié bête, de tous âges, des deux sexes, armée de fusils, de sabres, de fourches, de piques, de haches, de faux. Une foule qui augmentait si prodigieusement, à mesure que Louis avançait, que les champs et les prairies en étaient couverts, lançant non plus des « Vive le roi ! » mais des « Mort au roi ! ». Louis essaya vainement de se réveiller pour échapper au cauchemar. Il n'y parvint que quelques secondes avant de replonger dans le même rêve légèrement modifié.

Il n'était plus à pied mais dans un carrosse auquel tentaient de s'accrocher tous ceux qui l'avaient accompagné en Normandie : Ségaut, de Coste, La Voûte, les ducs de Coigny et de Villequier, ainsi que le prince de Poix. Seul le capitaine Laroche manquait à l'appel. Poursuivis par la horde, ils en furent les premières victimes. Maltraités, assommés, mutilés, aucun n'en réchappa. Louis n'était pas dans un rêve mais dans la réalité. Il voyageait dans un carrosse jaune bouton-d'or, se faisait appeler monsieur Durand et était intendant de la baronne de Korff, mère de plusieurs enfants. Marie-Antoinette, qui portait le nom de madame Rochet, était leur gouvernante. C'était à n'y rien comprendre : la femme qui se faisait appeler baronne de Korff était en réalité

Louise-Élisabeth de Croÿ de Tourzel, gouvernante des enfants ! Ce qui troublait Louis, c'est qu'il lui semblait avoir déjà assisté à cette scène, ou peut-être la lui avait-on racontée. Et quand il ouvrit les yeux, il courut à la fenêtre pour voir si le carrosse jaune bouton-d'or ne l'attendait pas. Rien. Pas le moindre attelage. Pas la moindre agitation. Il était cinq heures du matin. Ce soir, il serait à Versailles.

19

– Vous en faites des têtes, messieurs, dit Louis, alors qu'il s'asseyait dans son carrosse. Vous devriez être contents, vous allez retrouver vos intrigues, vos manigances, vos cabales, votre *bon ton*, si cher à cet imbécile de duc de Chervy.
 – Sire, les nouvelles, enfin, une nouvelle n'est pas bonne, dit de Coste.
 – Une nouvelle guerre, une nouvelle révolte, une mort ?
 – Un assassinat...
 – Dans mon entourage ?
 – Oui, Sire.
 – Alors parlez, je vous en prie !
 – Le paon blanc, Sire.
 – Le paon blanc ?
 – Nous l'avons retrouvé ce matin. La cage était ouverte. Le paon était dans un coin du parc, ensanglanté, le cou tranché.
 – Mais pourquoi ? Quelle idée de tuer un paon !
 – Pour vous atteindre, Sire.
 – Je ne comprends pas.

La matinée était claire. Au-delà de la ligne des arbres qui annonçait le croisement en direction de Vernon, la brume avait disparu. Il régnait un grand silence dans le monde des hommes, des animaux, des villes et des champs gras. On n'entendait aucun bruit. Excepté les coups de fouet du cocher et le martèlement des roues sur la voie pavée.

— Quelle distance nous reste-t-il à parcourir jusqu'à Versailles ? demanda Louis.

— Une cinquantaine de lieues.

Louis avait un mauvais pressentiment, comme si quelque chose de grave allait advenir. Il se sentait tel un Orphée, non pas revenant des Enfers mais y retournant.

— Toutes les précautions sont prises pour notre retour ? Les routes qui mènent à la capitale ne sont pas les chemins de Normandie.

— N'ayez crainte. À chaque relais est placé un détachement de quarante hommes de la milice bourgeoise tirés des quatre compagnies, sous le commandement d'un capitaine et d'un lieutenant, de deux sergents et de quatre caporaux avec le drapeau volant de la première compagnie et un tambour battant.

— Je peux vous faire confiance, de Coste ?

— Oui, Sire, une confiance absolue.

— Quelle outrecuidance ! lança Laroche. Attention, monsieur le maréchal, si vous échouez, vous serez jeté dans la fosse aux lions !

Le premier relais arriva très vite. On changea les chevaux et l'on repartit aussitôt, sans le moindre heurt. De Coste jeta à Laroche un regard ironique. Quel imbécile que ce bouffon qui osait donner son avis. Faut-il qu'il soit le protégé du roi pour ne pas finir en prison...

À Bonnières, l'arrêt du convoi royal fut salué par une décharge de canons et les acclamations réitérées d'un peuple nombreux qui ne cessait de crier « Vive le roi ! ». De Coste se rengorgea. Tout allait donc pour le mieux. Mais, alors que les palefreniers étaient en train de relayer de nouveaux chevaux et que Louis avait souhaité rester dans son carrosse, une femme réussit à franchir la barrière des gardes et cria en direction du roi de bien vouloir l'écouter. Louis, demandant comme à son habitude aux soldats de ne pas la brutaliser, descendit et s'approcha d'elle. La femme, plutôt jeune, maigre, très sale, en haillons, portant autour du cou une large croix relevée en bosse, le visage mangé par d'immenses yeux verts intenses, la chevelure couleur de feu, le suppliait de venir en aide à son fils.

– Vous qui avez le pouvoir de guérir les écrouelles, guérissez mon fils ! Ma ferme est ici, de l'autre côté du chemin.

– Sire, n'y allez pas, dit La Voûte.

– Ce n'est pas une bonne idée, insista Ségaut.

– Laissez-moi, messieurs. Madame, je vous suis.

La chaumière ne comportait qu'une salle, basse et mal éclairée, sans plancher ni plafond. Quand Louis ouvrit la porte, une odeur forte de maladie et d'humidité le saisit à la gorge. Il faisait froid, un froid de marécage dans cette maison sans feu. L'horloge était arrêtée. La pluie qui s'était mise à tomber coulait par la cheminée dont plusieurs poules avaient éparpillé la cendre. Dans un coin sombre, Louis entendit un bruit de soufflet rauque et rapide. C'était l'enfant qui respirait, au fond d'une alcôve, sur un châlit taillé à la serpe, enfoui sous un tissu sale qui lui servait de drap et de couverture, et qui appelait sa mère d'une voix lointaine, comme éteinte.

Toutes les fois où Louis était confronté à la mort, il se souvenait de celle de sa sœur, disparue alors qu'elle tétait encore, mais surtout de celle de son frère qui avait expiré dans la nuit de Pâques. Comment ne pas oublier cette date qui avait fait de lui l'héritier du trône, un 22 mars 1761 ? Malade, il n'avait pu assister à ses derniers instants. Il ne se le pardonnerait jamais. Pauvre frère qui était mort, lui aussi, en appelant « maman,

maman ». À peine avait-il compris que jamais plus il ne le reverrait que les Suisses du palais avaient hurlé devant lui, parce que l'étiquette l'exigeait : « Monsieur le Dauphin ! » Quatre ans plus tard, le 20 décembre 1765, c'était son père qui mourait à son tour, et en 1767, sa mère, Marie-Josèphe de Saxe. Ainsi s'était-il retrouvé à treize ans orphelin de père et de mère.

– Comment s'appelle-t-il ?
– Baptiste.
– Quel âge a-t-il ?
– Sept ans, l'âge de raison.
– De quelle maladie souffre-t-il ?

La femme soudain hésita, faisant signe au roi de se rapprocher d'elle. Personne d'autre que lui ne devait entendre, car cette maladie personne n'y croyait ou plutôt, elle faisait si peur qu'on n'osait même pas la décrire.

– Alors, cette maladie, quelle est-elle ? demanda Louis une seconde fois.
– Mon fils est accusé de s'être transformé en chat lors d'un sabbat dans un château et...
– Un sabbat... dans un château...
– Oui. Et il aurait blessé plusieurs personnes du village avant de reprendre son apparence humaine... Et depuis, il est là.

L'enfant, affolé par la douleur et l'angoisse, avait enfoncé sa tête dans la paillasse et refusait de se laisser toucher.

– Vous avez une chandelle ? demanda Louis.
– Oui, dit la femme, dans le buffet.
– Vous pouvez aller la chercher et l'allumer ?

Soulevant doucement le tissu, Louis regarda l'enfant. Il haletait. Les yeux luisants, les cheveux collés par la sueur, le regard fiévreux fixant le vide, il était effrayant. Dans son cou, maigre et tendu, couvert de fistules d'où s'échappaient des écoulements de pus blanchâtres, des creux profonds se formaient à chaque aspiration. Allongé sur le dos, il serrait de ses deux mains les loques qui le couvraient. Louis tenta de lui parler. Mais cela ne faisait qu'accentuer la peur de l'enfant. Une peur affreuse. Celle de l'isolement, de l'abandon, des ténèbres de la mort soudain si proches. Louis se sentait impuissant. La jeune femme parla :

– Vous ne croyez pas que mon fils a pu se transformer en chat ?

– Beaucoup de choses nous échappent de la réalité humaine.

– Mais que les rois puissent guérir des écrouelles, c'est la réalité, n'est-ce pas ?

Louis attendit quelques secondes avant de répondre. Il est vrai que Philippe Ier pratiquait déjà ce miracle, bien qu'il l'ait perdu à cause de ses péchés, que son fils, Louis VI le Gros, guérissait les scrofuleux, que les premiers Capétiens guérissaient les cors, et qu'ainsi ce pouvoir s'était transmis de roi en roi...

– Il suffit que vous touchiez la plaie de mon fils, dit la femme.

– Et que je croie en la transformation féline de votre fils ?

– Comme je crois dans le pouvoir de guérison des rois de France...

Alors, dans le silence de la pièce, seul rompu par les halètements de l'enfant, Louis, soulevant le drap, posa ses mains sur son front et sur ses plaies, les yeux du roi se perdant dans le bleu profond de ceux de la jeune mère. Et quand cela fut fini, Louis vit l'enfant lui sourire tout en lui tenant la main qu'il serrait dans son poing fiévreux. Alors Louis se releva et partit sans se retourner. Lui qui avait si souvent été confronté à la mort en était soudain comme délivré, comme s'il venait à jamais de la vaincre.

Dans le carrosse, rien n'avait changé. Autant il était, lui, comme un homme qui revient d'un voyage en mer qui l'aurait emmené de l'autre côté de la Terre ou des États et Empires de la Lune tels que les avait décrits monsieur de Bergerac, autant ses commensaux n'avaient pas quitté le confort de leur fauteuil. Leurs discussions couraient pêle-mêle des arbres que coupaient Chartres et des pommes de terre de monsieur Parmentier, des désordres de l'Opéra et de ce fameux charlatan de Cagliostro qui se vantait d'avoir trois ou quatre mille ans.

– Et d'avoir causé avec Jésus, le bougre ! ajouta de Coste.

– Et Mesmer ! dit Ségaut, voilà quelqu'un qui se dit médecin et qui guérit en mettant en branle une électricité mystérieuse.

– Et dire qu'il y a des gens pour croire ces sornettes, comme ce monsieur Gros, savant et médecin, et grand défenseur de Mesmer ! renchérit La Voûte.

Louis était assailli de sentiments partagés. Versailles était le lieu des ennemis, de la veulerie, de la lâcheté, mais aussi celui de ses refuges secrets. Grimpé dans son grenier, il pouvait travailler à son établi, se faufiler au milieu de ses livres et de ses mappemondes dans sa bibliothèque, rendre visite à la reine, à Mesdames, à ses chiens, échappant alors aux courtisans et aux espions. Versailles, c'était aussi un lieu de théâtre où trois fois la semaine des acteurs de Paris venaient jouer, même s'il n'aimait guère que Marie Antoinette, se prenant pour une actrice, se produise au Petit Trianon, dans le rôle de Rosine du *Barbier de Séville* et donne la réplique au comte d'Artois dans celui de Figaro !

Mais Versailles, c'était aussi sa chère chasse. Ceux qui lui reprochaient cette passion, estimant qu'elle se situait désormais au-delà des limites du raisonnable, disant « d'évidence, le roi cherche à s'étourdir », ne pouvaient pas comprendre. Cela remontait à si loin : du temps où Papa-Roi, ayant obtenu l'autorisation du dauphin, emmenait Louis et ses deux frères à la chasse. Alors, il pouvait s'enivrer de tous ces beaux habits, des chevaux galopant dans les sous-bois, du bruit des cors et surtout du passage furtif, féerique de la bête, cerf ou biche, poursuivie. Quels interminables sujets de conversation, de rires, de vives disputes ces heures de chasse ne lui avaient-elles pas donnés ! Alors, oui, il aimait toutes les formes de chasse. La chasse au fusil, de laquelle il revenait la figure noircie de poudre ; la chasse au faucon, bien qu'elle n'ait lieu qu'une fois l'an, avec grande solennité ; la chasse à courre, pour laquelle il indiquait lui-même les cantons, tenait note des cerfs forcés, de leur âge et des circonstances de leur prise, capable d'appeler par leurs noms piqueurs, valets de limier à cheval ou à pied, valets de chiens de la petite comme de la grande meute. Mais depuis ces quelques jours passés loin de Versailles, plus proches de son peuple, tant de choses semblaient devoir être remises en cause, tant de certitudes soudain vacillantes. Beaucoup blâmaient chez lui ce qu'ils prenaient pour un manque d'enthousiasme, pour une propension à douter des autres et de lui-même. Le doute n'est-il pas le sel de l'esprit ? Ne faut-il pas douter beaucoup avant que de connaître ? Louis en était de plus en plus certain, et ce séjour normand ne faisait que le conforter dans son principe : sur la terre, tout est énigme et problème, aussi est-ce l'ignorant qui résout, dans la presse, dans la hâte, et le savant qui doute, gage de meilleure connaissance et de meilleur savoir.

Alors que Louis était en pleine expectative, un orage éclata soudain, d'une violence inouïe. Une grêle épouvantable, comme on n'en voit presque jamais, s'abattit sur le cortège qui fut obligé de s'arrêter et de se réfugier sous un groupe d'arbres dont les branches, lorsqu'elles ne pouvaient ployer, s'écrasaient sur le sol, brisées. Certains cavaliers de l'escorte, qui n'avaient pu se mettre à l'abri assez vite, furent blessés. La tempête dura moins d'une demi-heure et lorsque le convoi reprit sa route, ce fut pour découvrir une campagne couverte d'arbres renversés, d'oiseaux et de gibiers écrasés. Des grêlons, gros comme des pierres, jonchaient le sol en de telles quantités que par endroits on aurait presque cru à une chute soudaine de neige, tant le paysage était blanc. Beaucoup de champs étaient inondés de telle sorte qu'en les regardant, on se demandait si l'eau ne les avait pas toujours occupés. Quant aux fossés, rapidement comblés par la boue, ils avaient débordé sur la route et porté du sable et du limon au travers des récoltes. Louis pensa immédiatement aux moissons. Combien allaient être détruites ? Quelle famine cela allait-il entraîner ? Étaient-ce les prémices d'un drame plus grand encore ? Quel mal avaient donc fait la France et son roi pour courroucer ainsi le Ciel ? Peu avant Mantes, devant la difficulté à avancer, il fut décidé qu'on s'arrêterait déjeuner. Le roi avait faim.

À l'entrée de la gargote, un panneau indiquait qu'on pouvait y manger pour quatre sous sans compter le pain.

– C'est exactement ce qu'il nous faut, dit Laroche.

À l'intérieur, l'assemblée était fort nombreuse et mangeait sans sonner mot. Dans l'âtre, un chaudron laissait échapper des bouffées de vapeur. Le choix était restreint : un mélange de pommes de terre, de navets et de chou accompagné de morceaux de lard, gras et salé.

Le cabaretier, un chapelet d'andouilles dans une main et plusieurs langues fumées dans l'autre, s'avança vers le groupe de gentilshommes :

– Je peux vous servir un morceau de l'un ou de l'autre, avec une salade ; un pot de vin contenant trois pintes, et vous couper une belle tranche de pain. Le tout pour six liards par personne.

– C'est parfait, dit Louis qui souhaitait se restaurer seul.
On lui proposa un cabinet vide à l'étage. La nièce de l'aubergiste l'y mena, bougie allumée en main, par un escalier étroit et raboteux.
Tandis que lui parvenaient de la salle du rez-de-chaussée les bruits étouffés du repas et les lamentations des soldats dont on soignait tant bien que mal les blessures occasionnées par la grêle, Louis laissa son regard se promener dans la pièce, simple sans être pauvre. Un lit, une table, une chaise, un coffre en cuir bouilli garni de clous, une armoire en bois mêlé à quatre battants. Son repas terminé, il commençait de s'assoupir lorsqu'on gratta à la porte.
– Entrez, dit-il, pensant qu'il s'agissait du capitaine Laroche ou d'un de ses conseillers.
La jeune servante qui l'avait conduit dans cette chambre se tenait devant lui, avec un étrange mélange de gaucherie et d'assurance :
– Cela fait longtemps que je vous attends.
– Je ne vous avais pas entendue...
– Non, je veux dire, que je vous attends depuis plusieurs jours, plusieurs semaines, plus peut-être.
– Vous souhaitez me dire quelque chose ?
– Prenez garde, Sire.
Louis était troublé. Cette jeune fille, il lui semblait l'avoir vue déjà quelque part.
– Vous êtes en danger. J'ai déjà essayé de vous avertir. Nous nous sommes déjà rencontrés à plusieurs reprises lors de votre voyage en Normandie.
– Une région que je suis en train de quitter... Je vous ai déjà croisée ?
– Oui : à Houdan, à l'auberge de l'Avette, à Harcourt...
– À Sainte-Croix-Grand-Tonne, c'était vous aussi ?

– Oui.
– Et dans le parc, à Caen ?
– Oui.
– Et au Havre, vous m'avez demandé la vie sauve pour des déserteurs ?
– Oui, trois déserteurs.
– Et vous êtes venue... dans mon rêve... à Cherbourg.
– Oui, Sire, je m'en excuse... Un rêve plein de sang, je sais...
– Mais alors, dans la ferme de l'enfant malade, c'était vous ?
– Oui.
– Cet enfant, c'est le vôtre ?
– Non, celui de ma sœur, Marie Amaranthe.
– Que dois-je faire ?
– Il n'y a plus grand-chose à faire. Le sang avance comme une grande marée de pleine lune. Il est partout. Vous êtes en danger. La France est en danger.
– La peste ?
– Oui, et autre chose encore. Une autre forme de peste. Plus terrible, plus meurtrière.
– Que dois-je faire ? Que dois-je faire ? répéta Louis à plusieurs reprises.
– Sire, nous devons partir !

Enfoncé dans son fauteuil, Louis ouvrait lentement les yeux, découvrant juste au-dessus de lui le visage contrit de Laroche.

– Vous vous êtes endormi, vous parliez en dormant, Sire, mais il faut reprendre notre route.

Louis regarda attentivement autour de lui.

– Vous n'avez pas vu une jeune fille, plutôt jolie, mince, les cheveux couleur de feu ?
– Hélas non, Sire, la servante de l'auberge est une grosse femme bien laide aux cheveux couleur de paille et ce ne sont

pas les cheveux qu'elle a rouges mais le visage... Pourquoi une telle question ?
— Pour rien. Il est vraiment temps de rentrer à Versailles. Prochain relais ?
— Meulan, Sire.

20

Il était maintenant deux heures de l'après-midi. Le temps était sorti clair du sein de l'orage évanoui dont le vent avait poussé les déchirures jusqu'aux bords de l'horizon. Un banc de nuages, unis et tendres, retenait le soleil captif, mais sa lumière irisée commençait d'en franger les contours. Louis ne parvenait plus à chasser son inquiétude, certain qu'un drame secret allait se nouer.

– Quel étrange silence, fit remarquer de Coste.
– Un silence de tombe, ajouta La Voûte.

Seul Ségaut, somnolent, se taisait. Mais tout dans son attitude indiquait le malaise.

– Cela me rappelle les descriptions que font les grands navigateurs du silence, presque effrayant, qui s'installe en plein milieu d'un cyclone, avant que celui-ci ne reparte. Ils le disent tous. Tout est très calme, irréel. Et soudain tout reprend avec une violence accrue.

À peine Louis avait-il fait cette remarque qu'un énorme nuage noir, venant de l'est, se dirigeait vers le carrosse, obscurcissant tout. Mais plus dense qu'une pluie, s'écrasant comme grêle, cognant partout, couvrant tout.

– Une éclipse, maintenant ! dit Ségaut, réveillé, comme pour conjurer le mauvais sort.

– Non, dit Louis, un nuage de sauterelles. Un essaim peut contenir jusqu'à deux cents milliards d'insectes et chaque insecte dévorer chaque jour l'équivalent de son poids, soit deux grammes...

Pendant que le roi distillait son cours d'entomologie, le nuage prit possession de toute chose, on se serait cru en pleine nuit. Il pleuvait des sauterelles, grosses comme des crevettes, et du même rose vif colorant ces dernières lorsqu'elles ressortent de l'eau bouillante où elles ont été plongées.

L'extérieur du carrosse grouillait d'insectes et bruissait de leurs frottements. Heureusement aucun ne rentra. On entendait les hennissements effrayés des chevaux, les cris des cochers, et il fallut toute l'habileté de ces derniers pour empêcher que les attelages s'emballent et versent dans les fossés. Puis, aussi vite qu'elles étaient apparues, les nuées s'évanouirent et l'ombre vivante poursuivit sa course vers l'ouest.

– Nous allons bientôt devoir faire face aux dix plaies d'Égypte, que va-t-il encore nous arriver ! dit Louis.

– Plus rien, Sire, dit de Coste. Nous sommes à moins de sept lieues de Versailles.

– En tout cas, plus je m'approche de Versailles et moins les choses me conviennent. J'en sortirai plus souvent et, je vous le promets, j'irai plus loin que Fontainebleau, pour retrouver les vivats de mon peuple !

Le convoi à peine reparti, celui-ci s'immobilisa brutalement. Il avait parcouru moins d'une demi-lieue.

– Sans doute vaut-il mieux en rire, dit Louis qui cette fois demanda qu'on lui avance le marchepied pour qu'il puisse descendre.

Laroche, monté dans un autre carrosse, se dirigeait à grands

pas vers lui, suivi par le prince de Poix à la tête d'une petite troupe de cavaliers, sabre à la main.
– Des paysans bloquent la route.
– Débloquez-la, dit de Coste.
– Ils sont armés.
– D'armes à feu ?
– Non, de fourches, de pieux, de faux à revers, de bâtons ferrés, certains récitent le chapelet et chantent des cantiques...
– Que veulent-ils ? Ils n'ont pas l'air bien vindicatifs, peut-être devrais-je aller leur parler, dit Louis en faisant quelques pas vers le groupe d'hommes et de femmes maintenus en respect par un cordon de soldats.

La suite alla très vite. À peine Louis avait-il entamé sa marche vers les paysans que Laroche s'interposait entre eux et le roi reçut une énorme pierre dans le visage, tandis que des huées épouvantables partaient de la masse mouvante, maintenant réellement menaçante, qui tentait d'avancer vers le carrosse. Plusieurs parvinrent à se jeter sur les chevaux du convoi, hurlant les pires atrocités, se précipitant comme des furies sur les berlines, vociférant, crachant des injures, jetant toutes sortes de projectiles, le poing levé en direction du roi, l'insultant par les plus grossiers propos. Des jurons on passa aux slogans : « Palais à vendre, magistrats à louer, ministres à pendre, couronne à donner. » Puis aux coups. Louis remonta précipitamment dans son carrosse, demandant à de Coste de céder sa place à Laroche dont il tenait la tête sur ses genoux et qui perdait beaucoup de sang. Tandis que le cocher faisait claquer son fouet, on entendit quelques coups de feu, des cris, des hurlements. Le carrosse réussit à se frayer un chemin sous une pluie de pierres qui faisaient sur les portes et le toit un bruit épouvantable.

Louis était pâle, comme s'il avait cessé d'exister. Où étaient la sérénité de Cherbourg, la mer, les vivats, cette entente si profonde avec son peuple ? Laroche, affaibli mais conscient de ce qui se passait, tentait encore de rassurer son roi :

– Ne vous inquiétez pas, Sire, le peuple explose puis se calme. Quant à moi, il m'en faut plus pour me faire mourir !

La Voûte et Ségaut, qui ne brillaient pas par leur courage, tremblaient comme feuilles mortes en automne. Ils en étaient sûrs : le peuple en furie allait les tuer. Ces gens étaient des cannibales qui allaient les égorger, les couper en morceaux, les attacher aux roues de la voiture. Une odeur infecte stagnait dans le carrosse, imprégnant tout.

– Quelle puanteur, dit Ségaut.

– L'odeur de la mort, renchérit La Voûte en regardant Laroche.

Les sens brouillés par la douleur, la vue amoindrie par le sang qui inondant son visage, le blessé entendait tout, comprenait tout, et n'avait nullement l'intention de mourir. C'était un bouffon mais un bouffon au corps dur et résistant :

– Ce n'est pas la mort, messieurs, c'est vous qui avez chié dans vos bas de soie.

Louis ne put s'empêcher de sourire. Que ferait-il sans ce capitaine excentrique qui ne respectait rien ni personne !

Une demi-heure plus tard, les chevaux, menés à un train d'enfer, sur le point de s'arrêter au relais de poste de Saint-Germain, dernière étape avant Versailles, commençaient de ralentir quand un homme, jaillissant on ne sait d'où, se jeta en travers de la route, obligeant le carrosse à freiner brusquement, ballottant de tous côtés dans un épais nuage de poussière. On crut à un coup de folie jusqu'à ce que surgissent, des routes et des chemins convergeant vers le convoi, un cortège populaire, armé de fusils et de faux, qui accompagna le carrosse au pas de course, l'entourant et l'enveloppant. Comme une armée de fourmis rouges, la cohue s'accrochait derrière la voiture du roi, couvrait les marchepieds, s'élançait sur le siège du cocher, sur la limonière et jusque sur l'impériale. Les vociférations des attaquants n'avaient d'égal que les hurlements de La Voûte et de Ségaut voyant en elle « une bande d'anthropophages altérés de sang », « qui ne semblait respirer que le carnage et en attendre le signal ». Louis, en proie à un sang-froid inattendu, trouvait le spectacle tout à la fois hideux et formidable. Les cris entendus par les quatre voyageurs pris dans leur carrosse comme dans une prison laissaient craindre le pire :

– On va leur manger le foie et le cœur !
– On va faire des ceintures de leurs peaux !

Le sol était jonché de pamphlets et de libelles dont plusieurs furent introduits de force dans l'interstice séparant le haut de la portière de la fenêtre. « Lisez ! » dit Louis à Ségaut. Laroche, qui s'était redressé, car il ne voulait plus passer pour mort à gémir sur les genoux du roi, ne put s'empêcher d'intervenir :

– C'est une avalanche ! Ma parole, les bougres les ont faits aussi vite que les gaufres du Palais-Royal !

– Ségaut, qu'attendez-vous, ne vous ai-je pas demandé de me lire un de ces papiers ! dit Louis.

Le maréchal s'exécuta, de mauvaise grâce. Lui qui avait lutté sur de nombreux champs de bataille semblait désemparé face à la vindicte populaire.

– Je sais lutter contre une armée, mais contre des civils je ne sais que faire, le courage soudain me fait défaut. On ne peut pas commander contre eux une ligne de feu continue !

– Lisez, monsieur le marquis, lisez !

Tant qu'il était imbécile,
On pouvait lui pardonner
Mais, voulant être despote,
Il faudra bien le tuer.

– Voilà au moins qui est clair ! dit Louis.
On ne pouvait rester ainsi, encerclé par un peuple hostile. Un capitaine de cavalerie, qui s'était porté à la hauteur du carrosse, expliqua qu'un crime affreux avait été découvert ce matin même qui avait déclenché une émeute quand on avait cru arrêter le coupable, simple boulanger qui n'était pour rien dans cette sombre affaire : la découverte, macabre, du corps de Louise de Chambercy, pendue à une lanterne. Depuis, une foule en furie avait déferlé dans les rues de la ville et sur les routes avoisinantes. On avait dû fermer en toute hâte les salons et les cafés qui étaient devenus des lieux de sédition où l'on vilipendait le despotisme et où l'on évoquait même l'égalité des droits. Un instant, Louis faillit exiger des gardes qu'ils utilisent leurs baïonnettes et leurs fusils. Un instant, il vit dans cette foule comme l'image de monstres marins sortant de l'eau, tritons, léviathans, poulpes de Cartéia, monstres léonins, crabes géants à échasses, serpents Ananta... Puis il se ravisa. La seule solution, c'était la fuite.
Tandis que le carrosse, précédé de gardes à cheval, se taillait un chemin à travers cette pâte de sang et de fureur, comme s'extirpant d'un piège où il aurait dû mourir, Louis essayait de comprendre comment la situation avait pu en arriver à ces extrémités. Les premiers temps de son règne, il avait pu rallier autour de sa personne une opinion divisée, réussissant même à faire admettre à l'Europe tout entière que la France était une nation redevenue forte, que son roi, jeune, populaire, s'était entouré des meilleurs conseillers. Qu'il était un homme juste et

un prince faisant régner la justice. Lui-même avait passé avec son peuple un contrat draconien. Et s'il avait le droit d'exiger une entière fidélité de ce dernier, c'est parce que celui-ci avait le droit d'exiger de lui qu'il tienne ses promesses. Et s'il pouvait exiger de lui obéissance et soumission, c'est parce qu'il lui devait sûreté et protection. Il l'avait écrit dans ses *Réflexions sur mes entretiens...* : « Comme rien ne peut dispenser mes peuples, quand je serais injuste ou tyran, de m'être soumis, si de leur côté ils violaient tous leurs devoirs envers moi, rien ne pourrait me soustraire à l'obligation de remplir les miens à leur égard. » Mais tout ça n'avait plus aucun sens. Le monstre était sorti de sa fosse marine, avait envahi la terre et y semait la terreur.

L'obstacle de Saint-Germain derrière lui, le carrosse longea la Seine jusqu'à Port-Marly et traversa la forêt de Louveciennes, à bride abattue. Il avait été prévu qu'il arriverait à Versailles par le Grand Canal, mais au croisement du Trophée Desroy, une charrette traînée par des bœufs obstruait le passage. Elle était précédée d'un porte-croix, d'un prêtre et d'un crieur muni de sa sonnette. On voulut y voir un nouvel attentat, alors que cette carriole était vraisemblablement destinée au cimetière de Clamart et que les sacs qui y étaient entassés ne contenaient ni armes ni conjurés mais des morts cousus dans de simples serpillières, enfants entre les jambes des adultes, cadavres abandonnés à l'Hôtel-Dieu et qui serait versés dans une large fosse commune, toujours béante, sans cesse recouverte de chaux vive.

Le convoi s'engouffra dans le chemin du Chesnay, puis fila en direction du bassin du Dragon et de la place d'Armes, face aux grilles de l'entrée principale du palais. Le prince de Farlanges, gras comme un cochon de lait, ligoté tel un rôti dans une redingote à trois collets, les cheveux liés en catogan, badine à la main, souliers à talons plats aux pieds, gilet coupé alourdi de deux montres en acier, tenant sa revanche, attendait, triomphant en haut des marches. On avait souvent dit et écrit qu'au XVIIe siècle Satan triomphait partout et notamment en Normandie, mais nous étions un siècle plus tard et à Versailles, et la présence de Farlanges laissait à penser que Satan était toujours là, du moins était-ce la conviction de Louis. Farlanges, exclu du périple normand, trônait en majesté et prouvait qu'il existait toujours, comme tous ces êtres maléfiques qui renaissent de leurs cendres, se nourrissant du mal qu'ils font au monde, des malheurs qu'ils y provoquent, de leurs mensonges, de leur ignominie.

Louis, qui pourtant ne cessait de fustiger la mode française, si riche et si magnifique, si précieuse et si variée, si élégante et si gracieuse, et qui avait presque disparu de la Cour, ne pouvait s'empêcher de penser, en regardant ce courtisan singer la mode anglaise, et même si cela lui semblait absurde, qu'il suffisait qu'il parte une semaine pour que l'émergence de cette mode sévère et discordante, qui faisait endosser à ses contemporeurs le frac noir et le claque, supprimer la poudre et remplacer les diamants par de la verroterie, marque comme le signe d'une royauté déchue et abandonnée par ceux-là mêmes qui étaient censés la défendre.

Rentré dans ses appartements, Louis ne voulut voir personne excepté la reine et ses enfants auxquels il offrit leurs cadeaux – eau de mer, crabe araignée, étoile de mer – et, pour celui à naître, un buccin aux formes ondulées qu'il confia à Marie-Antoinette. L'accouchement était prévu pour les deux premières semaines de juillet. Mais celle-ci était inquiète ou plutôt furieuse. Les « diafoirus » lui avaient prescrit quantité de purges et de saignées et, comble de la bêtise, avaient voulu qu'elle renonçât à son corset – « comme si une reine allait renoncer à son corset ! » –, lui prédisant en cas de refus un « bébé trop gros et mal formé » !

Les effusions terminées, Louis regagna sa chambre, toute meublée en bleu, avec son lit orné de plumes, de casques et de dorures, et sur la commode, entre deux girandoles en or signées du célèbre Thomas Germain, un simple groupe de plâtre qu'il aimait par-dessus tout et qui représentait sa fille enfant appelant un dauphin. C'était le seul endroit où il se sentait en sécurité, presque heureux. Cette journée avait été si éprouvante, si pleine de désillusions. Heureusement, dans cet espace qui n'était qu'à lui, il retrouva tout à sa place exacte : ici, le temps n'avait d'emprise sur rien. Rien n'avait bougé. Tout l'attendait, immuable. Lentement, il gravit les marches de l'escalier, s'arrêtant devant chaque tableau qu'il avait lui-même choisi figurant toutes les chasses auxquelles il avait participé alors qu'il n'était encore que dauphin. Passé le premier étage, celui aux fauteuils bleus et aux murs couverts de gravures de son règne et de dessins des canaux de France, il monta directement au troisième, où il avait installé un tour et une menuiserie, puis au quatrième où était sa bibliothèque, enfin au cinquième où il avait fait placer une forge, deux enclumes et des outils en fer. Satisfait, rassuré, il redescendit au deuxième, là où se trouvait sa salle de géographie, avec ses plans, ses sphères, ses globes et tous ses instruments – sextants, lunettes, compas, chronomètres – et la carte qu'il avait ébauchée avant de partir, projet d'une future traversée qu'il confierait à monsieur de La Pérouse dès qu'il serait rentré de son expédition maritime autour du monde.

Sa salle de géographie, c'était vraiment là qu'il se sentait le mieux...

Assis à son bureau, il essayait de comprendre quelles leçons il pourrait retenir de cette trop courte visite dans une province de son royaume, notamment et surtout après cette terrible dernière journée. Il ne devait pas tirer de conclusions trop hâtives, ce que ne manqueraient pas de faire certains, de ces heurts, de toute cette violence. Les environs de Paris n'étaient pas la France, et Versailles encore moins. C'est un fait, il devait être pleinement rassuré sur sa popularité, sur le profond respect que le peuple portait à sa personne mais aussi à l'institution monarchique. Le véritable conflit n'était pas entre le peuple et la monarchie, mais entre le tiers et les deux premiers ordres. Contre toutes les cassandres, les mauvais conseillers, les sceptiques, il devait se sentir rasséréné, conforté, stimulé, dynamisé. Toutes ces foules, tous ces peuples étaient pour lui et avec lui. Après tout, la situation politique était sans doute beaucoup moins compromise qu'on ne le pensait dans certains petits milieux intrigants qui ne vivaient que de cabales et de cynisme. Il lui fallait absolument tirer les enseignements de ce périple, sortir de son immobilisme, de son isolement, donc non seulement entreprendre rapidement de nouveaux voyages, mais aussi moderniser son pays, la société, réformer avec sagesse et précaution. Après tout, il était bien parvenu à réformer la marine, malgré des oppositions et des pesanteurs féroces, pourquoi ne le ferait-il pas de son pays, la France ? Beaucoup de choses devaient changer, il fallait en dresser une liste, non exhaustive. Necker avait tort, la France n'est pas un pays qu'on soulève avec des mots et qu'on apaise avec de nouvelles phrases. Il fallait des faits concrets.

Louis ouvrit une chemise de cuir souple, frappée des armes du roi de France, celle-là même où il avait couché de précédentes réformes : la création du corps des pompiers, de l'École des mines, de l'École de musique et de danse de l'Opéra de Paris, du musée du Louvre et du droit de propriété pour les auteurs et compositeurs de musique. Il en sortit plusieurs feuilles de papier, prit une plume, ouvrit un encrier, et la trempa dedans avec mille précautions.

En premier lieu, il fallait en finir avec ses ministres qui ne cessaient de lui dissimuler les vrais besoins de son peuple et les désordres financiers du royaume. Des têtes devaient tomber. Il inscrivit quatre noms : Ségaut, de Coste, La Voûte et le prince de Farlanges. D'une petite écriture rapide, il consigna, sur une autre feuille : « Convocation d'une assemblée nationale, comme un père fait venir ses enfants pour leur communiquer ses vues. » Sur une autre : « Opérer des retranchements sur les dépenses de la Maison, mais surtout réformer les abus et, dans tous les actes du Gouvernement, prendre pour règle l'opinion publique. »

Sur une dernière page, sous forme de liste à développer ultérieurement, il nota : « Nommer le duc d'Harcourt à la place de gouverneur du dauphin (dévots et prêtres vont crier) » ; « régler la question des Juifs pour qu'ils obtiennent le libre exercice de leur religion » ; « résoudre enfin la question de l'abolition de l'esclavage » ; « commander des tableaux représentant les plus beaux combats navals de la guerre d'Amérique au capitaine de Rossel et à Jean-François Hue (membre de l'Académie de peinture) » ; « supprimer la charge de grand écuyer (l'annoncer à Coigny) » ; « permettre le retour en France de familles protestantes expatriées depuis la révocation de l'édit de Nantes, et en général à tous ceux qui ne professent pas la religion catholique de faire constater leurs naissances, leurs mariages et leurs morts, afin de jouir des effets civils qui en résultent », etc.

Peut-être aurait-il dû écouter davantage Calonne, Vergennes, voire Turgot... Un roi veut-il le bonheur de ses peuples et la prospérité de ses États ? Sans doute est-ce par la connaissance des uns et des autres qu'il en serait véritablement le bienfaiteur. La tâche était immense et la liste à compléter s'allongerait vraisemblablement chaque jour. Avant de revisser le bouchon de l'encrier, il ajouta une ligne : « Revêtir un uniforme et aller voir mes soldats. » Il pensa : « Ce que je n'ai jamais fait, c'est une erreur. »

L'exercice l'avait mis en appétit. Il n'avait presque rien mangé durant cette si longue journée. L'heure du souper étant venue, il demanda ce qu'on avait prévu :

– Un poulet gras et des côtelettes, Sire.

– C'est bien peu de chose, qu'on me fasse six œufs au jus et qu'on y ajoute des tranches de jambon ! Et comme boisson ?

– Une bouteille de champagne.

– Qu'on en mette deux.

Le dîner expédié, car Louis avait autant sommeil qu'il avait faim, il se dirigea vers sa chambre, exigeant pour ce soir que la cérémonie du coucher fût écourtée. Interdisant notamment l'interminable séance des courtisans reculant devant le lit de parade en glissant comme des patineurs sur de la glace, posant toujours les mêmes questions imbéciles : « Le roi a-t-il fait un voyage instructif ? », « Le roi n'est-il plus enrhumé ? », « Le roi compte-t-il retourner très tôt à la chasse ? » La prière finie, il ôta son habit : la manche droite tirée par le duc de Liancourt, grand maître de la Garde-robe ; la manche gauche par le marquis de Chauvelin, premier maître. Le duc de Villequier, premier gentilhomme de la Chambre, qui l'avait suivi en Normandie mais n'en gardait pas un souvenir ému, lui donna sa chemise, qu'il passa, car il ne souhaitait pas que pour ce soir ce fût un prince du sang qui effectuât cette tâche que d'aucuns regardaient comme un grand honneur. Puis, le même Villequier lui présenta sa robe de chambre, tandis que Louis ôtait de ses poches sa bourse, un énorme trousseau de clefs, sa lunette et son couteau, laissant alors tomber ses hauts-de-chausses sur ses talons. Louis pensa : « Encore une opération et tout sera fini pour ce soir. » Alors qu'il s'asseyait dans un fauteuil, un garde de la Chambre, à sa droite, et un garçon de la Garde-robe, à sa gauche, se mettant à genoux, le déchaussèrent, cédant bientôt la place à deux pages de la Chambre qui lui glissèrent ses pantoufles aux pieds. Exceptionnellement ce soir, Louis avait exigé que les princes, le service particulier et ceux qui avaient des petites entrées ne s'entretiennent pas avec lui pendant qu'on le coiffait pour la nuit. Seul était admis le capitaine Laroche, la tête couverte de bandelettes comme une momie, en partie remis de sa blessure et prêt à revoir sa perruque jetée sur le ciel du lit.

– Comment vous sentez-vous, Laroche ?
– Mieux, Sire. Beaucoup mieux. Je vous dois la vie.
– Non, vous avez sauvé la mienne.
– C'est mon rôle...
– Votre rôle, c'est de me faire rire, de me divertir. Pour le reste, ma protection est assurée par la garde royale.
– En vous faisant rire, je vous protège des malheurs de la vie, de ses heurts. Les « calembours bons » aident à vivre.
– Et je sens que je vais avoir de plus en plus besoin de vos « calembours bons », mon ami.

Tandis que les deux hommes discutaient à bâtons rompus, un valet déposa en silence, sous le chevet du lit, un petit paquet de linge intime pour la nuit attaché à une petite épée, ainsi qu'un pain, deux bouteilles de vin et un flacon d'eau à la glace. Telle était l'Étiquette, dont il n'était pas simple de bouleverser le déroulé.

Laroche parti, Louis se retrouva seul dans sa chambre. Demain, comme aurait dit de Coste, les « affaires sérieuses » reprenaient. Ainsi Louis devait-il signer un très important traité de commerce avec l'Angleterre, qui se vengeait du bruit des canons entendu lors de la présence du roi à Cherbourg, jusqu'à l'île de Wight ! Certains y étaient farouchement hostiles car, d'après eux, il allait déterminer une crise économique, notamment dans les secteurs des manufactures de drap, de coton et de toile, qui paralyserait en partie la production française et condamnerait la population laborieuse au chômage et à la misère. Louis n'avait guère le choix. La situation financière du royaume devenait dramatique, le déficit ayant dépassé les cent millions de livres.

Moins essentielle sans doute était une autre obligation à laquelle il ne pouvait se soustraire : celle de recevoir un certain Tobias Schmidt, facteur de clavecins allemand, auquel Marie-Antoinette voulait acheter plusieurs instruments dont on lui avait vanté la couleur rouge et surtout la qualité des pièces d'acier qui glissaient sans bruit et sans vibration le long de leur gaine de bois.

Voilà, le voyage à Cherbourg est déjà loin. À la fenêtre de sa chambre, Louis ne voit ni bateau ni sorcière, mais un cerf, debout. Il a les pattes maigres, le corps solide, des vagues de poils sous le ventre, le cou droit, la tête immobile, de larges bois pleins de ciel noir de nuit et d'étoiles d'été jaillissent de sa tête. C'est le roi de la harde. Un instant, Louis pense qu'il ne chassera plus, qu'il ne tuera plus. Cela lui rappelle trop la meute hurlante cernant le carrosse, et ce sang, tout ce sang sur le visage de Laroche. Puis le cerf disparaît, détale, un bruit sans doute. Le calme revient. Louis se sent comme un bateau de retour d'un long voyage, qui a largué ses ancres au point de mouillage, qui a mis la barre dessous, qui s'est retrouvé debout au vent. Il se dit qu'il n'a jamais mieux goûté le bonheur d'être roi que lorsqu'il était à Cherbourg.

Puis il referma la fenêtre. Quatre bougies brûlent encore dans sa chambre. La première, tout soudain, s'éteint d'elle-même. Il la rallume. Bientôt la deuxième, puis la troisième s'éteignent aussi. Alors, il éprouve un mouvement d'effroi. Il se dit : « Si la quatrième bougie s'éteint, comme les autres, rien ne pourra m'empêcher de regarder cela comme un sinistre présage. » Il attend quelques secondes, dans la pénombre de la chambre, plein d'espoir, mais la quatrième bougie s'éteint à son tour.

21

21 janvier 1793, tour du Temple.

Hier, le capitaine Laroche, capitaine-gardien de la Ménagerie, considéré comme traître à la Nation, puisque le roi lui avait fait don, à son retour de Normandie, d'une particule, a été guillotiné. Le couperet qui devait abréger ses jours s'étant bloqué entre les deux montants verticaux de la guillotine, les hommes préposés à son exécution durent s'y reprendre à plusieurs fois. On finit par le sortir, ensanglanté, de son logement et par lui arracher sa chemise qui s'était prise dans le mécanisme. Il se retrouva torse nu. On recommença l'opération qui cette fois réussit : le couperet lui trancha enfin correctement le cou. Malgré quelques ratés, la machine imposée par monsieur Joseph Ignace Guillotin faisait des merveilles.

Hier, Henri de Montcloître, prince de Farlanges et tout récent secrétaire du pouvoir exécutif, en gage de remerciement pour sa trahison – pudiquement appelée « adhésion à la République naissante » –, a signifié à Louis sa sentence de mort. Il l'a fait d'une voix hésitante et, sa lecture terminée, a remis d'une main tout aussi tremblante au condamné le parchemin que celui-ci a plié soigneusement et placé dans son portefeuille. Son dernier désir – revoir les siens le matin de son exécution –, il n'a pas pu l'assouvir. Son confesseur, l'abbé Edgeworth de Firmont, l'a convaincu. Cela aurait été trop dur pour les enfants et pour la reine.

Après avoir soupé, Louis s'est couché, vers deux heures du matin, demandant à Cléry, son valet de chambre, de venir le réveiller trois heures plus tard. Son ultime nuit, il l'a passée éveillé, à relire une dernière fois quelques pages de l'*Histoire d'Angleterre*, celles consacrées à Charles Ier dont le règne lui rappelle tant le sien et dont la lecture l'a accompagné toute sa vie. Il a aussi rêvé à ses deux voyages, celui de Cherbourg et celui de Varennes, durant lesquels les deux carrosses se sont croisés, celui à la caisse peinte en rouge et aux roues blanches, celui à la caisse peinte en vert et aux roues jaunes... Il a aussi beaucoup ronflé, des ronflements sonores qui ont résonné dans toute la chambre.

Ce matin, alors qu'un brouillard glacial enveloppe encore le donjon, il a assisté à sa dernière messe, à genoux dans sa cellule, et a communié. Il a remis à l'abbé Edgeworth de Firmont pour son fils un cachet, et pour la reine son anneau de mariage et une mèche de ses cheveux. Sur le manteau de la cheminée, il a déposé quelques objets, une montre, un portefeuille, une lunette, le dentale en forme de défense d'éléphant légèrement incurvée, ramassé, une nuit, sur une plage de Cherbourg. Immobile dans son habit écarlate, orné de la broderie des lieutenants-généraux et parsemé de fleurs de lys d'or, celui-là même qu'il portait en Normandie et dans lequel il a souhaité mourir, il a glissé, dans la poche de sa culotte de même couleur, le coquillage, qu'il a longuement regardé avant de l'y déposer. Il l'emportera dans sa tombe. Il le prendra avec lui sur les routes du Ciel. Puis il a écrit une dernière lettre à la Convention nationale. Certains municipaux, impressionnés par ce qu'ils appellent sa « douce indifférence », lui ont demandé de menus objets, comme s'il s'agissait de reliques. Ainsi a-t-il offert à qui ses gants, à qui sa cravate, à qui un bouton de sa chemise, un mouchoir brodé à ses initiales, une fourchette utilisée lors d'un de ses derniers repas.

Des pensées diverses se bousculent dans sa tête. C'est difficile d'être cohérent et lucide à quelques heures de sa mort. Mais tout de même, un règne qui avait commencé par la mort de cinq cents Parisiens écrasés sous les sabots des chevaux et les roues des voitures, sans parler de ceux qui avaient été jetés dans la Seine, voilà bien là un des plus sinistres présages, alors que tout avait si bien commencé, un mariage attendu et fêté, un feu d'artifice, mille réjouissances avant que cette affreuse bousculade ne vienne tout noircir. Louis l'avait écrit à monsieur de Sartines – « J'ai appris le malheur arrivé à Paris, je suis inconsolable » – et avait offert sa pension de six mille livres pour secourir les malheureux.

Tout ça est si loin aujourd'hui. Il s'en veut de n'avoir pas su reconquérir son autorité avec assez d'énergie, retenu par l'horreur que lui inspirait toute idée de massacre alors qu'il avait bien vu, bien compris, très tôt, que la Révolution était l'hydre de la fable, qu'une tête tranchée en produirait mille autres. On peut lui reprocher beaucoup de choses, mais ses détracteurs ne peuvent pas ne pas au moins reconnaître son extrême bonté, sa noblesse de sentiments, sa fidélité à l'idéal qu'il s'est construit. A-t-il fait preuve de lâcheté ? Il ne sait. Ne sombrons-nous pas tous dans ce travers à un moment ou un autre de notre vie ? Mais de ces derniers instants, il se l'est juré, il éloignera toute forme de lâcheté. Il sera droit et fort. Il mourra en roi, digne, pour sa famille, pour son peuple, pour l'Histoire. Il le sent, à présent il peut respirer, il respire par grandes haleines, comme un libéré qui sort de prison et, paradoxalement, avec la sensation d'un homme dont on vient de rompre les liens. Il est libre.

Maintenant, il est neuf heures du matin. Alors qu'il est perdu dans ses pensées, un grand fracas éclate à sa porte. Un de plus, car depuis plus de quatre heures on entend beaucoup de bruits, dans les couloirs de la prison, dans la cour du Temple, cliquetis des armes, hennissements des chevaux, roulement sourd des canons qu'on déplace, rires gras des gardes, mais surtout derrière cette porte, comme si des hommes se relayaient pour faire un vacarme d'enfer, trouvant mille prétextes pour entrer et sortir de la pièce où il se tient, criant à qui veut l'entendre : « Le roi est toujours en vie ! Le roi est toujours vivant ! » Une ultime brimade dont Louis s'est à peine aperçu tant il est dans la présence de ses derniers instants, dans l'intensité nécessaire qui doit être alors la sienne.

Maintenant, il est neuf heures dix du matin. Le maréchal de camp Antoine-Joseph Santerre vient chercher Louis, accompagné de gardes, qui prend son chapeau et remet au municipal Jacques Roux son testament qui se termine par ces mots : « Je finis en déclarant devant Dieu et prêt à paraître devant Lui, que je ne me reproche aucun des crimes qui sont avancés contre moi. » Résolu, il frappe d'un coup de pied puissant sur le sol de pierre et s'écrie : « Allons, partons ! »

Dans la cour, une voiture de place fermée, de couleur verte, l'attend. Une première fois, il se retourne en direction de la tour où se trouvent la reine et ses enfants, puis une seconde fois. Il n'aurait jamais dû. Les larmes lui montent aux yeux, son cœur se serre. Il doit se reprendre. Il doit se retrouver. Ne pas montrer tout ce désespoir qui l'envahit comme jadis les sauterelles roses grouillant tout autour du carrosse de retour de Cherbourg. Dans la voiture : l'abbé Edgeworth de Firmont et deux gendarmes. Il s'y engouffre et s'abîme immédiatement dans la lecture du bréviaire de l'abbé, récitant à haute voix, avec lui, devant les deux gendarmes bouche bée, les psaumes des agonisants : « Quiconque fait du mal finit par le faire retomber sur sa tête. Dieu abat l'orgueil des méchants. »

Maintenant, il est neuf heures un quart. Alentour, le vacarme est assourdissant, mais Louis n'entend rien. Rien des tambours. Rien des spectateurs rassemblés pour cette fête de la mort, qui vocifèrent. La marche est lente, sans cesse interrompue. À certains endroits, la foule, contenue par deux haies de gardes nationaux, est étrangement silencieuse, à tel point que parviennent aux oreilles de Louis de poignants : « Grâce ! Grâce ! » Il faut presque deux heures pour parcourir moins d'une lieue.

Alors que la voiture s'apprête à passer devant le Louvre, l'abbé se met à parler au roi – en latin. Il lui parle du projet du capitaine Laroche, qui a échafaudé un enlèvement avec l'aide de plusieurs royalistes dont le baron de Batz.

– Sa triste mort ne change rien. Le projet reste intact, Sire.

– À quoi bon !

– Rien n'est perdu. Il y a quelques heures à peine, ils ont assassiné Lepeletier de Saint-Fargeau, celui qui a voté votre mort.

– Il a voté selon sa conscience...

– Si l'occasion est favorable, ils agiront, je le sais.

– Comment voulez-vous qu'elle le soit ? Regardez cette foule d'hommes en armes, et toute cette police, cela ne nous laisse aucun espoir. C'est mieux ainsi. Comme le disait ce cher bon capitaine Laroche : « N'en parlons plus ! »

– Ça suffit, maintenant, lance soudain l'un des gardes. Taisez-vous !

– Qu'est-ce que c'est que cette langue de sauvages ? dit l'autre. Vous vous prenez pour des Indiens d'Amérique ?

– C'est un langage codé ? Vous voulez nous faire un tour de magie à la Cagliostro ?

L'abbé a peur, de grosses gouttes de sueur perlent à son front, ses mains sont moites, il sent ses jambes céder sous lui. Louis fait preuve d'une sérénité dont il ne se croyait pas capable. Un court instant, il se retourne vers son passé. Vers cette enfance durant laquelle il fut si mal aimé. Vers cette dévolution héréditaire opérée et dans le même temps défaite par la main de Dieu qui frappe de mort l'enfant que tout avait désigné pour le trône – Louis-Joseph, le frère aîné, duc de Bourgogne – au profit de celui qui ne manifestait que des dispositions ordinaires – le duc de Berry. Il se retourne aussi vers toute cette haine qu'il avait suscitée, non parmi son peuple mais chez les dignes successeurs des Trente Athéniens, les parlementaires, les sectaires, et les Orléans, et Choiseul, l'homme des philosophes, et le parti autrichien autour de Marie-Antoinette. Que vont devenir sa chère France, son cher peuple ? Il aurait pu être plus autoritaire, lancer la troupe, faire tonner le canon, embastiller, pendre, décapiter. Il n'a rien fait. Rien voulu faire. Il ne regrette rien. Plutôt mourir que de se retourner contre ses sujets.

Maintenant, il est dix heures moins cinq minutes. La voiture arrive place Louis-XV, rebaptisée place de la Révolution. Louis est le premier à sortir. L'échafaud est juste devant lui. Installé à l'entrée des Champs-Élysées, il fait face aux Tuileries.

– Nous voilà arrivés, si je ne me trompe, glisse Louis à l'oreille de l'abbé.

– Oui, Sire.

– Gendarmes, prenez soin de l'abbé, protégez-le, c'est un ordre !

– Ben voyons. On est là pour ça. On va bien le protéger, ton Irlandais.

Autour, le monstre marin tentaculaire s'agite, tout sanglant, entouré des têtes qu'il a coupées, livides, consciencieusement frisées et poudrées par des perruquiers à face de loup. Quelle étrange gorgone que celle-ci, plus terrible encore que celle de l'Antiquité avec son visage de sanglier, ses yeux exorbités, ses crocs, sa langue pendante, sa chevelure grouillante de serpents.

Très vite, trois bourreaux l'entourent afin de lui ôter ses vêtements. « Comment faire proprement notre travail, si celui-là est habillé de cette façon ? » Louis les repousse. C'est lui-même, seul, qui va défaire son col, qui va enlever son habit écarlate, son gilet, sa chemise. Il n'a besoin de personne ! Toute sa vie, on l'a habillé et déshabillé, pour une fois, c'est lui qui va accomplir le rituel. Que le supplicié se déshabille, soit, mais il est une chose qu'il ne peut faire, à moins que le magicien Joseph Pinetti ne lui ait donné la recette quand il l'invitait à Versailles : se lier les mains dans le dos ! Deux aides bourreaux s'avancent. Louis n'acceptera jamais une telle humiliation. On connaît sa force herculéenne, il se dégage, indigné :

– Je n'y consentirai jamais ! Jamais ! Faites ce qui vous est commandé, mais jamais vous ne me lierez les mains, jamais !

Maintenant, il est dix heures passées de huit minutes.

Bien que la foule demande du sang et la mort, soudain un immense silence se fait. C'est le roi de France qu'on assassine. Et le roi de France dit non. Une lutte va-t-elle s'engager entre les deux hommes ? Cela est impossible. Cela ne se peut. L'abbé Edgeworth de Firmont, qui a tenu à assister le roi jusque dans ses derniers instants, se rapproche de lui :

– Sire, dans ce nouvel outrage, je ne veux voir qu'un dernier trait de ressemblance entre Votre Majesté et Jésus sur la Croix. Ce n'est pas le fait de mourir sur la Croix qui compte mais de donner sa vie par amour. Fils de Saint Louis, montez au Ciel !

Louis hésite, puis regarde le ciel. Il est un peu gris, le ciel, avec des morceaux d'un bleu délavé, s'y encastrent des nuages comme ceux dont il regarda des heures le mouvement lorsqu'il traversait la Normandie, ou que son corps oscillait au rythme de la houle sur le pont du *Patriote*.

– Vous avez raison, monsieur de l'abbé, il ne faut rien moins que l'exemple du Christ pour que j'accepte un pareil affront. Il faut que je meure pour que l'Histoire advienne. Au moins, que je ne meure pas pour rien, ajoute-t-il, puis se tournant vers les bourreaux : Faites ce que vous voulez, je boirai le calice jusqu'à la lie !

Alors, Louis se laisse lier les mains et couper les cheveux. Il gravit, sans la moindre hésitation, les marches étroites et raides de l'escalier qui mène à l'échafaud en s'appuyant sur le bras de son confesseur. Puis, tout en haut, découvrant la place, la foule immense qui pense sans doute que de montrer un homme qui saigne, comme lors d'un spectacle de foire, est le plus beau des théâtres, une nouvelle fois, il échappe aux mains de ses bourreaux. Pour la deuxième fois dans cette journée si particulière, un grand silence se fait. Et d'une voix de bronze, tel Achille ou Stentor, il crie :

– Peuple, je meurs innocent de tous les crimes qu'on m'impute ! Je pardonne aux auteurs de ma mort, et je prie Dieu que le sang que vous allez répandre ne retombe jamais sur la France !

Maintenant, il est dix heures passées de quinze minutes, et un soleil glacé tombe sur Paris. Un immense nuage de poussière descend lentement des Champs-Élysées, enveloppant tout, mangeant tout, silencieux : plus aucun piétinement des soldats, plus aucun sabot des chevaux, plus aucun cri des hommes et des femmes. Aussi entend-on d'autant plus distinctement l'ordre d'Antoine-Joseph Santerre lequel, pour couvrir la voix du condamné, décide de faire battre le tambour. Les secondes qui s'égrènent sont longues comme des années. Beaucoup pleurent parmi la foule et les soldats. Louis pense : « Un roi ne doit pas avoir peur de la mort. » Ce qui le rend le plus triste, c'est de ne plus voir sa femme et ses enfants, c'est aussi, par sa mort, de leur causer une grande peine. La dernière fois qu'il les a vus, la reine tenait son fils par la main, devançant de quelques mètres Madame Royale et Madame Élisabeth, et ils se sont tenus les uns contre les autres, serrés comme des petites taupes dans un terrier. Ils n'étaient plus ni roi, ni reine, ni enfants de monarques. Mais les membres d'une famille qui allaient être séparés à jamais. Ils restèrent ainsi sept quarts d'heure. Louis regarde le ciel, la foule, il entend ses enfants lui dire : « Père, nous vous verrons demain à huit heures ? » Il s'entend leur répondre : « Oui, sans faute. Je vous le promets. » Il pense aussi au dernier rêve que le dauphin lui a raconté la dernière fois qu'il l'a vu : « Père, c'était affreux. Je me suis vu entouré de loups, de tigres, de bêtes féroces qui voulaient me dévorer. Et vous assistiez à tout cela, impuissant, ne pouvant venir me délivrer... J'avais vraiment très peur. »

Maintenant, il est dix heures passées de vingt minutes. À peine a-t-il fini de parler que les bourreaux se précipitent sur lui, le lient à la planche, tandis qu'il se débat, que son visage prend la couleur du coing, que les tambours redoublent leurs roulements. Louis redresse une fois la tête, tourne les yeux vers l'abbé. Mais cela ne suffit pas pour mourir dignement, ce qu'il veut, c'est trouver un point d'appui, un point où s'accrocher et où mourir sans peur, sans haine, pour oublier tout ce sang dans lequel il patauge. Soudain, au premier rang, il croit voir Laroche, oubliant que le capitaine l'a précédé dans la mort. Lentement, il tourne une nouvelle fois les yeux, et voit une jeune fille. Est-ce celle de Houdan, celle de l'auberge de l'Avette, celle d'Harcourt, il ne souvient plus exactement, Marie des Vallées, Émilie de Sainte-Amaranthe, une certaine M.E., le fantôme dans la nuit de Caen, la femme dont le fils s'appelait Baptiste, la femme de l'auberge ? Oui, sa mémoire lui joue des tours... Mais voilà, toutes ces femmes sont une seule et même femme au visage de France, dame Leroy avait raison : qui le veillent, le protègent, ont tenté de le prévenir de ce qui allait se passer, depuis son voyage à Cherbourg, là où il fut si heureux. Alors, il plonge ses yeux dans ceux de la jeune fille qui est toutes les jeunes filles et qui lui sourit. Il est presque heureux. Dans ses yeux, il ne voit pas la mort, mais la vie, le soleil, le ciel, la mer surtout, à perte de vue, la grande mer, la haute mer. Celle qui est incarnat et vert, celle qui est couleur de vin, celle qui est opaque, épaisse, une mer d'aube où l'eau semble une forêt. Il est à bord d'une frégate à deux ponts de 44 canons. Il donne un franc coup de barre. Il monte plein nord. Il navigue en conquérant, toutes voiles dehors. Il fend l'eau. La grande mer. La haute mer. Il n'a jamais été aussi heureux. Son voyage sera éternel. Il a devant les yeux l'image de cette mer pleine de fureurs et de caprices, aux odeurs et aux parfums multiples. Lui remonte en mémoire cette conversation avec un des marins du *Patriote* qui lui avait dit, dans un langage simple et avec des mots qui lui était propres : « La mer, vous savez, qui tue si souvent les marins, leur donne aussi ce qu'ils ont de plus noble : le ferme courage, l'âme attentive, la patience, le reflet dans les yeux de la mort acceptée. » Il est ce marin. Il est comme Albert Trécanson qui lui avait confié : « Quand je mourrai, j'aurai besoin d'entendre le bruit des vagues. » Il entend le bruit des vagues.

Maintenant, la planche bascule, l'énorme triangle d'acier va bientôt tomber. Louis jette un dernier cri, affreux, que la chute du couteau étouffe, en emportant la tête qui tombe dans le panier. Maintenant, il est dix heures passées de vingt-deux minutes.

La suite ne le concerne plus. Le monstre, en tout point semblable à celui qui hantait les récits de son enfance, s'empare de la place, se précipite vers la guillotine, et tandis que le sang gicle très loin, aspergeant tous les premiers rangs, le monstre y trempe ses mains, y plonge enveloppes et mouchoirs. Plus tard, il se partagera ses vêtements, achètera et revendra ses cheveux. Mais avant, le bourreau le plus jeune, dix-huit ans à peine, brandissant sa tête, tel un trophée, lui fait faire le tour de l'échafaud pour que le monstre la voie bien, lui qui se sépare en deux, une partie criant «Vive la République!», jetant son chapeau en l'air, chantant; l'autre, suivant la charrette qui emporte au cimetière de la Madeleine le corps du roi sans tête.

La nouvelle de la décapitation du roi arriva à Cherbourg dans la journée du 23. Elle froissa bien des cœurs et produisit sur les esprits une triste et vive impression. Des jacobins, après avoir fait peindre des attributs de la royauté, les brûlèrent en place publique. Trois ans plus tard, alors que les tempêtes avaient détruit presque tous les cônes visités par Louis, on les rasa sauf un, conservé pour servir de vigie et indiquer aux navigateurs l'ouverture de la passe orientale; mais il succomba à son tour sous le poids des flots le 12 février 1799. Ne resta qu'une mer étale, dont les vagues arrivaient patiemment jusqu'à la plage. Une mer qui passe et qui demeure, harmonie intime et tristesse mêlées, et qui confond sa destinée avec celle des choses et des humains.

Remerciements

Jorge Luis Borges énonce, à juste titre, qu'un écrivain est avant tout un lecteur. Un livre comme *Le roi qui voulait voir la mer* n'aurait pu être écrit sans l'apport de développements intellectuels, d'hypothèses, de démonstrations, d'essais, de romans, de pistes proposées par des auteurs qui ont nourri mon travail. Que soient ici remerciés, en premier lieu, Jeanne-Marie Gaudillot pour son remarquable travail de recherche rassemblé dans son mémoire intitulé *Le Voyage de Louis XVI en Normandie* (Société nationale académique de Cherbourg, 1967) mais aussi : Jean Adhémar, Barbey d'Aurevilly, Albert Babeau, Ismaël Belisle, Nadine Bois, Charles Bruneau, Paul Butel, madame Campan, Blaise Cendrars, Marcel Cohen, Joseph Conrad, Anita Conti, James Cook, Gérard Roero di Cortanze, Nathalie Couilloud, Richard Henry Dana, Michel Delon, le duc d'Harcourt, Joseph-François Duché de Vancy, Frédéric Dumas, le vicomte de Falloux, Arlette Farge, Claude Farrère, Bernard Faÿ, Gustave Flaubert, Félix comte de France d'Hézecques, Louis Garneray, Jean Giono, Paul et Pierrette Girault de Coursac, Edmond et Jules de Goncourt, Bernard Heuvelmans, Marcel Isy-Schwart, Charles Kunstler, le comte de La Pérouse, Anatole Le Braz, Gérard Leclerc, Yves Lecouturier, Évelyne Lever, G. Lenotre, M. de Lescure, Jack London, Louis XVI, Marie-Antoinette, Camille Mauclair, Guy de Maupassant, Robert Mauzi, Sylvain Menant, Henry de Monfreid, Arturo Pérez-Reverte, Gabriel Sénac de Meilhan, Catriona Seth, Robert Louis Stevenson, André Suarès, Étienne Taillemite, Hervé Le Tellier, Michel Vergé-Franceschi, Bernard Vincent, Voisin-la-Hougue, Voltaire, Emmanuel de Waresquiel, Arthur Young.

DU MÊME AUTEUR

LE CYCLE DES *ENFANTS S'ENNUIENT LE DIMANCHE*

Les enfants s'ennuient le dimanche, Hachette, 1985. Babel/Actes Sud, 1999.
Une chambre à Turin, Éditions du Rocher, 2002. Folio/Gallimard, 2002. Prix Cazes-Lipp 2002.
Spaghetti!, Gallimard, 2005.
Miss Monde, Gallimard, 2007.
Le Géorama Montparnasse, in *Paris Portraits*, Folio/Gallimard, 2007.
De Gaulle en maillot de bain, Plon, 2007.
Gitane sans filtre, Gallimard, 2008.
Giscard en short au bord de la piscine, Plon, 2010.
La Légende des 24 heures du Mans, Albin Michel, 2014. Prix de l'Association des écrivains-sportifs 2014.
Je suis Charlie (collectif), Le Livre de Poche, 2015.
Les 24 heures du Mans pour les nuls, First Éditions, 2016.
Le Goût de l'automobile, Mercure de France, 2017.
Laisse tomber les filles, Albin Michel, 2018; Le Livre de Poche, 2019.
Le Dictionnaire amoureux des sixties, Plon, 2018.

LE CYCLE DES *VICE-ROIS* (4 TOMES)

1. *Assam*, Albin Michel, 2002. Le Livre de Poche, 2004. Prix Renaudot 2002.
2. *Aventino*, Albin Michel, 2005. Le Livre de Poche, 2007.
3. *Les Vice-rois*, Actes Sud, 1998. Babel/Actes Sud, 2000; J'ai lu, 2002; Folio/Gallimard, 2011. Prix du roman historique de la ville de Blois 1998; Prix Baie des Anges 1999.
4. *Cyclone*, Actes Sud, 2000. Babel/Actes Sud, 2002; J'ai lu, 2004; Folio/Gallimard, 2010.

LE CYCLE BIOGRAPHIQUE HISTORIQUE

Le temps revient, L'Avant-scène, 2002.
Banditi, Albin Michel, 2004. Le Livre de Poche, 2006.

Laura, Plon, 2006. Folio/Gallimard, 2008.
Indigo, Plon, 2009. Prix Paul Féval 2009.
La Belle endormie, Éditions du Rocher, 2009 ; J'ai lu, 2011.
Miroirs, Plon, 2011 ; Folio/Gallimard, 2014.
L'An prochain à Grenade, Albin Michel, 2014. Le Livre de Poche, 2015. Prix Méditerranée 2014.
Les Amants de Coyoacán, Albin Michel, 2015 ; Le Livre de Poche, 2017.
Zazous, Albin Michel, 2016. Le Livre de Poche, 2018. Prix Jacques-Chabannes 2017.
Femme qui court, Albin Michel, 2019 ; Le Livre de Poche, 2021.
Moi, Tina Modotti, heureuse parce que libre, Albin Michel, 2020.

LE CYCLE BIOGRAPHIQUE AUTOBIOGRAPHIQUE

Le Livre de la morte, Aubier-Montaigne, 1980.
Giuliana, Belfond, 1986. Le Livre de Poche, 1987 ; Babel/Actes Sud, 1998.
Elle demande si c'est encore la nuit, Belfond, 1988.
L'Amour dans la ville, Albin Michel, 1993. Le Livre de Poche, 1996.
L'Ange de mer, Flammarion, 1995.
La Course de sa vie, in *Va y avoir du sport*, Gallimard, 2006.
Méli-Mélo a la tête à l'envers, Gallimard, 2007.

LE CYCLE DE L'ESSAI BIOGRAPHIQUE

Dossier Paul Auster, Anagrama, 1996.
Le New York de Paul Auster, Le Chêne, 1996.
La Solitude du labyrinthe. Essais et entretiens avec Paul Auster, Actes Sud, 1997. Réédition augmentée, Babel/Actes Sud, 2004.
Le Madrid de Jorge Semprun, Le Chêne, 1997.
Hemingway à Cuba, Le Chêne, 1997. Folio/Gallimard, 2002.
J.M.G. Le Clézio : le nomade immobile, Le Chêne, 1999. Folio/Gallimard, 2002 ; rééd. augmentée, Gallimard/Folio, 2018.
Philippe Sollers ou la volonté de bonheur, roman, Le Chêne, 2001. Folio/Gallimard, 2007.
Jorge Semprun, l'écriture de la vie, Folio/Gallimard, 2004.

Paul Auster's New York, Le Livre de Poche, 2004. Nouvelle édition revue et corrigée, sous le titre *Le New York de Paul Auster*, Le Livre de Poche, 2010.

J.M.G. Le Clézio, CulturesFrance/Gallimard, 2009.

Le Roman de Hemingway, Le Rocher, 2011.

Pierre Benoit, le romancier paradoxal, Albin Michel, 2011. Prix de la biographie de la ville d'Hossegor 2012 ; prix de la biographie de la Forêt des Livres 2012 ; Prix Pierre-Benoit de l'Académie française 2013.

LE CYCLE BIOGRAPHIQUE PICTURAL

Antonio Saura, l'exil biographique, La Différence, 1990.
Tobiasse ou le patient labyrinthe des formes, La Différence, 1992.
Antonio Saura, La Différence, 1994.
Ateliers d'artistes, Le Chêne, 1994.
Richard Texier, la clé du monde, Somogy, 1997.
Zao Wou-Ki, La Différence, 1998.
L'Acier sauvage (avec des photos d'Hélène Moulonguet), Actes Sud, 2000.
Lumières (avec des photos de Gilles Martin-Raget), collectif, Actes Sud, 2002.
L'Atelier intime, Éditions du Rocher, 2006.
Richard Texier, la route du Levant, Somogy, 2006.
Frida Kahlo ou la beauté terrible, Albin Michel, 2011. Le Livre de Poche, 2013.
Frida Kahlo par Gisèle Freund, Albin Michel, 2013.
Frida Kahlo, le petit cerf blessé, Phébus, 2020.

LE CYCLE BIOGRAPHIQUE DU VOYAGE

Le Surréalisme, MA éditions, 1985 ; réédition augmentée : *Le Monde du Surréalisme*, Veyrier, 1991 ; réédition augmentée : *Le Monde du Surréalisme*, éd. Complexe, 2005.

Le Baroque, MA Éditions, 1987 ; réédition augmentée sous le titre *Promenades baroques*, Éditions de l'Arsenal, 1995.

Long-courrier, Éditions du Rocher, 2005.
Le Goût de Turin, Mercure de France, 2007.
Une gigantesque conversation, Éditions du Rocher, 2008.
Le Goût de Grenade, Mercure de France, 2011.
Le Goût des arbres, Mercure de France, 2019.
Le Goût du sport, Mercure de France, 2020.

Le cycle autobiographique de la langue française

Passion de la langue française, Desclée de Brouwer, 2010.
Passion des livres, Desclée de Brouwer, 2011.
Éloge du mensonge, Éditions du Rocher, 2012.

Le cycle biographique de la poésie

Au seuil : la fêlure, PJO, 1974.
Altérations, Éditions d'Atelier, 1973.
U. Cenote, Alain Anseuw éditeur, 1980.
Los Angelitos, Richard Sébastian imprimeur, 1980.
La Muerte solar, Pre-textos, 1985.
Jours dans l'échancrure de la nuque, La Différence, 1988.
La Porte de Cordoue, La Différence, 1989.
Le Mouvement des choses, La Différence, 1999. Prix SGDL-Charles Vildrac 1999.

Le cycle biographique hispanique

Huidobro/Altazor/Manifestes, Champ Libre, 1976.
America libre, Seghers, 1976.
Une anthologie de la poésie latino-américaine, Publisud, 1983.
Littératures espagnoles contemporaines, Éditions de l'Université libre de Bruxelles, 1985.
La Mémoire de Borges, Dominique Bedou, 1987.
Cent Ans de littérature espagnole, La Différence, 1990.
Españas y Américas, La Différence, 1994.

Composition : IGS-CP
Impression : *Firmin Didot en septembre* 2021
Éditions Albin Michel
22, *rue Huyghens,* 75014 *Paris*
www.albin-michel.fr

ISBN : 978-2-226-44938-2
N° d'édition : 23919/01 – N° d'impression : 165688
Dépôt légal : octobre 2021
Imprimé en France